도자기
박물관

도자기
박물관

윤대녕 소설

문학동네

비가 오고 꽃이 피고 눈이 내립니다

1

처음에는 당신께 그저 이메일을 한번 써볼까? 라는 단순한 상념에 이끌려 당신이 책을 낸 출판사로 전화를 걸게 되었습니다. 얼마간의 주저함이 없었던 건 아니지요. 당신과 직접 통화를 하는 것도 아닌데, 나는 커피 잔을 들고 도서관 밖으로 나가 담배까지 피우며 문득 눈발이 날려가는 거리를 망연히 바라보고 있었습니다. 이른 오후의 턱없이 밝은 햇살 속으로 민들레 홀씨처럼 날려가는 눈은 그게 어딘지 땅에 닿기가 무섭게 흔적 없이 사라지고 있었습니다. 그때 내 몸에서는 생선 비린내가 풀려나오고 있었지요. 아마 점심때 먹은 고등어구이 때문이 아니었나 싶습니다. 아무튼 부지불식간에 이러한 풍경을 목도하게 되면 어느덧 중년의 나이에 이른 나는 그만 가슴이 철렁 내려앉곤 합니다. 그리고 이내 직정적으로 변해 이렇듯 중얼거리게 됩니다. 생명을 가지고 살아가는 게 정녕 허무하고 슬픈 것이로구나, 하고 말입니다.

　출판사의 담당 편집자는 내게 당신의 이메일 주소나 전화번호를 알려주지 않으려 했습니다. 작가들 대부분이 익명의 독자로부터 받는 이메일이나 전화에 부담을 느낀다는 것이었습니다. 단 출판사로 편지를 보내오면 당신께 틀림없이 전해주겠다고 약속하더군요. 편집자는 상냥하고 사려 깊은 사람이었습니다. 약간 주눅이 든 상태에서 나는 그녀에게 반문했습니다. 이메일과 편지가 그렇게 다른 것인가요? 어차피 작가에게 전해질 것이라고 한다면요. 그러자 그녀는 조용히 웃으며 편지가 좀더 사신私信에 가깝겠죠? 라고 대꾸한 뒤, 클릭 한 번으로 삭제가 가능한 이메일보다는 아무래도 편지가 나을 것 같다고 설득력 있는 어조로 말하더군요. 나는 '삭제'라는 말에 난데없이 가슴이 오그라들면서 그렇다면 당신의 집 주소를 알려달라고 부탁했습니다. 건너 건너 전해지는 것은 아무래도 싫다고 말입니다. 그러자 그녀는 잠깐 침묵하고 나서 내게 확인 조로 물어오는 것이었습니다. 편지를 써서 직접 우체국에 가서 부칠 만큼 꼭 필요한 일인가요? 라고 말입니다. 그 대목에서 나도 덩달아 침묵에 사로잡힌 채 과연 꼭 필요한 일일까? 라고 자문해보았습니다. 이를테면 그녀는 내게 절박함에 대해 묻고 있는 것 같았습니다. 내가 미처 대꾸하기도 전에 그녀는 당신의 집 주소를 또박또박 불러주며 이렇게 덧붙이는 것이었습니다. 제가 알려드리지 않더라도 선생님은 결국 그분의 집 주소를 알아내게 되겠지요? 조금 번거롭긴 하겠지만 그게 그렇게 어려운 일도 아니고요. 하지만 전화번호와 이메일 주소는 알려드리지 않겠습니다. 왜냐하면 그분은 익명의 독자로부터 걸려오는 전화나 이메일을 유난히 부담스러워하는데다 페이스북, 트위터 같은 소통 방식에 대해서도 대체로 부정적인 견해를 가지고 계시거든요. 바깥출입이 드문 작가이기도 하고요.

당신은 북한산 아래 정릉에 살고 있더군요. 정릉이라면 나도 그곳에 대한 어렴풋한 기억을 가지고 있습니다. 대학에 입학하던 해 친구와 청수장 계곡으로 소풍을 간 적이 있으니까요. 당시엔 그곳이 사대문 안에서 보면 심리적으로 꽤나 먼 곳이었고 또한 곳곳이 산동네였습니다. 그런데 버스를 두 번이나 갈아타고 도착한 청수장 계곡에서 나는 얼굴이 거울로 변하는 듯한 신비로운 경험을 했습니다. 젊기도 했으려니와, 봄빛이 그토록 투명하고 아름다웠던 것입니다. 서울에 과연 이런 데가 있었나? 싶을 만큼 산이 연둣빛으로 한없이 깊고 전날 비가 와서 그런지 걸을 때마다 무릎에 꽃들이 치이는 것이었습니다. 지금도 그곳은 이십삼년 전처럼 봄이 되면 여전히, 속속들이 아름다운가요?

2

언뜻 당황하셨을 텐데, 하물며 인사가 늦었습니다. 그렇다면 마땅히 보내는 사람의 이름부터 밝혀야 하겠지만, 그것은 조금 뒤로 미루기로 하겠습니다. 왜냐하면 자기를 호명하는 직설적인 방식으로는 나라는 존재를 환기시키고 싶지 않기 때문입니다. 그 렇습니다. 나는 당신과 오래전에 잠깐 알았던 사람이고 아마도 지금은 까마득히 잊혀진 존재가 되어 있을 것입니다. 이름을 밝 히면 어찌어찌 당신 기억에 떠오를 수도 있겠지만, 그 순간 당신 은 내가 하고자 하는 말에 더이상 귀를 기울이지 않을는지도 모 릅니다. 그만큼 나는 당신한테 각인(?)된 나에 대해 여전히 자신 없어하고 제풀에 초라한 마음이 되곤 합니다.

우리(이런 표현이 가능하다면)는 아주 잠깐 만났을 뿐이지만, 나로서는 그 일이 이때껏 마음에 커다란 지문으로 남아 있습니 다. 하지만 나는 그 무렵의 일을 떠올릴 때마다 스스로 상처를 받 았다고 생각해왔습니다. 말하자면 당신이 내게 고의적으로 상처 를 주었다고 생각하지 않는다는 뜻입니다. 더군다나 매 순간 거 기에 집착하며 살아온 것도 아닙니다. 어차피 사람이란 서로 완 전한 이해가 불가능한 존재가 아니던가요? 그렇더라도 부인할 수 없는 사실이 하나 있다면, 우리는 서로가 개입된 과거에 의한 삶을 살아가고 있다는 것이겠지요. 그 흔적에 기대어 살 수밖에 없는 삶 말입니다. 때문에 나는 당신께 한번쯤은 어떤 '절박한 질문'을 해도 되지 않겠냐는 생각을 하게 되었던 것입니다. 더불어 그 답을 전해들을 수 있기를 간절히 바라는 마음으로 지금 이 글을 쓰고 있습니다.

　꼭 한 달 전 일요일이 되겠습니다. 그날 나는 서울 근교 S시에 있는 B병원에서 우연히 당신을 보게 되었습니다(나는 모든 우연에는 늘 필연적인 요소가 개입돼 있다고 믿는 평범한 사람들 중의 하나입니다). 알고 계시겠지만, 그 병원은 뇌졸중이나 뇌성마비, 뇌병변 등 뇌손상을 입은 환자들을 치료하고 재활을 돕는 전문 기관으로 알려져 있습니다. 또 말기 암 환자나 만성질환자 들의 요양을 겸한 시설이기도 합니다. 그곳에는 간암 말기 판정을 받은 나의 아버지가 올여름부터 입원해 있습니다. 부끄러운 고백을 하자면 그렇다고 자주 찾아가는 편은 아닙니다. 보호자가 필요 없는 시스템으로 병원이 운영되고 있기도 하지만, 그보다는 평소 아버지와의 관계가 돈독지 못했던 탓이 더욱 크겠지요. 암 선고를 받기 얼마 전까지만 해도 나의 아버지는 버젓이 두 집 살림을 했던 사람이고 젊었을 적에도 타고난 바람기를 주체하지 못해 늘 지진 같은 혼란을 가족들에게 안겨준 장본인입니다. 그 때문에 나는 되레 어머니를 비난하고 심지어는 비웃기까지 하며 타인의 고통에 대해 대체로 무감하고 냉소적인 사람이 되고 말았습니다. 그럼에도 가끔 병원을 찾게 되는 것은 그나마 나이를 먹어가면서 생긴 일말의 심경 변화 때문이겠지요. 어쩌면 아버지라는 사람도 그동안 살아오면서 이따금 가족을 떠올리며 괴로워하거나 자책하지 않았을까? 라는 희박한 믿음에 의지해서 말입니다. 그것도 아니라면 적어도 매 순간 다가오는 죽음을 바라보면서 공포를 느낄 수밖에 없으리라는 사실 때문에 말입니다. 사람은 결국 고통을 통해서만 서로를 이해하게 되는 걸까요? 글쎄요, 잘 모르겠습니다. 아버지가 입원한 뒤로 어머니는 단 한 번도 병원을 찾지 않았으니까요. 요컨대 나는 어머니의 심정도 얼마든지 이해할 만하다고 생각하는 편입니다.

그날 나는 아버지와의 면회를 끝내고 복도로 걸어나오다 무심코 옆 병동을 바라보게 되었습니다. 그리고 저절로 걸음이 멈춰졌지요. 거기 어떤 익숙한 남자의 모습이 눈에 빨려들어왔던 것입니다. 누렇게 바랜 흑백사진 속에서 가슴에 사무쳐 있던 누군가를 발견했을 때처럼 말이지요. 당신은 투명한 비닐 위생복을 입고 어떤 환자의 침상 옆에 앉아 있었습니다. 병상에는 내 나이 또래로 보이는 중년의 여인이 누워 있었지요. 누구라도 조금만 주의를 기울여 바라보면 그 여인이 의식불명인 채로 누워 있다는 것을 눈치챌 수 있었습니다. 당신은 수척한 표정으로 그녀의 팔다리를 정성껏 주무르고 있었지요. 이마에 땀을 흘리며, 실례를 무릅쓰고 말한다면, 마치 애무를 하듯이 말입니다. 주변 침상에는 역시 의식불명인 채로 죽음을 기다리는(아니, 그조차도 의식하지 못한 채) 노인 환자들이 누워 있었습니다. 나는 당신에게서 눈을 떼지 못한 채 갖은 상념에 사로잡혀 있었습니다. 그리고 뜻하지 않게도 당신이 순간순간 느끼고 있을 아픔을 헤아려보고 있었습니다. 앞에 누워 있는 여인이 그 누구일지라도 말입니다.

이윽고 담당 간호사가 당신에게 멈칫거리며 다가오더니, 조심스럽게 면회 시간이 끝났음을 알려주더군요. 당신은 홀연히 꿈에서 깨어난 표정으로 주머니에서 손수건을 꺼내 이마를 닦더니 그제야 몹시 슬픈 표정이 되어 환자를 내려다보는 것이었습니다. 그러고는 환자의 머리칼을 몇 번이나 쓰다듬고는 이윽고 귀로 입을 가져가더니 뭐라 뭐라 속삭이는 것이었습니다. 마치 환자가 다 알아듣고 있다는 듯이 말입니다. 그렇게 거듭 속삭이고는 당신은 끌려가는 사람처럼 자리에서 일어났습니다. 그리고 나서도 여러 번 병상을 돌아보며 중환자 병동을 빠져나오는 것이었습니다. 그 순간 먼 데서 울려오는 종소리를 들은 듯 마음에 조용한 파문이 일더니 점점 숨결이 가빠지더군요. 그리고 웬일인지 곧 걷잡을 수 없는 마음의 상태가 되고 말았습니다. 그 울림에 휩싸인 채 나는 서둘러 밖으로 뛰어나갔습니다. 당신을 붙잡기 위함이 아니었습니다. 나는 잎이 다 져버린 등나무 아래 벤치에 앉아 그만 울음을 터뜨리고 말았습니다. 그렇게 추위에 떨며 한참을 울었던 것 같습니다. 나날이 백골처럼 변해가는 아버지를 지켜보면서도 그때껏 눈물 한 방울 흘려본 적이 없는 내가 말입니다.

감정을 추스르고 보니 내가 앉아 있는 곳 가까이로 토끼들이 다가와 있었습니다. 병원에서 풀어서 키우는 집토끼들이었죠. 그리고 아까는 몰랐는데, 내 옆 벤치에 젊은 부부가 두세 살 난 아이를 품에 안고 앉아 있었습니다. 나는 그들 부부가 아이에게 속삭이는 소리를 무심결에 엿듣고 있었습니다. 애야, 눈을 뜨고 일어나 토끼 좀 봐. 여기 토끼가 세 마리 와 있단다. 응? 일어나서 토끼 좀 보려무나. 그러고는 듣지도 보지도 못하는 아이에게 〈산토끼〉 노래를 불러주는 것이었습니다. 나는 금세 알게 되었지요. 그들이 방금 어린이 재활 병동에서 나온 부부라는 것을요. 아이는 재활치료를 받고 있지만 아직까지 자신의 부모가 하는 말에 반응할 수 없는 상태였습니다. 그런데 불쑥 이런 의문이 들더군요. 그 아이는 정녕 아무것도 느끼지 못하고 있는 걸까. 살아 있는 생명인데 과연 그럴 수 있는 걸까?

당신은 그 여인이 비록 알아듣지는 못하더라도, 무언가 느끼리라는 것을 믿고 그렇듯 간절하게 속삭였던 게 아닌가요? 그리고 나는 왜 울고 있었던 걸까요. 더불어 당신에게 묻고 싶은 말이 생겼습니다. 그때 당신은 그 여인의 귀에 뭐라고 속삭였던 거지요? 그것이 나로서는 수수께끼처럼 두고두고 궁금했습니다.

3

쓰고 있자니, 이제는 내 얘기를 좀 해도 되겠다는 생각이 듭니다. 당신과 관계된 일이긴 하나 사실은 나에 관한 이야기가 되겠지요. 이십이 년 전의 일입니다. 그러니 내가 정릉에 다녀갔던 이듬해 봄이 되겠습니다. 나는 당시 무청 같은 스물한 살이었고 당신은 스물두 살에 불과했습니다. 흔히 어여쁜 나이라고들 하지만 누구나 인생을 돌이켜보면 무척 불안하고 혼란한 시기이기도 하지요. 짙은 안개 속을 걸어가듯 그 어느 것 하나 뚜렷하게 손에 잡히거나 눈에 보이는 것이 없는 나이이기에 말입니다.

학교 동아리에서 우리는 만났습니다. '문화유적 답사 동아리' 기억하시지요? 나는 이학년이 되어 같은 국문과 친구에게 이끌려 뒤늦게 몇 번 동아리방에 드나들게 되었는데, 문화유적이나 답사에 크게 관심이 있었던 것도 아닌데다, 아무래도 다른 학생들과 무람없이 어울려지지 않아 적당히 빠져나올 생각을 하고 있었지요. 당신은 철학과 삼학년으로 봄학기를 마치고 입대할 예정이라고 누군가 귀띔해주더군요. 실은 글을 쓰는 사람이라고 말입니다. 그래서 나는 일단 선입견을 가지고 당신을 바라보게 되었지요. 자의식이 강한 사람들 특유의 어둡고 우울한 분위기에다 아무도 쉽게 자기 안으로 들어오지 못하게 하려는 방어적인 인상의 사람이었습니다. 그런데도 문득문득 엿보이는 따뜻함이라든가 나약함이라든가 부드러움이 있었지요. 그래서 나는 여자의 직감으로 깨달았습니다. 당신은 상처를 두려워하면서도 늘 사람을 그리워하며 사는, 결국 웅크린 아이에 불과하다는 것을 말이지요. 고백하자면 나는 그 어둡게 웅크리고 있는 당신의 모습에 마음이 끌렸던 것 같습니다. 나는 당신의 모습에서 다름아닌 나를 보고 있었던 것입니다. 그래서 동아리에서 완전히 발을 빼지는 못했던 것 같고요.

4월에 우리는 동아리 사람들과 함께 수유리 계곡으로 엠티를 갔습니다. 최근에 무슨 일로 그쪽에 가볼 기회가 있었는데, 아카데미하우스로 올라가는 길 양쪽으로 깔끔한 커피집과 고급 음식점 들이 많이 생겼더군요. 하지만 그때는 수유리 역시 외진 동네였습니다. 아무려나 봄이길래 사위가 풋풋한 냄새로 가득했고 갖은 꽃들이 새벽의 등불처럼 곳곳에 피어 있었지요. 계곡에서 술을 마시고 돌아가며 노래를 부르다 열한시 무렵이 되어 우리는 도깨비들처럼 어두운 밤길을 더듬어 버스 정류장이 있는 곳으로 내려왔지요.

누구랄 것도 없이 다들 취해 있었습니다. 급기야 비까지 내리기 시작해 일부는 택시에 동승해 먼저 사라지고 몇몇만이 주위에 서성거리고 있었던 것 같은데, 나중에는 우리만 정류장에 단둘이 떨며 서 있더군요. 그걸 자각했던 순간의 심정이 어제 일처럼 선연하게 떠오릅니다. 실은 내가 가기 싫어서 여기 남게 된 것으로

구나. 그렇다면 저 사람도 사정이 그러하리라. 이렇듯 터무니없이 속단하고 나니 더없이 마음이 불안해지고 난데없이 낮에 보았던 숲과 계곡의 정경들이 눈앞에 어른거리는 것이었습니다. 이제 어떡하죠? 라고 불안에 못 이겨 제풀에 먼저 입을 연 것도 아마 나였을 겁니다. 넋이 나간 얼굴로 비를 바라보고 있던 당신이 천천히 고개를 돌려 내 눈을 마주 보았지요. 순간 나는 화들짝 놀라 불현듯 도망치고 싶어졌습니다. 살기를 품은 듯한 당신의 눈빛이 너무나 무섭게 느껴졌기 때문입니다. 하지만 좀처럼 발목이 움직여지지 않더군요.

버스는 어째 끊어진 것 같고 곧 택시가 지나가지 않을까? 집까지 데려다주지, 라고 당신이 말했는데도 나는 막상 대답을 못한 채 계속 떨고 있었습니다. 그것은 사실 나 자신에 대해 느끼는 두려움 때문이었습니다. 그런데도 나는 그 불안함과 맞서고 싶은 낯선 욕망에 사로잡혀 있었던 것입니다. 택시가 언제 올지도 모르는데 아카데미하우스 쪽으로 올라가볼까요? 그러자 당신은 희번덕 놀란 표정으로 나를 돌아보았지요. 충혈된 눈에 술에 찌들어 새까맣게 변한 얼굴로 말입니다. 그리고 고작 한다는 말이 이랬지요. 현재 우리가 처해 있는 상황과 아카데미하우스는 서로 어울리는 조합이 아닌 듯한데? 혹시 주머니가 비어 있어서 그런 건 아니고요? 쓸데없는 오기를 부리듯 나는 당신을 자극하는 말을 하고 있었습니다. 건너뛰어 굳이 얘기하자면, 내게는 오래전부터 마음에 둔 사람이 있다고 말하고 싶군. 그 사람도 알고 있나요? 선배가 자신을 그토록 갈망하고 있다는 것을요? 우정 한숨을 몰아쉬고 당신이 비 맞은 중처럼 중얼거리더군요. 그도 영물인 여자인데 알겠지. 코웃음을 치고 나서 나는 단호한 어조로 되받았습니다. 관계나 삶은 철저히 실존에서 비롯되는 거 아닌가요? 사랑은 더 말할 나위도 없고요. 자위라도 하듯 어렴풋한 상상에 빠져 지내다 선배는 결국 그 영물한테 고백도 못 할 거잖아요. 봄의 술기운 속에서는 단 하루만 살다 가는 존재로 자신을 넘겨짚기 십상이지. 어느 날 그 하루가 다일 때라고 믿는 순간이 벼락처럼 찾아오기도 하죠. 비록 여한이 남더라도 말인가? 이미 유혹에 넘어오고도 계속 옹졸한 말씀을 늘어놓고 있네요. 미리 부담을 덜어내기 위함인가요? 이렇게 말하는 순간 나는 자존심 때문에라도 맹렬하게 몰려오는 슬픔을 느끼고 있었습니다. 내가 이미 받아들이기로 마음먹은 남자가 고작 이런 사람이었나? 하는 실망감 때문에 말입니다.

나는 그날 나 자신에 대한 생경한 두려움과 불안감에서 극구 달아나고자 당신에게 매달리다시피 했던 것 같습니다. 이를테면 당신이라는 문을 통해 다른 세계로 빠져나가고자 했던 것이겠지요. 그게 어쩌면 성장이나 변화의 과정일 테고요. 그런데 여기서 한 가지 묻고 싶은 게 있습니다. 만약 사람 사이에 사랑이라는 게 존재한다면 그 시작은 이렇듯 늘 부산스럽고 어설픈 게 아닐까요? 거기에 설혹 실수와 오기와 슬픔 따위가 개입돼 있더라도 그게 바로 사랑의 시작이 아니던가요? 어쩌면 변명으로 들리겠지만, 나는 봄날의 술기운 속에서 어느덧 당신을 마음에 품고 있었던 모양입니다. 그것이 어떤 보상으로도 돌아오지 않을 거라는 걸 이미 짐작하고 있으면서 말입니다.

무너지듯 내리는 빗소리를 들으며 깜빡 잠이 들었던 듯한데, 깨어보니 낯설고 누추한 방에 나 혼자 누워 있더군요. 그때 내가 느꼈던 막막함과 불안과 공포를 당신은 모르겠지요. 그 때문에 나는 오랫동안 힘든 시간을 보내야만 했습니다. 이튿날 새벽 당신은 내가 잠든 사이에 도둑처럼 사라졌던 것입니다. 주전자 쟁반에 메모 한 장을 덜렁 남겨놓고 말입니다.

이렇듯 순정하지 못한 자가 되어, 내 그대를 그 어떤 사랑의 진경 속으로 데려가겠는가. 우중에 새벽 같은 너의 곁을 지키지 못한 채 스스로 버림받은 자가 되어 쫓기듯 떠나니 용서키 바란다. 나는 내 사랑에 대한 기대가 기적만큼 너무 컸던 모양이다.

한껏 비감한 척을 하고 있지만 내 귀에는 고작 귀신 볍씨 까먹는 소리로밖에는 들리지 않는 말들이었습니다. 메모지를 휴지처럼 구겨 쓰레기통에 집어던지는 순간 돌연 울음이 터져나오더군요. 사정이 어떠하든 간에 비가 퍼붓는 새벽녘에 변두리 여관방에서 버림받았다는 사실 때문에 나는 상처를 받을 수밖에 없었습니다. 어떤 식으로 이해를 한다 해도 그때 당신은 내게 너무 큰 잘못을 저질렀습니다. 잘 아시겠지만 아픔은 언제나 뒤에 남겨진 사람의 몫입니다. 정녕 그렇게 생각해본 적은 없습니까?

아까도 말했듯, 이제 와 그것을 따지거나 묻고 싶어 이 글을 쓰는 것은 아닙니다. 돌이켜보면 그날의 일은 어떤 의미에서는 내게 필요한 경험이기도 했습니다. 누구 말마따나 인생에서 나쁜 경험이란 없다고 한다면 말입니다. 나는 그 불안하고 막막한 시기의 관문을 통과하기 위해 호시탐탐 기회를 엿보고 있었는지도 모릅니다. 그러나 상대가 하필 당신이었던 만큼 나는 당신을 사랑하고 있었던 게 분명합니다. 며칠 후 어머니가 쓰러져 입원을 하는 바람에 나는 서둘러 용인 집으로 돌아갔습니다. 그리고 몇 달 후 당신이 입대했다는 소식을 이미 무관심해진 상태에서 전해 들었습니다.

4

조금 더 얘기를 하자면, 나는 몇 년 전부터 어린이 도서관에서 근무를 하고 있습니다. 처음 일 년은 자원봉사 형식의 계약직으로 일했는데, 전국적으로 어린이 도서관 붐이 일면서 시민단체나 사회단체에서 지원을 받게 되었고 용케 내 자리가 생기게 되었습니다. 직원으로 채용되면서 먼저 어린이 독서 캠페인의 일환으로 '북 스타트' 기획을 맡게 되었고 비슷한 시기에 '책 모으기 운동'도 시작했습니다. 그리고 작년부터는 도서관 내에 '책 읽어주는 방'을 만들어 직접 운영을 담당하고 있습니다.

새삼스럽게 당신이란 존재를 떠올리게 된 것도 실은 도서관 일을 하면서입니다. '책 모으기 운동'과 관련한 도서 분류 작업을 하다가 우연히 섞여 들어온 당신의 책을 보게 되었던 것입니다. 그래요, 당신은 작가가 되어 있더군요. 그것도 아주 오래전에 말입니다. 나는 당신의 책을 손에 든 채 창가로 다가가 수유리라고 짐작되는 방향의 하늘을 오랫동안 바라보았습니다. 그리고 이십 년도 더 지난 과거의 추억(아픔도 상처도 세월이 기어이 추억으로 만들어놓더군요)에 잠겨 있었습니다. 딱히 반가운 것도 새삼스럽게 아픈 것도 아닌 감정으로 그저 책갈피에서 찾아낸 흑백사진을 들여다보듯 그 당시를 돌이켜보고 있었습니다. 그리고 며칠이 지나지 않아서 거의 완전히, 라고 해도 될 만큼 또 당신을 잊은 상태로 지내게 되었습니다. 일이 많고 바쁜 탓이겠지만, 나는 여전히 실존에 충실한 여자여서 뒤를 돌아보는 일을 극구 피하며 살아왔던 것입니다. 그날 내 손에 들어온 책도 최근(B병원에서 우연히 당신을 목격한 후)에야 읽어보았을 정도입니다.

지금은 어느 정도 편안한 상태가 되었지만, 과거의 기억이 되살아나 견디기 힘들어질 때가 부지불식간에 찾아오곤 합니다. 무슨 전염성 알레르기처럼 말입니다. 당신과의 일을 말함이 아닙니다. 그동안 나는 꽤나 소란스러운 삶을 살아왔더랬습니다. 대학을 졸업하고 나서 나는 전공과는 무관하게 무역회사에 취직하게 되었고 마침내 서대문 근처에 원룸을 얻어 부모로부터 독립을 하게 되었습니다. 그리고 예정된 수순인 듯 회사 내에서 남자를 만나 서른 살에 결혼을 했습니다. 그즈음 나는 남편이란 존재를 내 삶을 감당해주거나 적어도 자신의 삶을 책임질 수 있는 사람이어야 한다고 생각했습니다. 결혼에 임박한 대개의 여자들이 바라는 바도 이와 같겠지요. 물론 나도 그럴 만한 사람이라고 판단해서 그 사람과 결혼을 하게 되었지요. 신혼 초에는 서로 공통분모를 찾기 위해 다툼이 오가게 마련이지만 열기가 남아 있을 때라 남들처럼 그저 별문제 없이 살았더랬습니다. 그러다 아이가 생기면서 나는 회사를 그만두게 되었습니다. 그때 왠지 모를 불안한 예감이 몰려오더군요. 설명하기는 힘들지만 뭔가 잘못된 방향으로 발을 내딛는 듯한 느낌 말이지요. 꼭 그래서만은 아니겠지만 나는 첫아이를 사산하게 되었습니다. 그러나 그것이 치명적인 빌미로 작용할 줄은 꿈에도 몰랐습니다. 아이를 사산하는 일은 드문 경우에 속하지만 거기엔 의사의 실수가 개입돼 있을 수 있고 어찌 보면 누구나 겪을 수 있는 일이기 때문입니다. 그런데 이후 남편이 나를 대하는 태도에서 나는 커다란 상처를 받았습니다. 육체적인 고통을 포함해 힘겨워하는 당사자는 바로 나 자신인데도 말입니다. 딸은 어머니의 운명을 닮는다는 닳고 닳은 속설이 있습니다만, 내가 그 경우에 해당될 줄은 참으로 몰랐습니다. 남편은 허구한 날 바람을 피우면서도 오히려 당당하게 나에게 군림하려 했습니다. 그럴 때마다 왜지요? 라고 물으면 이렇게 말하는 것이었습니다. 알고 보니 당신이란 여자는 마음이 모질고 집요한데다 거칠기까지 하더군. 나는 그런 말을 들을 때마다 회초리를 얻어맞는 것처럼 깜짝깜짝 놀라 눈을 감아버리곤 했습니다. 아무 대꾸도 못한 채 말입니다. 왜냐고요? 그것은 바로 나의 아버지라는 사람이 나의 어머니에게 상습적으로 퍼붓던 말이었기 때문입니다. 어머니를 닮아 참을성이 대단했던 나는 남편이 바람을 피우거나 말거나 방기하기 시작했습니다. 그게 또 남편을 못 견디게 했던 모양입니다.

첫번째 구타가 있던 날 나는 이혼을 결심했습니다. 폭력의 속성은 아무래도 대항할 조건을 갖추지 못한 상대에게 일방적으로 행해지는 데 있습니다. 그렇다면 무엇을 위해서든 더이상 그것을 감내할 이유가 없는 것이지요. 이혼하는 과정도 쉽지 않아 그만 몸과 마음이 폐허처럼 변하고 말았습니다. 자멸감에 빠진 나는 지금으로 판단하면 정신과 치료부터 받았어야 했는데, 오히려 서울에서 멀찌감치 떨어진 춘천으로 옮겨가 자신을 감금하듯 원룸에 처박히고 말았습니다. 살아야겠다는 의지가 없었던 것은 아닙니다. 애초에는 몸과 마음을 추스르기 위해 춘천으로 갔다고 봐야 하겠지요. 하지만 고통에 짓눌려 도무지 의지대로 되지 않았습니다. 일을 찾아볼 엄두조차 낼 수 없었던 것이 춘천에서 살았던 일 년여 동안 나는 내내 알코올릭 상태였습니다. 저녁이 되면 안개가 차오르는 공지천으로 나가 포장마차 따위에 앉아 혼자 술을 마시고 비틀거리며 돌아오곤 했습니다. 아닌 게 아니라 지분대는 남자들이 허다하더군요. 여차한 마음에 한번은 어떤 남자를 따라가 몸을 내맡기기도 했는데, 너무나 외롭고 힘겨워서 그 낯선 누구에게라도 찰나의 위안이나마 빌리고 싶었기 때문입니다. 하지만 그게 위안이 될 리가 있나요. 나날이 쌓여가는 자괴감 때문에 더욱 술을 마시게 되고 그러는 동안 나 자신이 참으로 모질고 집요한 사람이라는 것을 알게 되었습니다. 몸도 더할나위없이 나빠져 급기야 밥을 삼킬 수 없는 지경에 이르렀지요. 그리고 마침내 어둡고 비좁은 방 안에 누워 다만 죽음을 기다리는 처지가 되고 말았습니다.

그 무렵 어떻게 알게 되었는지 전남편이 불쑥 찾아와 방에 누워 있는 나를 보고 그만 기함을 하더군요. 그리고 내 앞에 털썩 무릎을 꿇고 앉아 눈물을 쏟으며 말하길, 내 죄가 이제 멈췄으니 당신께 벌을 받을 일이 남았다고 하더군요. 벌이라고요? 나는 힘겹게 눈을 뜨고 말했습니다. 나를 보세요, 누굴 벌할 힘이라도 남아 있는 것처럼 보이나요? 차라리 병원에 입원이나 시켜주세요. 내 딴에는 살려다 이렇게 된 것이니까요. 그날로 나는 서울에 있는 병원으로 이송되어 몇 달을 입원해 있었습니다. 전남편에게는 그만 됐으니 찾아오지 말라고 거듭 부탁을 하며 돌려보냈습니다. 내게 구원을 요구하지 말고 스스로 그것을 찾아보라고요. 그때까지만 해도 내게는 모진 마음이 남아 있었던 모양입니다. 아니 그보다는 다시 그 사람과 더불어 살아갈 자신이 없었습니다. 더러 아름답게 삶을 꾸려가는 부부들을 보곤 하지만, 당시 나는 결혼 자체가 서로 불합리함을 실천하는 행위라는 극단적인 생각에 빠져 있었습니다.

어쩐지 너무 많은 얘기를 하고 있다는 느낌이 듭니다만 네, 나는 지금 고통에 대해서 얘기하고 있습니다. 하지만 실제로 고통은 언어화될 수 없다고 생각합니다. 어찌 그 화염 같은 속내를 고작 말로써 드러낼 수 있겠습니까? 다만 그것을 통해서 누군가를 이해하는 단계로 나아갈 수는 있다고 생각합니다. 사람이란 존재는 적든 크든 누구나 고통을 겪고 있으며 그 때문에 타인의 고통에 대해서는 오히려 무관심하게 됩니다. 그러면 그럴수록 우리는 서로에게서 차츰 멀어지게 됩니다. 적어도 내 경험으로는 그렇습니다. 내 고통이 보다 커 보이는 이유는 그것이 지금 당장 나를 압박하며 괴롭히고 있기 때문입니다. 나는 하루에도 수십 명의 아이들을 만나게 됩니다. 하물며 그들도 한결같이 고통을 받고 있으며 어쩔 수 없이 점점 이기적으로 변해갑니다. 나는 그들의 모습을 통해 과거의 나(현재의 나이기도 합니다)를 바라보곤 합니다. 그럼에도 나는 그들에게 한결같은 기대를 품고 있습니다. 지금 겪고 있는 고통을 통해 장차 그들이 서로의 존재를 조금씩 이해하고 받아들이리라는 것을 믿고 있기 때문입니다.

　작년 가을께의 일입니다. '책 읽어주는 방'에 나오는 아이들 중에 열두 살 된 초등학교 오학년 남자아이가 있었습니다. 사려 깊은 부모 밑에서 사랑을 듬뿍 받고 컸는지 밝고 쾌활한 아이였습니다. 그런데 어느 날 그 아이의 얼굴에서 문득 빛이 사라져버린 것을 나는 발견했지요. 마치 열병에 걸린 것처럼 얼굴이 검붉게 변해 굳게 입을 다물고 있는 것이었습니다. 그리고 구석에 고개를 숙이고 앉아 무언가를 힘들게 참아내는 모습이었습니다. 그런 상태가 이삼 일 계속되자 나는 그 아이가 걱정이 되어 따로 남게 한 뒤, 무슨 일이 있는지 조심스럽게 물어보았습니다. 하지만 아이는 나의 눈을 피하면서 좀처럼 입을 열려고 하지 않았습니다. 그럼 우리 글로 써서 얘기할까? 나는 공책과 연필을 가져와 그 아이 앞에 앉았습니다. 애야, 누구나 말하기 힘들 때가 있단다. 하지만 결국 말하지 않으면 점점 더 힘들어지고 두려워진단다. 그 누구도 아닌 바로 너 자신이 말이야. 아이는 곧 울음이 터질 듯한 표정으로 공책을 내려다보고 있더니, 이윽고 연필을 집어들고 이렇게 쓰는 것이었습니다.

내가 보고 있었습니다. 아파트 놀이터에서 어떤 사람이 어떤 사람을 때리는 것을요.

그럼 얼른 집으로 돌아가지 않고 왜 그것을 보고 있었지?

아이는 한참을 망설이더니 다시 이렇게 쓰더군요.

내가 보고 있었기 때문입니다. 맞는 사람은 무릎을 꿇고 빌고 있었습니다. 제발 살려달라고 하면서요. 그런데도 때리는 사람은 계속 맞는 사람을 때리고 있었습니다. 코에서 피가 나오고 땅바닥에 뒹굴며 소리를 질러대고 있었습니다. 그런데도 아무도 말리는 사람이 없었습니다. 나도 말리지 못했습니다. 너무 무서웠거든요.

나는 그 아이에게 무슨 말을 해야 될지 몰라 잠시 눈을 감고 있었지요. 얘야, 그것은 네 잘못도 책임도 아니란다. 쉽게 이렇게 얘기하고 싶었지만 웬일인지 입이 떨어지지 않았습니다. 단지 내가 할 수 있었던 일은 그 아이를 조용히 품에 끌어안는 것뿐이었습니다. 그러자 그 아이는 분화구가 폭발하듯 흐느껴 울기 시작했습니다.

그 아이를 집까지 데려다주고 나는 퇴근 시간이 지났는데도 '책 읽어주는 방'으로 돌아왔습니다. 그리고 그 아이가 앉았던 자리에 앉아 공책을 다시 읽어보았습니다. 그리고 그제야 이상하다고 생각되는 문장을 발견했습니다. '내가 보고 있었습니다'와 '내가 보고 있었기 때문입니다'라는 문장 말이지요. 아이는 왜 '나는 보았습니다'라고 쓰지 않고 '내가 보았습니다'라고 썼을까요? 여기서 우리는 문법이나 언어 현상을 떠나 뉘앙스의 차이를 한번 생각해볼 필요가 있습니다. '나는'과 '내가'는 조금만 주의를 기울이다 보면 상당히 느낌이 다르다는 것을 알 수 있습니다. '가'는 보통 행위의 주체가 되는 주격으로 쓰이며 '는'은 화제의 대상이 되거나 대조의 첨가적 의미가 강합니다. 가령 '내가 당신을 좋아합니다'와 '나는 당신을 좋아합니다'는 뉘앙스가 크게 다르게 나타납니다. '나는 당신을 좋아합니다'는 은유적인데다 개입적인 느낌이 덜합니다. '배가 부르다'와 '배는 부르다'가 결코 같은 뜻이 될 수 없는 것처럼 말이죠. 이런 방식으로 적용하면 '내가 보고 있었기 때문입니다'와 '나는 보고 있었기 때문입니다'의 사이에 확실한 차이가 발생한다는 것을 알 수 있습니다.

결론적으로 말해 그 아이는 자신을 행위의 주체('가')에 포함시켜 그 끔찍한 장면을 보고 있었던 것입니다. 자신이 거기에 개입돼 있다, 라고 생각하면서 말입니다. 이쯤 되면 아시겠지요. 그 아이가 때리는 자와 맞는 자의 틈바구니에서 내내 두려움과 공포에 사로잡혀 있었다는 것을요. 또한 방관자로서 죄의식에 사로잡혀 괴로워하고 있었다는 것을 말이지요. 이를 두고 우리가 흔히 쓰는 말로 '주체의 괴로움'이라 표현해도 될까요? 그 아이는 참으로 고결한 영혼을 가진 존재였던 것입니다.

당신은 어떤 글에서 '모든 타인은 또다른 나'라는 말을 했습니다. 그런데 그 말을 그 아이가 내게 실천적으로 보여주었던 것입니다. 그 아이는 장차 타인을 대함에 있어 관용과 선의를 실천하는 성숙한 인간으로 살아가게 되겠지요. 지금보다 더 자주 괴로워하면서 말이지요. 그럴 거라는 사실을 생각하면 벌써부터 마음이 아파옵니다. 모든 존재는 아픔 속에서 살아가는 것일까요? 삶의 전제조건으로서 말입니다.

5

병원에서 퇴원한 후의 삶도 곡절이 많기는 합니다만 더이상 여기에 쓰지는 않으렵니다. 늘 그래왔듯 나는 현재에 뜨겁게 머물고 싶고 그것이 과거에서 비롯된 현재라는 것을 알지만 지난 일에 매달리고 싶은 마음은 없습니다. 이후로 나는 여태까지 혼자 살고 있는데(서대문 근처로 다시 이사를 왔습니다) 그다지 나쁘다고는 여기지 않습니다. 그렇다고 혼자 살아가는 게 늘 마음 편하고 온당하다는 얘기는 아닙니다. 나도 사람일진대 그 누군가의 손길이 그리울 때가 왜 없겠습니까. 하지만 타인과의 진정한 관계가 시작되려면 좀더 마음의 준비와 시간이 필요하다는 생각이 듭니다.

하나 다행스러운 일이 있다면 지금 내가 하고 있는 일을 무척 좋아한다는 사실입니다. 휴일 하루의 사소한 일상—시장에 다녀오고 집 안 청소와 빨래를 하고 집 근처 목욕탕에 다녀온 다음 커피숍에 앉아 몇 시간씩 책을 읽곤 합니다. 어떤 날에는 서울 이곳저곳을 걸어다니기도 합니다—도 내게는 더없이 소중합니다. 한여름과 한겨울에 두 번 짧게 주어지는 휴가 기간에는 가까운 곳으로 여행을 하거나 혹은 먼 곳으로도 여행을 갑니다. 이번 겨울에는 인도네시아의 발리섬에 다녀올 예정입니다. '발리'라고 부를 때의 어감이 좋아 오래전부터 한번 가보고 싶어했거든요.

이제 그만 글을 줄여 편지를 접을 때가 된 것 같습니다. 위에서 나는 당신께 한 가지 '절박한 질문'을 하기 위해 이 글을 쓰게 되었다고 말했습니다. 우연과 필연이 서로 겹쳐 있음을 나는 그날 B병원에서 당신을 목격한 순간 다시 깨닫게 되었습니다. 그런 일이 없었다면 이런 편지를 쓸 생각도 하지 못했겠지요. 그때, 당신은 병상에 누워 있는 여인의 아픔(모든 존재는 그것을 느끼고 있는 거죠?)을 분명 온몸으로 느끼고 있었습니다. 그리고 당신도 함께 아파하고 있었습니다.

당신이 그 여인에게 무슨 말을 그토록 간절하게 속삭이고 있었는지 궁금합니다. 압니다. 그것이 얼마나 사적이고 내밀한 속삭임이었을지를. 그래서 아무나 함부로 물을 수 없다는 것도 압니다. 그것은 두 사람만의 비의가 오가던 순간이었겠지요. 그렇다면 이렇게 요청해보면 안 될까요? 당신은 소통의 임무를 부여받은 작가이니 독자인(그래도 조금은 사적인) 내게 그 얘기를 들려줄 수 없겠느냐고요.

쓰다보니 새삼 알게 되었습니다. 내가 여전히 누군가에게 구원을 요청하는 상태에 머물러 있다는 것을, 과거에 받은 상처나 아픔 때문에 괴로워하고 있다는 것을 말이지요. 어쩌면 이 상태 그대로 앞으로 남은 인생을 살아가게 될 것 같아 지레 겁이 납니다. 그래서 마지막으로 한번 더 간곡히 청해봅니다. 내게도 그 말을 들려줄 수 없나요? 당신이 그 여인에게 속삭였던 바로 그 말들을요.

도서관의 불을 끄고 그만 집으로 돌아가야겠습니다. 오늘은 여느 날보다 밤이 좀더 길어질 것 같습니다. 읽기에 난처한 대목이 수두룩했을 텐데, 끝까지 읽어주셔서 고맙다는 말 고개 숙여 전하고 싶습니다.

6

그대는 먼 곳에 혼자 있는 게 아닙니다. 비록 잠들어 있으나 바로 여기, 지금, 나와 함께 숨쉬고 있습니다. 내 손길이 느껴지지요? 그대는 잠결에 내 얘기를 듣고 있습니다. 꿈에서 나를 보고 있지요? 밖에는 지금 먼 데서 불어온 바람이 우리를 모로 지나쳐 또한 먼 곳으로 불어가고 있습니다. 바람의 소리가 귓전에 들리지요? 이렇듯 우리가 사는 세상은 여전히 비가 오고 꽃이 피고 눈이 내리고 있습니다.

반달

푸른 하늘 은하수 하얀 쪽배엔

단 한 번 어머니와 둘이 여행을 떠난 적이 있다. 그해 3월 6일의 일이었다. 날짜를 정확하게 기억하는 건 내가 입대를 나흘 앞두고 있었기 때문이었다. 지금으로부터 십오 년 전의 일이 되겠다. 어머니는 당시 마흔여덟 살이었는데, 나이에 비해 젊은 편에 속한다고 할 수 있었다. 서른이 되자마자 남편과 사별하게 되면서 가사와 수발에서 어느 정도 놓여날 수 있었던 이유가 가장 클 것이다. 또한 어머니는 구청 공무원이라는 안정된 직장과 신분을 유지하고 있었다. 따라서 먹고사는 일에 크게 억압을 받지 않았으며 일상의 고립감이 가져다주는 고통과도 거리를 둘 수 있었다.

아버지가 세상을 떠날 무렵, 나는 불과 네 살이었으므로 그에 대한 기억이 전무한 상태로 살아왔다. 성장하면서 간혹 그의 부재를 의식하게 되면 나는 마루 기둥에 걸려 있는 거울을 들여다보곤 했다. 그것은 생전에 아버지가 아침 면도를 할 때 쓰던 작은 거울이었다. 어머니도 물론 알고 있었다. 내가 그 뿌연 거울 앞에 서 있을 때마다, 아들이 자기 존재의 원인을 애타게 찾고 있다는 것을. 그래서 재혼을 포기할 수밖에 없었노라고 어머니는 어쩐지 뻔뻔스러운 표정을 짓고 말했다. 내 뒷모습에서 죽은 남편의 곡두를 보며 흠칫흠칫 놀라곤 했다는 것이다. 대신 어머니는 그에 대한 보상이라도 요구하듯 지나치게 나를 간섭하고 의지하려 했으며 내가 종종 거부하는 태도를 보이면 깊은 좌절감과 상실감에 사로잡히곤 했다. 그리고 거기엔 늘 웬만큼의 과장과 위악이 도사리고 있었다.

세월이 흐르면서 우리 모자관계는 조금씩 더 악화됐다. 서로 앙심을 품고 있다 이때다 싶은 순간이 오면 어김없이 적의를 드러냈으며 급기야 돌이킬 수 없는 지경에 이르러서야 간신히 연민의 감정을 끄집어내 미봉적 화해를 되풀이했다. 중학교를 졸업할 나이까지 나는 어머니의 일방적인 방침에 따라 그녀와 한방을 써야만 했는데, 그것은 아무래도 부자연스러운 일이었고 내 성장을 저해하거나 억압하는 요소로 작용했다. 주위에 자칫 소문이라도 나지 않을까, 하는 터무니없는 염려에 나는 시달렸다. 고등학교에 들어가자마자 나는 보란 듯 아버지가 쓰던 서재 겸 건넌방으로 거처를 옮겼다. 마땅히 그래야만 했다. 이후 어머니는 한동안 나와 얼굴을 대면하는 것조차 피했다. 그리고 얼마 지나지 않아 예기치 못했던 일이 발생했다. 말하자면, 어머니에게 다른 남자가 생긴 것이었다. 그는 내가 졸업한 중학교의 미술 교사였는데, 어머니보다 한참 연하의 총각인데다 병약해 보이긴 하나 이목구비가 뚜렷하고 키가 훤칠한 사내였다. 소문은 내가 다니는 학교를 중심으로 삽시간에 퍼져나갔고 나는 곧 조롱거리로 전락하고 말았다.

어느 날 아침 마루에 걸려 있던 거울이 사라진 것을 알고 나는 급기야 폭발하고 말았다. 나도 슬슬 면도를 시작할 나이로 접어들고 있었던 것이다. 어머니는 자주 늦은 밤에 귀가를 했고 그제야 밥상을 차려 내 방 앞에 갖다놓았다. 그러나 내가 밥상을 두어 번 발로 걷어차는 일이 생기자 그마저도 나 몰라라 했다. 어머니가 늦게 들어오는 밤이면 나는 마루를 지키고 앉아 술을 마시곤 했다. 하지만 그녀는 부러 그러는지 거들떠보지도 않았다. 어쩌면 내가 술김에 폭력을 행사하지나 않을까 하는 두려움에 사로잡혀 있었는지도 모른다. 미술 교사와는 한 계절이 다 지나기도 전에 파경을 맞이했으며, 그는 도망치듯 곧 전근을 가버렸다. 다음 상대는 자동차 대리점의 영업사원이었다. 그때쯤 해서 나는 수치심 때문에라도 아예 체념한 상태가 되어 집을 떠나게 될 날만을 학수고대하며 살았다. 서울에 있는 대학에 들어간 뒤 나는 군에 입대하기 전까지 집에 내려가지 않았다. 그러다 입대를 며칠 앞두고 문득 갈 데가 없어져 남의 집을 기웃거리듯 슬그머니 들른 것이었다.

눈을 뜨기가 무섭게 집을 나서려 했는데, 방문을 여니 어머니가 마루에 밥상을 차려놓고 앉아 있었다. 봄이 당도하긴 했으나 바깥 날씨는 아직 쌀쌀했다. 마당에 한 주 서 있는 목련이 막 멍울을 터뜨릴 양으로 가쁘게 숨을 색색거리고 있었다. 무르춤하게 겸상을 하고 마주 앉아 소고기뭇국에 흰쌀밥을 먹는 동안 어머니가 먼저 입을 열었다.

"나하고 하루쯤 바람이나 쐬고 올라가는 게 어떠냐?"

"……"

"얼마 전에 새 차를 뽑았는데, 드라이브할 겸 서해나 다녀오자."

비록 오래전의 일이 되겠으나 나는 대뜸 자동차 대리점 영업사원의 얼굴을 떠올리고 있었다. 아직도 그자를 만나느냐고 나는 품안에 칼을 감추고 찾아온 사신使臣처럼 물었다. 하긴 이제 와 상관하거나 참견할 일도 아니었다. 어머니는 당황하기는커녕 되레 후후거리며 웃었다. 다만 낯빛이 조금 붉어졌을 따름이었다.

"그 사람도 이제 오십 줄에 들어섰구나. 작년 추석께 굴비 한두름과 사과 한 상자를 차에 싣고 지나가던 길이라면서 잠깐 들렀더구나. 한참 만에 찾아왔기에 저녁이나 해서 먹여 보내려고 했는데, 시간이 없다며 금방 일어서데. 천안으로 이사간 지 두어 해 됐나? 이젠 그쪽 대리점의 점장이 돼서 자리를 제대로 잡은 모양이더라. 참, 그 집 작은아들도 군대에 가 있다지?"

내친김에 나는 미술 교사의 안부도 물어보았다.

"정말 궁금해서 묻는 거냐?"

밥상 모서리에 수저를 내려놓고 나서 어머니가 내 눈을 마주 보았다. 눈가에 늙음이 깃들고는 있었으나 이마엔 여전히 생동감이 일렁이고 있었다. 어머니는 매일 수영으로 건강을 관리하고 있었고 작년부터는 시청에서 운영하는 문화센터에서 주말마다 글쓰기 강좌를 수강하고 있었다. 먼 훗날의 일이 되겠으나 정년퇴직을 하게 되면 독서와 글쓰기로 여생을 보낼 계획이라고 했다.

"그 양반은 갈수록 몸이 안 좋아지는 모양이더라. 지금은 서산에 있는 고등학교에서 근무하고 있는데, 방학마다 절간에 들어가 요양을 한다고 가끔 연락이 오더구나. 결혼을 하면 아무래도 몸이 좀 날 텐데, 여자 데려다 힘들게 하기 싫다고 여태 혼자 지내고 있는 게지."

"그럼 요즘은 주로 어떤 사람들을 만나고 사는데요?"

어머니는 별 주저하는 기색 없이 털어놓았다.

"봄가을로 계절이 바뀔 때마다 잠깐씩 만나는 사람들이 있긴 하다만, 대체로 혼자 지내는 편이다."

"여름 겨울은요?"

"그땐 너무 덥거나 춥잖니. 젊은 여자라면 몰라도 옷을 입어도 맵시가 안 나고. 사람을 만나 어울리기에 여름 겨울은 별로 적당하지 않더라. 서로 품만 많이 들고 힘들어."

"무슨 품이 그렇게 많이 들던가요?"

"덥거나 추우면 남자들은 허구한 날 술만 마셔대더구나. 그 싸구려 술에 취해 떠드는 소리를 듣고 있으면 어떤 여자라도 따분하거나 지루하지 않겠니? 그래도 봄가을엔 대체로 얌전해지는 편이더라."

"왜 그럴까요?"

"그동안 퍼댄 술 때문에 힘들이 부치나보지. 참 단순하기도 하지."

"지금은 환절기인데다 곧 꽃이 필 텐데, 누군가를 또 만나겠군요."

"글쎄, 말마따나 올봄에는 누굴 불러내 뭘 하고 지낼지 생각중이다. 나이가 들어도 남자들은 왜 한결같이 저돌적이고 속물스러울까. 쯧쯧. 그래, 봄바다가 한결 낫겠지. 네가 이번에 동행해주면 이번 봄은 그냥 지나칠까 싶기도 하다. 뭐, 늘 그 정도였으니까."

매번 상대의 불안을 자극해 자신의 요구를 관철시키는 방식은 여전했다.

"앞으로 제대나 해야 또 찾아올까 말간데, 이번엔 내 말대로 하자. 그동안 어렵게 모아서 보내준 등록금 일부 되갚는다 생각하고. 설마 떼먹을 생각을 하는 건 아니겠지?"

거기서 나는 말문이 막히고 말았다. 당장 서운하게 들리기는 했지만 내가 그동안 홀어머니에게 지속적으로 빚을 지며 살아왔다는 생각이 들었다. 무릇 자식이 성장해 집을 떠나게 되면 그때부터 부모는 부양의 책임이나 의무로부터 자유로워져야 마땅한 것이었다. 그러므로 이후에 빚을 지게 되면 필연적으로 갚아야만 했다. 그렇다는 사실을 나는 뒤늦게야 어머니가 직접 일깨워줘서 알게 된 셈이었다. 요컨대 어머니는 타인 간의 유대처럼 모자 사이에서도 공평하고 원만한 관계를 원하고 있었다. 그동안 한 가지 변한 게 있다면 바로 이 점이었다.

어머니의 하얀 세피아 승용차에 올라타 집을 떠난 것은 아침 열시 무렵이었다. 서해라고 했지만 따로 정해놓은 목적지는 없었다. 막연히 서쪽으로 가다보면 결국 바다가 나오겠지, 라는 생각을 가지고 어머니는 차를 모는 듯했다. 천리포, 만리포, 서산, 당진, 대천 등의 지명이 차례로 언급됐으나 나는 막상 지리를 모르고 있었으므로 입을 다물고 있었다. 면허를 취득한 지 두어 달밖에 안 된 어머니의 운전 솜씨는 매우 서툴렀다. 그리고 짐작했듯 장거리 운전은 처음이었다. 하지만 운전면허조차 없는 나로서는 그저 모든 상황을 잠자코 받아들일 수밖에 없었다. 어찌어찌 공주에 이르러 어머니와 나는 시장통에서 국수로 간단히 점심을 해결하고 내처 서쪽으로 길을 몰았다. 그쯤에서는 어쩔 수 없이 행선지를 정해야만 했는데, 왼쪽 방향은 청양을 거쳐 대천으로 가는 길이었고 오른쪽은 서산과 당진 쪽이었다. 하지만 어머니와 나는 서로 미루듯 하며 좀처럼 방향을 잡지 못하고 있었다. 그런 와중에 이런 얘기들이 산만하게 오갔다.

"나온 김에 광천에 들러 새우젓이나 한 통 사갈까? 김장철은 아직 멀었다만."

새우젓으로 유명한 광천은 대천 조금 못 미쳐 홍성에 속한 곳이었다.

"차에서 냄새나잖아요. 전 젓갈 냄새만 맡아도 속이 울렁거리고 머리가 지끈거리더라고요."

"멸치젓도 아니고 새우젓이 무슨 냄새가 난다고 그래. 하긴, 초봄부터 새우젓이 웬 말일까. 순댓국집을 차릴 것도 아니면서."

나는 전방에서 다가오는 도로 표지판을 보며 짜증기가 밴 소리를 내뱉었다.

"그럼 서산으로 가든지요."

말을 해놓고 나서 나는 아차, 싶었다. 아니나 다를까. 어머니가 이내 되받았다.

"나도 아까 생각을 해봤는데, 거기까지 가면 잠깐 얼굴이라도 봐야지, 그냥 지나칠 수 있겠니? 나중에 알면 틀림없이 서운해할 텐데."

"듣고 보니 그건 좀 그렇네요. 삼자대면을 하는 것도 아니고."

어머니가 슬쩍 나를 돌아보더니, 이어 맥 빠진 소리로 웃어버렸다.

"서산이 살기는 좋다고 하더라. 다들 아무 일 안 하고 사는 것 같은데, 저녁마다 식당에 가보면 한우 등심에 자연산 회에 돈을 조용조용 물 쓰듯 한다는 거야. 허름한 점퍼 차림으로 앉아서들 말이다. 바다에서 나오는 해산물 때문일까? 아무튼 묘한 동네라고 하더라."

"한우하고 자연산 회는 나중에 혼자 오셔서 두 분이 오붓하게 드세요. 뭘 먹으려고 온 게 아니라 바다를 보러 온 거잖아요."

"그래도 집 나와 돌아다니다보면 먹을 게 어울려줘야 하는 거야. 국수 먹고 바다를 보면 뭔가 시적詩的이긴 하겠다만, 속이 좀 허전하겠니? 바다에 가서는 역시 해산물을 먹어야 몸도 좋아하게 마련이다. 아무튼 그럼 어디, 대천으로 갈까?"

"해수욕을 하기에는 아직 철이 이르잖아요."

"그럼 당진은 어떠니?"

"거기 가면 바다 말고 뭐가 있는데요?"

그때쯤에는 어머니도 신경이 예민해져 있었다.

"화력발전소가 있다더라."

시간은 이미 오후 두시를 넘어서고 있었다. 짐짓 감정을 억누

르며 어머니가 덧붙였다.

"그럼 입대를 앞두고 있는데, 수덕사 근처에 있는 온천에 가서 목욕재계나 하든지."

"누구 좋으라고요? 천리포나 만리포에 가서 회나 한 접시 먹고 올라가죠."

"거기는 태안인데 좀 멀지 않겠니?"

"그럼 선택의 여지가 없네요. 당진 화력발전소밖에."

이후 어머니와 나는 한동안 입을 다물고 있었다. 운전이 서툰 탓도 있었지만 당진으로 가자면 어차피 서산 부근을 지나게 돼 있었던 것이다. 국수를 먹은 탓인지 그새 배가 고파왔다.

"우리 뭘 좀 먹고 가죠. 입대를 앞두고 있어서 그런지 계속 허기가 지네요."

"또 말 꼬일까 무서우니 구체적으로 얘기해라."

"하얀 쌀밥에 간월도 어리굴젓이 먹고 싶네요. 표지판을 보니 여기서 그리 멀지 않은 것 같은데."

간월도 서산에 속한 곳이기는 했다.

"젓갈 냄새만 맡아도 머리가 지끈거린다며? 하긴 어렸을 때부터 어리굴젓은 밥에 비벼 곧잘 먹었지. 그것도 간월도 어리굴젓만. 낼모레 군대 갈 자식 말이니 별로 내키지는 않는다만 들어줘야겠지."

간월도 방향으로 길을 틀며 어머니가 뜬금없는 말을 꺼냈다.

"넌 서울에서 삼 년이나 대학을 다녔으면서 만나는 여자 없니?"

"글쎄요, 저는 성장 환경 탓인지 여자애들과는 잘 어울려지지 않더라고요."

"말본새하고는. 그게 네가 아직 뭘 몰라서 그런 거다. 그 나이 때의 여자애들이 세상에서 가장 예쁜 거야. 남자들은 군대 갔다 오고 취직이라도 해야 사람 티가 좀 나더라만. 그래서, 이때껏 연애 한번 못해봤다는 거냐? 게다가 고작 한다는 말이 성장 환경 때문에?"

나는 장단을 맞춰주고자 제멋대로 이야기를 꾸며댔다.

"울도라는 섬에 새우잡이 배를 모는 이씨 성을 가진 선장이 있는데, 그 어른한테 늦둥이 딸이 하나 있어요. 그애하고 가끔 어울린 적은 있네요. 아버지가 황해도 사람이라고 하니까 실향민의 후예인 셈이죠."

그러자 어머니의 표정이 금세 부산스러워졌다.

"어떻게 알게 됐는데?"

"같은 과 동기예요. 학교 앞에서 자취를 하는데, 방학이 되면 울도로 돌아가죠. 이제 개강 시즌이니까 서울로 돌아왔겠네요."

"근데 울도가 어디에 박혀 있는 섬이라니?"

"인천에서 덕적도까지 가서, 거기서 또 배를 타고 두 시간을 가야 나오더군요. 한 스무 가구나 사나요? 돛을 단 풍선風船 한 척을 부리며 직접 새우와 민어를 잡고 봄에는 꽃게도 조금씩 잡는다더군요. 그러니 선장이라기보다는 그냥 어부인 셈이죠. 아무튼 꽃게찜은 원 없이 얻어먹고 왔네요. 그보다는 슴슴하고 시원한 황해도식 김장 김치가 더 기억에 남지만."

"가봤구나. 그래, 선장님한테 인사는 제대로 드렸니?"

"그건 왜요?"

"실향민 출신 어부의 딸, 뭔가 애틋하니 향수를 자극하지 않니?"

나는 속으로 코웃음을 쳤다.

"엠티 간다고 우르르 몰려가서 단체로 인사를 드리긴 했죠. 꽃게찜을 앞에 두고 선장님이 하시는 말씀이 통일이 되면 식구들을 데리고 다시 황해도로 올라가 살겠다더군요. 서울에 나가 있는 자식까지 불러들여서 말예요. 60년대 후반까지만 해도 울도 앞바다에 파시波市가 설 정도로 일대가 시끌벅적했다나봐요. 그때가 되면 바닷가에 술집들도 즐비했구요. 개들도 입에 돈을 물고 돌아다녔다고 하더군요. 근데 지금은 잊혀진 전설의 섬이 돼버린 거죠."

"그래서, 지금은 안 만난다는 뜻이니?"

그만 됐다 싶어 나는 그쯤에서 말을 돌렸다.

"아버지를 모르고 커서 그런지 전 남자애들하고 싸구려 술을 마시며 왁자하게 어울릴 때가 더 편하고 좋아요. 저한테는 그게 새로운 세계니까요."

잠시 나를 돌아보는가 싶더니 어머니는 웬일인지 줄곧 입을 다물고 있었다. 간월도 앞에 있는 식당에 들어가 어리굴젓 백반과 간재미무침을 먹는 동안 어머니가 넌지시 물어왔다.

"이상하게 듣지는 말고, 너 혹시 성적性的으로 무슨 문제가 있는 건 아니냐? 이것도 어미나 되니까 염려가 돼서 물어보는 거다."

나는 하마터면 씹고 있던 밥알을 상에 뱉어버릴 뻔했다. 간월도 어리굴젓은 우선 짜지 않으려니와 풍미 또한 어렸을 때 먹었던 그대로였다. 이곳만의 무슨 비법이 있는 게 틀림없었다.

"좀 민망하다만 다시 물어보자, 너 아직 총각이니?"

그렇다는 뜻으로 나는 고개를 주억거렸다. 스물두 살에 동정을 가지고 있다고 해서 이상할 것까지야 없었다. 여전히 안심이 되지 않는 표정으로 어머니는 어리굴젓에 현혹돼 있는 나를 고양이처럼 주의깊게 살펴보고 있었다.

당진으로 가는 길에 우리는 개펄 곳곳을 뒤덮고 있는 붉은 함초 지대를 스쳐지나갔고 폐허의 염전들을 보았고 온통 개나리로 뒤덮인 마을을 꿈인 듯 목격하기도 했다. 차마 화력발전소로 갈 수는 없었던지 어머니는 어디랄 것도 없이 계속 바닷가 마을을 따라 돌고 있었다. 그런데 어디를 가도 한적할뿐더러 식당이고 가게고 할 것 없이 대부분 문이 닫혀 있었다. 군데군데 항구나 방파제가 보이면 우리는 차를 세우고 어쩔 수 없이 그래야만 하는 것처럼 바다를 향해 서 있다가 곧 추위에 질려 다시 차에 올라타곤 했다. 가는 곳마다 바다는 한결같이 음울하고 어두운 색조로 가라앉아 있었다. 그사이 오후 네시가 넘어 있었고 막상 오갈 데 없는 처지가 되어 어머니와 나는 굳게 입을 다물고 있었다. 차라리 서산이나 당진 읍내로 나가 집으로 돌아가는 편이 나을 것 같았지만, 어머니는 나를 데리고 나온 데 대한 보상을 실천하려는 듯 집요하게 이곳저곳을 헤집고 다녔다. 그러다 우리는 어느 외진 포구로 들어가는 입구에 붙어 있는 나무 팻말을 발견했다. 거기엔 '왕새우 소금구이 팝니다!'라는 글자가 삐뚤삐뚤 적혀 있다. 그것은 어쩐지 하나의 계시처럼 다가왔다. 미궁에 빠진 기분에 사로잡혀 있던 우리는 별다른 선택의 여지가 없다는 것을 그 팻말을 보면서 깨닫고 있었다.

"너 왕새우 먹을래? 군대 가면 구경하기도 힘들 텐데."

나는 되는대로 고개를 끄덕였다. 아직 배가 고픈 상태는 아니었으나 나는 무엇이든 먹을 준비가 돼 있었다. 곳곳에 과속방지턱이 필요 이상 높게 설치돼 있었고 어머니는 그때마다 브레이크 페달을 밟는 것도 잊은 채 덜컹거리며 어항으로 차를 몰아갔다. 도착해서 알아보니 한섬포구라 했다. 그러나 이곳의 분위기도 적막하기는 마찬가지였다. 횟집과 가게들은 거의 문이 닫힌 상태였고 사람조차 구경하기 힘들었다.

포구 끝 길 모퉁이 가게 앞에 몇몇 노파들이 평상에 앉아 담배를 피우고 있는 모습을 발견하고 우리는 그 앞에 차를 세웠다. 그네들은 하오의 식어가는 햇빛 속에 모여 앉아 막걸리를 마시고 있었다. 마치 쫓겨다니는 사람을 대하듯 그네들은 뭐하러 여기까지 왔어? 라는 수상쩍은 표정을 짓고 있었다. 어머니가 앞에 나서 그네들에게 물었다.

"오다가 팻말을 봤는데, 여기 혹시 왕새우 파는 집 없나요?"

다들 귀가 어두운지 노파들은 서로 멀뚱하게 얼굴을 마주보았다.

"왕새우 소금구이 먹으러 왔는데, 식당이 다 문을 닫았네요."

그러자 그네들 중 하나가 누런 이빨이 듬성듬성 박혀 있는 잇몸을 드러내고 킬킬거리며 웃었다. 이어 다른 노파들도 감염이라도 된 듯 음산한 표정으로 따라 웃기 시작했다. 아마도 술기운 탓이었으리라. 어머니가 다소 고압적으로 되묻자 웃음이 뚝 그치더니, 뒷전에 앉아 있던 비교적 나이가 적어 보이는 할머니가 일어나 대꾸를 해왔다.

"대하 먹으러 왔다고?"

그렇다고 어머니가 단호한 음성으로 말했다.

"봄에 대하가 어디서 난대? 읎어. 찬바람 불기 시작하는 가을부터나 나오지. 겨울 지나면 싹 들어가버리고 읎어."

어머니는 감쪽같이 속은 표정으로 망연히 서 있었다. 이번에는 내가 물었다.

"그럼 문 열어놓은 횟집은요?"

"요즘은 어한기라 바다에 괴기도 별로 읎어. 뭣이든 잘 안 잡힌다 그런 말이여. 아무튼 대하는 가을 되거든 재차 와봐. 정 우리 말을 못 믿겠으면 배 빌려 타고 나가서 직접 잡아오든지."

그네들이 다시금 이 빠진 얼굴로 킬킬거리며 웃었다.

"명이네 엊그제 우럭 들어왔다는데, 거기나 한번 가보라고 그려."

잠시 후에 알게 됐지만 '명이네'는 어부가 운영하는 작은 횟집 겸 민박이었다.

우럭이라도 먹을래? 라고 어머니가 힘없는 목소리로 물어왔고 나는 그럼 그러자고 했다. 상황이 이쯤 되자 나도 이대로는 돌아갈 수 없다는 일종의 체념과 쓸데없는 오기가 뒤섞인 감정에 사로잡혀 있었다. 명이네는 걸어서 갈 수 있는 거리에 있었고 그네들 중 하나가 가게 안으로 들어가 전화를 하고 나서야 횟집은 문을 열었다. 그제야 확실히 알았으되 바닷가의 봄철은 비수기여서 우리처럼 길을 잃고 들어온 사람이 아니면 손님이 아예 없었던 것이다. 고맙다는 인사를 하고 돌아서는데, 뒷전에서 취기에 전 이런 알쏭달쏭한 말이 들려왔다. 그리고 예의 음산한 웃음소리가 이어졌다.

"근디 사내 쪽이 행결 젊구먼. 족히 이모뻘은 돼 보이지 않어?"

우럭회가 나오기 무섭게 어머니는 소주를 거푸 마셔대기 시작했다. 두어 번 말리는 시늉을 하다 나는 어머니가 내민 잔을 받았고 이후로는 주거니 받거니를 거듭했다. 차를 돌려 나가기는 이미 틀린 상태였고 주인 되는 오십대의 아주머니에게 방이 있느냐고 물어보니 불을 넣어두겠다고 했다. 아주머니도 처음엔 긴가민가한 눈치였는데 우리가 주고받는 대화를 엿듣고는 모자간이라는 것을 알게 된 표정이었다. 술김에 어머니가 거친 푸념을 늘어놓았다.

"너나 나나 반쪽 신세로 살다보니 별 해괴한 소리를 다 듣게 되는구나. 시골 무지렁이들이 더 무서운 법이니까, 너도 앞으로 조심하며 살거라. 감히 어디다 대고 귀신 볍씨 까먹는 소리를 지껄여, 지껄이기를!"

나 역시 신경이 곤두서 있던 터라, 되레 어머니에게 화풀이를 하고 있었다.

"그만하세요! 그 할머니들 덕분에 자연산 우럭 회도 먹고 숙박까지 해결됐잖아요. 여기까지 와서 공무원 티 내는 거 보기 안 좋아요. 공무원이면 엄연히 종복 신분인데, 그게 무슨 권력이나 되는 줄 아시나보죠?"

그제야 어머니는 한풀 꺾인 모습이었다.

"그래, 너하고 함께 술도 마시고 더불어 동침까지 하게 되었으니, 이게 다 그 귀인들을 만난 덕분이라고 생각하마. 이제 떠나가면 너를 또 언제 볼지도 모르는데."

이러면서 신세타령 조로 또 엉뚱한 말을 늘어놓는 것이었다.

"너, 그 선장집 딸한테 잘 보이거라. 누가 아니? 나중에 네가 그 배를 타고 나가 왕새우를 한가득 잡아오게 될지. 드문드문 민어와 꽃게도 잡으면서 말이다."

"차라리 시詩를 쓰시지 그러세요. 정년퇴직할 때까지 기다릴 게 뭐 있나요."

내 말에 어머니는 돌연 얼굴을 붉히더니, 그래? 하고 뜻 모를 소리로 반문을 하는 것이었다.

술을 마시고 나니 어느덧 저녁이었다. 어머니는 유리로 된 출입문을 사이사이 돌아보곤 했는데, 그것은 평소에 느끼는 외로움이나 고독에서 비롯된 습관처럼 보였고 그래서 시나브로 어둠이 내리고 있다는 것을 감지하고 있었을 터였다. 담배를 피울 겸 밖으로 나가 바람이라도 쏘이고 오자고 어머니가 말했다.

포구 주변엔 더없이 맑은 어둠이 내려와 있었고 이따금씩 도둑고양이들이 사위에서 기척을 내며 돌아다니고 있었다. 어머니와 나는 빨간 등대가 서 있는 방파제를 향해 걸어갔다. 그지없이 적요하고 고적한 밤이었다. 만조 때인지 바다도 움직임을 멈추고 고요하게 하늘을 향해 드러누워 있었다. 날씨는 추웠으나 술을 마신 상태인데다 바람마저 죽어 있어 그럭저럭 견딜 만했다. 등대 옆에서 어머니와 나는 담배를 피워 물었다. 담배연기는 공중에서 아슬아슬하게 한데 뒤섞이는가 싶더니 순식간에 흩어져 사라졌다. 한동안 입을 다물고 있던 어머니가 달뜬 목소리로 읊조렸다.

"반달이구나. 부엌칼로 무를 썰어놓은 듯 깨끗하고 하얗게 떠있구나."

조수 간만의 차가 가장 적은 조금小潮의 바다. 그래서 바다가 움직임을 멈춘 채 숨을 죽이고 있었던 것이로구나.

"하얀 쪽배란 말이 정말 딱 어울리는구나."

나는 눈을 들어 하늘을 올려다보았다. 별들의 무리가 성운을 이뤄 강처럼 하얗게 흘러가고 있었다. 나는 문득 숨이 멎었다. 무심결에 어머니가 읊조리고 있는 동요 때문이었는지도 모른다.

돛대도 아니 달고, 삿대도 없이……

나는 길 잃은 아이처럼 어머니의 목소리에 귀를 기울이고 있었다. 그러자니 유년의 서글픈 꿈들이 하나씩 되살아나면서 금세 덧없이 사라져갔다.

가기도 잘도 간다, 서쪽 나라로……

유감스럽게도 어머니는 2절 가사까지는 외우지 못하고 있었다.

방에 들어 불을 끄고 눕자 기다렸다는 듯 도둑고양이들이 울어대기 시작했다. 때문에 어머니도 나도 쉽게 잠을 이루지 못하고 있었다. 자정쯤 되었을까. 꺼끌한 목소리로 어머니가 중얼거렸다.

"진눈깨비가 내리나, 눈이 내리나, 별이 내리나, 왜들 저렇게 요망하게 울어대는지 모르겠다."

"……"

"춥고 배고픈데 먹을 건 없고, 제 짝을 찾지도 못하고, 뭐 그래서들 저러는 거겠지…… 자는 거니?"

내가 깨어 있다는 걸 어머니가 알고 있었으므로 나는 굳이 대꾸를 하지 않았다.

"살아 있다는 것 자체가 누구한테나 고독이고 고통이겠지. 짐 승이든 사람이든 말이다. 이 어미도 속으로 저런 소리를 내며 밤 새 뒤척일 때가 많단다. 그래도 아까 우리가 보았던 하늘 아래에서 이렇게 생명을 가지고 살아간다는 게 다 좋은 일 아니겠니? 운명이 따로 있는 게 아니라, 하루하루 살아가는 게 바로 운명이고 숙명이란다."

나는 어머니의 말을 반쯤은 흘려들으며 가수 상태에서 꿈을 꾸고 있었다. 하얀 쪽배에 몸을 싣고 은하수의 푸른 바다를 건너가는 꿈을. 돛대도 아니 달고 삿대도 없이 나는 서쪽으로 끝없이 떠가고 있었다. 도둑고양이들은 내가 잠들 때까지도 뼈에 사무치는 소리로 울어대고 있었다.

이튿날 어머니와 나는 아침을 먹고 당진 읍내로 나왔다. 그리고 읍내에 막 도착했을 때 나는 어머니가 내게 할말이 있다는 것을 직감적으로 눈치채고 있었다. 점심을 먹기에는 이른 시간이었으므로 어머니와 나는 시외버스 터미널 앞에 있는 다방으로 들어갔다. 앞으로 또 언제 어떤 식으로 만나게 될지 기약할 수 없는 순간이 다가와 있었다.

"제대하고 한번 내려올래?"

어머니는 끝내 면회를 오겠다는 말은 하지 않았다. 하지만 나는 크게 서운한 느낌은 없었다. 어머니에게는 엄연히 어머니 자신의 삶이 있는 것이다. 그렇다는 사실을 이제는 받아들일 나이가 돼 있었다. 함께 여행을 할 수 있어서 좋았노라고 어머니는 내연의 관계에서 오가는 대화처럼 간단히 정리해서 말했다. 그리고 이런 덕담을 덧붙이는 것도 잊지 않았다.

"곁에 사람을 두고 살아야 그게 진짜 삶이란다. 부디 순정한 사람이 네 곁에 있어줬으면 좋겠구나. 너도 그 사람 곁에 늘 함께 머물러야 하고."

나는 전혀 생각지도 않았던 말을 하고 있었다.

"계속 혼자 사실 건가요?"

이마에 바늘이 찔린 듯 어머니는 잠시 숨죽인 상태에서 나를 뚫어지게 바라보았다.

"글쎄다, 평소에 만날 사람들은 챙겨두고 사는 편이니까, 뭐 그런 생각은 일부러 안 해봤다."

"그만 올라갈게요."

더이상 말이 길어지면 자칫 서로 속내가 복잡해질 것 같아 나는 서둘러 가방을 챙겨들고 일어섰다.

"자대 배치 받으면 편지나 한 통 보내다오."

그러겠다고 나는 대답했다. 어머니는 서산에 들렀다 갈 예정이라고 말했다. 군이 할 필요가 없는 말이었으나, 그렇게 얘기하고 싶었던 모양이었다. 천안을 경유해 가는 서울행 직행버스에 올라타자 불현듯 뼈에 스미는 외로움이 밀려왔다. 이번 만남을 통해 어쩐지 어머니와 완전히 헤어진 느낌이 들었다. 그게 곧 어쩔 수 없는 사실로 다가왔다. 그제야 나는 온전히 혼자가 되었다는 사실을 깨달았다.

은하수를 건너서 구름나라로

단 한 번 예외적인 사랑에 빠진 적이 있다. 스물다섯 살, 그러니까 군대를 제대한 후의 일이었다. 상대는 대학 같은 과 동기였다. 서해 울도가 고향으로 황해도 출신의 실향민인 아버지는 낡은 풍선배 한 척을 가지고 있었다. 철 따라 새우를 잡고 민어나 꽃게도 잡는다 했다. 젓갈용 새우를 잡는 철이 되면 민어떼가 몰려들었다. 민어가 유독 새우를 좋아한다고 했다. 대학에 입학해 처음 말문을 튼 친구가 바로 그였다. 동갑내기였지만 그는 과묵한 성격에 뱃사람의 자식답게 늘 초연한 태도를 보였으며 강인하고 맑고 속내가 깊었다. 그는 내가 어렸을 때 마루 기둥에 걸린 거울 속에서 찾던 그런 존재였다. 울도에 다녀오면 그는 늘 싱싱한 물고기를 싸들고 와 친구들에게 회를 떠주고 생선전을 부쳐주고 탕을 끓여주며 몹시 뿌듯해하는 것이었다. 학교 공부에는 그다지 집착하지 않는 모습이었는데, 어느 날 술자리에서 내가 장래 계획을 물어보니 졸업을 하면 울도로 돌아갈 거라고 담담하게 말했다. 그가 접시에 썰어놓은 병어회와 민어회를 우물거리며 나는 그에게 물었다.

"그렇다면 뭐하러 비싼 등록금 써가며 이 먼 서울까지 유학을 왔어?"

"등록금이야 횟집에서 주방 아르바이트를 하니까 어느 정도 해결할 수 있어. 대학은 한번 다녀보고 싶어서 왔고. 뭐, 이왕이면 서울에서 말이야."

"졸업하고 나서 짐 싸들고 돌아가면 부모님이 실망하시지 않을까?"

"내가 하는 일에 별로 관여하는 분들이 아니야. 오히려 속으로는 좋아하실지도 모르지. 이미 돌아가신 지 오래지만 할아버지를 포함해 이산의 아픔을 몸소 겪은 양반들이니까."

"그렇다면 단지 돌아가기 위해 대처에 나와 있는 셈이군."

"그런가? 사실 더 근본적인 이유는 내가 바다에 너무 익숙해져 있기 때문일 거야. 이를테면 서해의 물때와 조류와 바람과 물고기와 함초가 뒤덮여 있는 갯벌 들…… 이 대처의 사람들에게는 그게 중요할 리 없겠지만, 내게는 없어서는 안 되는 삶의 구성요소들이지."

"……그럼 돌아가서 가업을 이을 생각인가?"

"아마 그렇게 되지 않을까? 내가 태어날 무렵부터 바다에서 고기가 사라지기 시작해 지금은 살기가 어려워졌지만 그래도 누군가는 배를 타고 바다로 나가야 하겠지. 통일이 되면 부모를 따라 황해도로 가게 될지도 모르고. 그전에 결혼을 해서 아이를 낳을 수 있다면 더욱 좋겠지. 어렸을 때부터 점찍어둔 여자애가 하나 있긴 한데…… 이번에 가보니 굴업도에서 흑염소 몇 마리를 구해와 키우고 있더군."

문득 한숨을 몰아쉬고 나서 그는 흐흐거리고 웃었다. 나는 고즈넉이 술에 취해 입에서 흘러나오는 대로 중얼거렸다.

"바다로 배를 타고 나가 새우를 잡는다는 것은 과연 어떤 기분일까?"

가만히 숨죽이고 있다가 그가 다시 한숨을 몰아쉬고 나서 말했다.

"밤하늘에 그물을 풀어 별들을 무더기로 끌어당기는 느낌이지. 운이 좋으면 가끔 달도 걸려들고."

흠, 그래서 돌아갈 수밖에 없는 것이로구나.

"바다는 언제나 고독한 계절이지. 별이 쏟아지는 밤에 배 위에 누워 있으면, 바다와 하늘의 구분 따위는 곧 사라지지. 그러니까 나는 배를 타고 하늘 어딘가에 떠 있거나, 바다 어딘가에 떠 있거나…… 흐흐."

그의 말을 엿듣고 있으면 나는 뜬 눈으로 꿈을 꾸는 기분이었다. 하지만 그때까지만 해도 그에 대해 남다른 감정을 품고 있었던 것 같지는 않다. 그는 매우 바쁘게 지냈고 종종 학교에도 나오지 않았다. 특히 가을이 되면 아버지 일을 돕기 위해 울도에 가서 머물다 돌아오곤 했다. 그러다 그가 나보다 한 학기 먼저 입대를 해버리는 바람에 자연스럽게 연락이 끊기고 말았다.

내가 다시 그를 떠올리게 된 것은 제대를 얼마 남겨두지 않은 시점이었다. 내가 속한 대대大隊에서는 일 년에 두어 번 군부대 내에 있는 식당에서 철 지난 영화를 단체로 관람하게 했다. 그날 본 영화가 바로 〈포레스트 검프〉였다. 그 영화는 1994년 가을에 한국에서 개봉했는데 당시 고등학생이었던 나는 볼 기회가 없었다. 미국 홍보용 영화에 해당하는 작품이었으므로 군인들에게 관람시키기에 뭐 적당하다고 할 수도 있었다.

그 영화에서 나는 전우였던 두 남자가 제대 후 다시 만나 새우잡이 배를 타고 바다로 나가는 장면을 보게 되었다. 그리고 만선이 되어 항구로 돌아오는 대목에서 어쩔 수 없이 그의 얼굴을 떠올리고 있었다. 당시 나는 제대를 앞두고 불투명한 장래에 대한 생각으로 극도의 막막함에 사로잡혀 있을 때였다. 이를테면 삶의 방향을 상실한 상태였다. 차디찬 콘크리트 벽면에서 움직이는 흐릿한 영상들을 쏘아보며 나는 어느 결에 감정이 격앙돼 있었다. 그들이 새우가 가득 들어찬 그물을 끌어올리는 장면은 내 안에 잠복해 있던 뜨거운 꿈을 자극하고 있었던 것이다. 더불어 맹렬한 탈출 욕구를 불러일으켰다.

제대를 하고 나는 곧장 학교로 찾아가 그를 수소문했다. 나보다 먼저 제대를 했을 것이므로 나는 당연히 그가 복학생 신분으로 학교에 있을 거라고 짐작했던 것이다. 하지만 그는 학교에 없었다. 과사무실로 찾아가 조교에게 확인해보니 여전히 휴학 상태라고 했다. 게다가 학적부에는 연락할 전화번호조차 제대로 기록돼 있지 않았다.

다음날 나는 인천에서 울도로 가는 배에 올라탔다. 훗날 돌이켜보기를, 그때 만약 그가 학교에 있었다면 그후에 벌어진 일들은 아마도 피해갈 수 있었을 것이다. 또한 그가 울도에 있기만 했었더라도. 저녁 무렵에야 바다에서 돌아온 그의 늙은 아버지와 만나 밥과 술을 얻어먹으며 얘기를 나눴다. 그는 벌써 몇 개월째 전라남도 신안군에 속해 있는 임자도라는 섬에 가 있었다. 거긴 왜요? 라고 되묻자 그의 아버지는 남의 집 자식 얘기하듯 덤덤하게 말했다.

"봄에 제대를 하고 돌아와서 바로 그쪽으로 내려갔어. 가을까지 새우잡이 배를 탈 거라고 하더군. 지금 남쪽은 추젓용 새우잡이가 한창일 때지."

"왜, 여기서 배를 타지 않고 그 먼 데까지."

"여긴 오래전에 어장이 폐허가 되다시피 했어. 다 옛날 얘기지. 새우떼고 민어떼고 더이상 여기까지 올라오지 않아. 그저 잡히는 대로 내다 파는 정도지. 그나마 꽃게가 있어줘서 버티고들 있는 거지."

"학교는 어떤다고 합니까?"

"그야 지가 알아서 하지 않겠나? 내가 군이 상관할 일도 아니고."

내가 임자도로 떠난 것은 그해 10월 중순이었다. 당분간 그곳에 머물지 몰라 나는 겨울용 옷가지를 챙겨 신안군 지도읍에 있는 점암선착장에서 임자도로 건너가는 농협 철부선에 몸을 실었다. 떠나기 전에 알아보니 임자도는 국내에서 생산되는 새우젓의 반 이상을 차지하는 곳이었다. 철부선은 곧 진리선착장으로 들어섰다.

접안을 마친 배에서 내려 나는 곧장 전장포구로 가는 공영버스에 올라탔다. 철부선 안에서 만난 주민들에게 물어보니, 그곳에 가서 수소문하면 외지에서 돈벌이를 하기 위해 들어온 사람들의 소식을 들을 수 있을 거라고 했다. 전장포구로 가는 길은 개펄과 염전의 연속이었고 그 때문에 오히려 황량해 보였다. 그러다 반대편 차창으로 끝없이 펼쳐져 있는 대파밭이 나타났다. 그렇게 임자도는 새우의 섬이면서 소금과 파의 섬이기도 했다.

전장포구는 배들로 가득차 있었고 온갖 사람들로 넘쳐나고 있었다. 방금 포구로 들어온 새우잡이 배에서 젓통을 내리는 사내들, 그것을 인근 토굴로 옮기기 위해 대기하고 있는 트럭들, 그물에서 쏟아낸 새우를 양동이로 퍼날라 크기별로 선별하고 잡어를 솎아내는 아낙네들, 김장용 젓갈을 확보하기 위해 분주하게 오가는 상인들, 구경 삼아 찾아온 가족 단위의 관광객들, 그 사이를 국수와 어묵을 팔러 다니는 리어카가 지나가고 고양이와 개 들까지 몰려나와 한데 뒤엉켜 있었다. 그 엄청난 활기에 압도당한 상태에서 나는 아득한 생각에 사로잡혔다. 이런 곳에서 어떻게 그를 수소문한단 말인가. 그러다 지푸라기라도 잡는 심정으로 뱃사람 두엇을 붙잡고 물어보니 이내 튀어나온 말이 어업조합으로 가보라고 했다. 외지에서 배를 타러 온 사람들은 어업조합과 관할 파출소에 신고를 해야 한다는 것이었다. 하지만 바다에 배가 나가 있는 상태면 얼마를 기다려야 할지 모른다고 했다. 대개는 출어 기간이 열흘에서 보름 정도지만 조황이 좋지 않은 경우에는 기름값을 아끼기 위해 한 달 만에 돌아오는 경우도 있었다. 중간에 운반선인 상고선이 왕복하면서 그쪽에 연료와 식량을 공급하고 잡은 새우를 포구로 실어나른다는 얘기였다.

어업조합 사무실도 붐비기는 마찬가지였다. 그중엔 동남아 사람들로 보이는 외국인 노동자들도 더러 섞여 있었다. 예감대로 그는 오 톤짜리 동력선을 타고 바다에 나가 있는 상태였다. 일주일쯤 됐다고 했다. 조합 직원은 그가 타고 나간 배가 언제 돌아올지 정확히 알 수 없다고 확인시켜주었다. 그렇다면 상고선을 얻어 타고 내가 그쪽으로 갈 수밖에 없었다. 물론 그조차도 수월한 일은 아니었다. 그전에 무전 교신을 통해 그 배의 선장에게 승선 허가를 받아야만 했다. 밖으로 나오니 그새 어둠이 내려와 있었다. 아까참의 그 부산한 활기는 온데간데없고 차디차고 적막한 기운이 포구 전체를 내리누르듯 감싸고 있었다. 눈에 어렴풋이 보이는 것은 발에 채일 듯 수시로 나타났다 사라지는 고양이들과 방파제에 드문드문 어깨를 움츠리고 서 있는 낚시꾼들뿐이었다. 낮의 활기는 다름아닌 식당과 술집으로 옮겨가 있었다. 왁자하고 흥청한 분위기 속에서 나는 다시금 입대를 앞둔 심정으로 국밥에 소주 한 병을 비우고 여관을 찾아 들어갔다. 자리에 눕자 비로소 내가 멀고 외진 곳에 와 있다는 실감이 되살아났다. 그리고 불현듯 어머니의 얼굴이 눈앞에 떠올랐다. 그제야 나는 제대를 하고 나서 아직 어머니를 찾아가지 않았다는 사실을 깨달았다. 밖에 나가 전화라도 걸어봐야 하나? 라는 생각을 되풀이하는 동안 나는 잠이 들었고, 어수선한 꿈들에 쫓겨 다니며 밤새 몸을 뒤척이고 있었다.

다음날 상고선이 나를 데려간 곳은 포구에서 두 시간쯤 떨어진 바다 한가운데였다. 배에는 선장을 포함해 다섯 명의 뱃사람들이 타고 있었다. 일손이 부족했던 터여서 나는 쉽게 승선 허가를 받은 편이었다. 선원 중에는 태국에서 온 내 나이 또래의 청년도 있었다. 하지만 선원들은 서로에게 아무 관심이 없었다. 겪어보니 자신을 의식할 겨를조차 없는 상황에서 남이 눈에 들어올 리 없었다. 물때에 맞춰 조류가 형성되는 지점에 배를 대고 커다란 주머니처럼 생긴 낭장망 그물을 다섯 틀씩 내렸다 올리기를 하루에 네 번씩 반복하는 일이 바로 젓갈용 새우잡이라는 것이었다. 잡은 새우는 잡어를 골라낸 다음 배에서 곧바로 소금으로 간해 젓갈을 담근 후 포구로 들여가거나 상고선이 오면 옮겨 실었다. 그러므로 두세 시간 일하고 두세 시간 자는 일을 하루 네 번 매일 반복해야만 했다. 휴식이 있다면 밥때와 선실 바닥에서 새우처럼 웅크리고 자는 몇 시간의 불규칙한 수면 시간뿐이었다. 어지간한 풍랑경보나 주의보 속에서도 새우잡이 배는 일을 멈추지 않았다. 그 엄청난 노동을 되풀이하다보면 자신에 대해 의혹을 갖는 것조차 무의미해지게 마련이었고 타인과 나의 구분도 사라지고 말았다. 그리고 육체에 대한 증오와 분노의 순수한 감정만이 남게 되는 것이었다. 내가 그 낡아빠진 동력선에 올라 그의 얼굴에서 보았던 것도 바로 그러한 순수한 허기로 번들거리는 눈빛이었다. 그는 얼른 나를 알아보지도 못했다. 그는 대체로 무감정한 얼굴이었고 오랫동안 말을 한 적도 없는 것 같았다. 내가 누구라는 걸 알고 나서도 그는 별다른 감정 표현을 하지 않았다. 다만 여기까지 어떻게 왔어? 라는 한마디 말로 모든 질문을 대신했다.

뱃일을 해본 경험이 없었으므로 나는 선원들의 끼니를 마련하는 식사 당번에 배치되었다. 그런 나를 선원들은 '화장'이라고 불렀는데, 거기엔 배의 막내라는 뜻이 포함돼 있었다. 그렇다고 설마 그 일만 하도록 내버려두지는 않았다. 닻이 달린 그물 틀을 내리고 올릴 때는 물론이려니와 그밖의 조업과 관련된 모든 일을 함께 거들어야만 했다. 잠시라도 손을 놓고 있으면 누군가 다가와 다리를 걸어차거나 장작이라도 패듯 등짝을 후려쳤다. 단 하루 만에 나는 허리가 끊어져나가는 듯한 통증 때문에 서 있는 건 고사하고 앉거나 눕기조차 힘든 상태가 되고 말았다. 새우 더미 안에서 잡어를 골라내 그중 쓸 만한 생선은 끼니때에 맞춰 회를 뜨거나 튀기거나 국을 끓여내는 시간이 내게는 차라리 휴식에 가까웠다. 이윽고 내가 뱃멀미에서 해방되었을 때 바야흐로 사리 물때가 찾아와 바다가 거칠어지기 시작했다. 선원들은 잔뜩 긴장하고 있었다. 풍랑경보 속에서 그물을 끌어올리는 동안 너울이 가차없이 배를 덮쳐왔다. 밤바다의 체감온도는 질리도록 몸을 무력하게 만들었다.

　다음날 바람이 가라앉은 틈을 타 상고선이 다녀갔고 사십대 초반의 사내 한 명이 우리가 타고 있는 배에 합류했다. 잠시 바람이 잦아들긴 했으나 보름중 조수 간만의 차가 가장 큰 시기였으므로 바다는 여전히 거칠었다. 물론 조황이 가장 좋은 시기도 바로 이때였다. 선원들이 선실로 내려가 잠시 눈을 붙이고 있는 동안 마침내 그가 나를 찾아왔다. 그때 나는 선원들의 저녁 끼니를 준비하고 있던 중이었다. 도와줄 게 있나 해서 찾아왔는데, 라고 그는 말문을 열었다.

"새우잡이라는 게 듣던 대로 낭만적이지 않지?"

"그러게. 어디서 난데없이 끌려오거나 잡혀온 신세와 별반 다를 게 없군."

나는 배가 언제쯤 포구로 돌아가게 되느냐고 그에게 물었다. 그러자 그가 이를 드러내고 잠깐 웃었다.

"배가 고장나거나 그물에 이상이 생기지 않는 한 당분간 어장을 떠나지 않겠지. 지금이 새우가 가장 많이 나오는 철이니까."

"……"

"조금 물때가 되면 바다도 잠깐 휴식기에 들어가지. 선장의 판단에 따라 어쩌면 포구로 들어갔다 나올 수도 있겠지. 왜, 견디기 힘든가?"

"자넨 언제까지 임자도에 있을 생각인데?"

"겨울이 닥치기 전에 울도로 돌아가야지. 꽃게잡이가 시작될 텐데, 그 일을 하게 될지 어떨지는 아직 모르겠어."

"학교는?"

"그건 봄이 되면 생각해보려고. 알다시피 여기서는 그런 생각을 할 여유가 없어. 다만 그날그날이 전부지. 안 그래?"

조금 물때가 됐는데도 배는 포구로 돌아가지 않았다. 헤아려보니 내가 바다에 떠 있는 것도 그새 열흘이 지나 있었다. 그리고 그 달 음력 8일이 되자 바다가 장판처럼 가라앉았고 그물을 보수하고 손질하기 위해 조업을 하루 쉬는 날이 찾아왔다. 일단 포구로 들어갔다 나오자는 말들이 선원들 사이에서 조심스럽게 오갔으나 배를 움직이는 건 어디까지나 선장의 권한이었다. 동요의 기미를 감지했음인지 저녁참이 되자 선장은 가지고 있던 술을 풀었다. 안줏거리를 준비하는 건 선원들에게 아무 일도 아니었다. 이윽고 술이 한 순배씩 돌자 일시에 배 안이 술렁거리기 시작했다. 마치 강요된 잠에서 기지개를 켜며 깨어난 짐승들처럼 각자 표정을 되찾으며 저절로 목청이 높아졌다. 그렇다고 당장 무슨 일이 일어난 건 아니지만, 나는 본능적으로 긴장하고 있었다. 만약 불필요한 자극이 오가게 되면 언제든 칼부림이 일어날 수 있는 분위기였다. 선장이 술을 입에 대지 않는 이유가 있었던 것이다.

그와 나는 나이가 어린 축에 속했으므로 고물 쪽에 따로 비켜 앉아 술을 마시고 있었다. 얼마 후 태국에서 온 청년이 우리 쪽으로 기웃거리며 다가와 어울리기를 청했다. '심쩐다'라는 이름을 가진 그 친구는 태국에서 트롤어선을 타고 몇 년간 새우잡이를 한 경험이 있었다. 젓갈용 새우가 아니라 미국이나 유럽으로 수출하는 타이거라는 별칭을 가진 왕새우였다. 오직 돈을 벌기 위해 그는 삼 년째 한국의 서해, 남해를 옮겨다니며 어선을 타고 있었다. 이러한 얘기 끝에 그는 '꺼이(새끼손가락)'라는 열여섯 살

된 막내 여동생이 보고 싶다며 갑자기 훌쩍거리기 시작했다. 어선에서 눈물을 보이는 건 명백한 금기였다. 배를 타고 있는 동안에는 울기 좋아하는 닭도 심지어는 달걀도 먹지 않았다. 부정을 탄다고 믿기 때문이었다. 대뜸 주의를 주자 심쩍다는 이내 소리를 죽였으나, 그의 울음은 순간 그 자리에 함께 있던 다른 두 사람의 예민한 감정 부위를 자극하는 원인이 되고 말았다. 그를 달래 선실로 들여보내고 난 뒤 그는 소주를 두어 병 더 얻어왔다. 시간이 지나 선장을 포함해 이물에 앉아 있던 사람들까지 잠을 자두기 위해 선실로 내려간 다음까지 우리는 술잔을 주고받으며 토막난 대화들을 주고받았다.

밤바다는 무섭도록 고요하고 적막했다. 불길한 느낌이 들 정도로 배조차 흔들림이 없었다. 조금이었으므로 하늘엔 반달이 떠 있었다. 커다란 빗자루로 쓸어놓은 듯 별들이 하얗게 무리를 이뤄 포물선을 형성하며 이동하고 있었다.

"이봐, 자네 눈에도 별들이 이동하는 경로가 보이나? 별들의 행로가 말이야."

고물 바닥에 드러누워 있던 그가 바람결처럼 중얼거렸다.

"이쪽으로 와서 나와 함께 누워보지그래."

그는 어부의 자식답게 별자리와 그들의 행로에 대해 아주 잘 알고 있었다. 나는 그의 옆으로 다가가 비스듬히 누웠다. 그때, 서로의 손과 몸이 엉키듯 스쳤다. 순간 저절로 숨이 멎었다. 돌연 내 몸이 거칠게 반응하고 있었던 것이다. 뒤미처 걷잡을 수 없이 가슴이 두근거리기 시작했다. 순식간에 내 몸은 통제가 불가능한 상태로 변해 있었다. 그런데 놀랍게도 마치 구원처럼 그가 내 손을 더듬어 잡아왔다. 아래 선실에서 누군가 잠꼬대를 하는지 짐 승이 울부짖는 듯한 소리가 간헐적으로 들려왔다. 그 소리는 우리를 더욱 거친 흥분의 상태로 몰아넣었다. 그의 떨리는 목소리가 내 귓속으로 흘러들어왔다.

"하얀 달 위에 우리 둘만이 외롭게 남아 있군. 달은 원래 이렇듯 적막한 세계인가보이. 안 그런가?"

나는 더이상 참지를 못하고 그의 바지 속에 손을 넣어 성기를 거머쥐었다. 그도 이미 뜨겁게 변한 상태였다. 단말마의 고통스런 웃음소리가 다시 귓전에서 울렸다. 저쪽 심연 아래를 내려다보니 바다 한가운데 조그만 동력선 한 척이 떠 있었다. 그리고 거기 두 남자가 누워 애타게 사랑을 나누고 있었다. 그가 몸을 돌려 내 입술을 찾았다. 이어 주저하는 기색 없이 내 바지춤 속으로 손을 집어넣었다. 한때의 서늘한 바람이 불어가면서 배가 기우뚱 흔들렸다. 이어 두 사람은 하나의 맹렬한 불꽃으로 타오르기 시작했다. 그리고 동시에 숨죽여 사정했다. 순간 서로의 영혼이 파괴되는 소리를 들었다.

이후 나는 오랫동안 고뇌하고 번민했다. 거기엔 나 자신의 성적 정체성에 대한 의문도 함께 포함돼 있었다. 하지만 그보다 시간이 더 지난 뒤에 생긴 일들을 생각해보면 그것과는 상관없는 일이었다는 걸 알 수 있었다. 그도 나와 사정이 같았을 거라고 나는 믿고 있다. 한데 왜 그런 불가해한 일이 일어났던 것일까. 두려울 정도로 아름답고 공허했던 밤에 어쩌면 우리는 거대한 우주의 순수한 허기를 견디지 못했던 게 아니었을까. 그런데 그것이 정녕 사랑이었을까? 나는 그를 잊지 못하는 상태로 몇 년을 지냈으며 때로 견디기 힘든 그리움에 사로잡히기도 했다. 하지만 집착하는 마음은 생기지 않았다. 그걸 원치 않는다는 걸 서로가 알고 있었다.

나흘 후에 나는 상고선을 타고 전장포구로 돌아와 임자도를 떠났다. 그 나흘 동안 우리는 일절 아무 말도 주고받지 않았다. 다만 난데없는 꿈에 사로잡혀 있었다고 생각했다. 그렇게 생각하기로 마음먹었다. 그로부터 세월이 흘러서야 나는 그날 밤 그와의 관계가 사랑이었을지도 모른다는 생각을 하고 있었다. 어떤 여자와 막 사랑에 빠져들고 있을 무렵이었다. 그즈음 나는 매일매일 하나의 거울을 들여다보고 있는 느낌에 사로잡혀 있었다. 누군가를 사랑한다는 일은 그런 것이었다. 요컨대 나라는 거울을 통해 매 순간 상대를 찾고 그리워하는 일이 바로 사랑이었다. 또한 상대를 통해 나라는 존재를 찾아내는 일이었다. 알고 보니 그것은 누구한테나 우주와의 경이로운 일체감 속에서만 가능한 것이었다. 그날 밤 그와 내가 그러한 순간에 처해 있었던 것처럼. 이제 와서야 말할 수 있지만, 별들의 생성과 소멸처럼 우리도 어느 순간 파괴되면서 동시에 다시 태어나는 것이다.

샛별이 등대란다 길을 찾아라

서른이 되던 해 나는 한 여자를 알게 되었다. 직장에서 만난 사람이었다. 두어 해 함께 근무하는 동안 나는 그녀의 고향이 강릉이라는 것을 알게 되었다. 사시사철 동해의 푸른 바다를 보고 자라서 그런지 속내가 맑고 깊은 사람이었다. 비록 자신은 그런 사실을 모르고 있었지만 수평선을 바라보듯 늘 무언가에 대한 그리움을 안고 사는 사람이었다. 어느 봄날 주말에 같은 부서의 사람들과 인천 을왕리 바닷가로 바람을 쏘이러 간 적이 있었다. 노을이 지는 해수욕장을 단둘이 걷다가 그녀가 말했다.

"봄인데도 서해는 너무 어둡고 쓸쓸해요. 노을조차도 말예요."

그녀는 을왕리로 차를 타고 오면서 보았던 개펄을 뒤덮고 있는 붉은 풀들이 무엇인지 내게 물었다. 소금을 먹고 자라는 함초라고 나는 말해주었다. 동해에서는 볼 수 없는 식물이었기에 궁금했을 것이다.

"그게 노을빛과 같더군요. 근데 아름답긴 하지만, 역시 사람 마음을 되게 쓸쓸하게 만들어요. 거기 내려와 있는 갈매기들까지도."

잠자코 듣고 있다 나는 언제 함께 강릉에 갈 수 있으면 좋겠다
고 말했다. 나로서는 문득 고백을 한 셈이었다. 매우 뜻밖이라는
듯 그녀가 이렇게 반문했다.

"왜요?"

"……"

훗날에야 알게 되지만 그녀는 당시 만나는 남자가 있었다. 또
한 그 사람과 계속 만나야 할지 아니면 헤어져야 할지 고민을 하
고 있던 중이었다. 이유를 알 길 없으되, 만나면 늘 힘들고 고통
스럽다고 했다.

가을이 되어 나는 그녀와 함께 강릉에 가게 되었다. 집에 들르
러 가는 그녀와 임시 동행을 하게 된 셈이었다. 하지만 그녀는 자
신의 부모에게 나를 소개시켜줄 생각은 갖고 있지 않았다. 언제
든 때가 오겠지. 나는 바다가 내려다보이는 현대호텔에 숙소를
정하고 혼자 저녁을 먹고 술을 마시고 들어와 잠이 들었다. 다음
날 정오 무렵에 그녀가 왔다. 그때 나는 경포해수욕장 앞에 있는
커피숍에서 그녀를 기다리다, 밖으로 나와 횟집 수족관에 가득
들어차 있는 왕새우들을 들여다보고 있었다. 엷은 붉은색 몸통을
가진 왕새우들은 저마다 긴 수염을 곤추세우고 서로 몸을 겹친
채 가만가만 호흡을 하고 있었다.

"뭘 그렇게 들여다보고 있어요?"

뒷전에서 스물일곱 살 먹은 귀에 익은 여자의 목소리가 들려왔

다. 그제야 나는 내가 동해에 와 있음을 새삼스럽게 자각했다. 나는 돌아서서 그녀에게 물었다.

"근데 왕새우가 왜 강릉까지 와 있는 거지?"

"그게 왜요?"

"왕새우는 꽃게처럼 서해에서만 나는 갑각류잖아."

그녀는 아주 이상하다는 표정을 짓고 말했다.

"그럼 동해에 사는 사람들은 왕새우를 먹으려면 서해까지 직접 가야겠네요."

말뜻을 곧 알아들었지만 나는 사실 그래야 하는 거 아닌가? 라고 고지식하게 반문했다. 그렇듯 내게 있어서 왕새우는 서해에 있어야만 하는 것이었다. 경포대와 대관령이 강릉에 있어야 하듯이. 서울로 돌아오는 길에 나는 그녀에게 말했다. 남쪽으로도 곧 단풍이 내려올 테니, 북한산이 붉어질 무렵 서해에 함께 가자고.

그해 10월 음력 8일에 나는 그녀를 조수석에 태우고 당진에 있는 조그만 포구로 왕새우 소금구이를 먹으러 갔다. 조금 물때이므로 날이 맑으면 밤에 반달이 뜰 터였다. 그 포구는 오래전 내가 어머니와 함께 와서 하룻밤을 묵고 떠난 곳이었다. 그녀가 서해를 더이상 쓸쓸한 풍경으로 바라보지 않았으면 하고 나는 바라고 있었다.

그새 팔 년 전의 일이 될 터인데, 신기하게도 주인 아주머니는 나를 기억하고 있었다. 그날 아침에 잡아온 왕새우 소금구이를 먹으며 나는 오래전에 어머니와 함께 이곳에 와서 하루 묵어갔던 얘기를 그녀에게 들려주었다. 그녀는 무언가 곰곰이 생각하는 눈치였다. 술기운 탓이었을까? 아니, 내가 그녀의 존재를 간절히 원하고 있었기 때문이겠지. 나는 울도가 고향인 대학 때의 친구 얘기를 하고 있었다. 젊은 날에 그와 함께 나눴던 경이롭고 아름다웠던 순간들에 대해서도. 하지만 동력선 위에서 그날 밤 우발적으로 사랑을 나눴던 얘기까지는 하지 않았다. 알다시피 그럴 필요까지는 없는 것이다. 내 얘기를 귀 기울여 듣고 있던 그녀가 이윽고 한숨을 몰아쉬고 나서 조심스러운 표정으로 말했다. 어쩌면 확인하고 싶었는지도 모른다.

"그런데, 왜 저한테 그 모든 얘기를 다 하는 거죠?"

나는 그녀의 눈을 응시하고 말했다. 오랫동안 내 얘기를 들려줄 수 있는 사람을 찾고 있었다고. 혹은 들어줄 수 있는 유일한 사람을. 그러자 그녀는 얼굴을 붉히더니, 고개를 끄덕거렸다. 밤이 되어 우리는 빨간 등대가 있는 방파제로 바람을 쐬러 나갔다. 어머니와 함께 왔던 밤처럼 하늘엔 하얀 반달이 떠 있었고 별들이 무리 지어 강물처럼 흘러가고 있었다.

"하늘 반, 별 반이네요."

저 많은 별들 중의 하나가 앞으로 내 삶의 방향을 가리켜줄 수 있다면 좋겠다고 나는 생각하고 있었다. 하늘을 올려다보고 있던 그녀가 문득 물어왔다.

"그런데, 그 울도가 고향이라는 친구는 지금 어디서 뭘 하고 있죠?"

"벌써 몇 년 된 얘긴데, 원양어선을 타고 나가 참치를 잡는다고 들었어. 지금쯤은 돌아왔을지도 모르겠군."

임자도에서 돌아온 후 그와 나는 가끔 소식을 주고받았는데, 연락이 끊긴 지 어느덧 삼 년이 지나 있었다. 나는 그녀에게 혹시 〈반달〉의 가사를 다 외우고 있느냐고 물어보았다. 외우고 있는 게 아니라 그냥 알고 있는 거죠, 라고 그녀가 고쳐 말했다. 2절 가사도 아느냐고 나는 되물었다.

"그럼요."

한번 불러주면 좋겠다고 나는 그녀에게 말했다. 내게는 지금 2절 가사가 필요했다. 왠지 그렇다는 생각이 들었다. 잠시 쑥스러운 표정을 짓고 있다가, 그녀는 목을 가다듬고 나서 가냘픈 소리로 노래를 부르기 시작했다.

　　은하수를 건너서 구름나라로
　　구름나라 지나선 어디로 가나
　　멀리서 반짝반짝 비치이는 건
　　샛별이 등대란다 길을 찾아라

그즈음 어머니는 상태가 몹시 좋지 않았다. 삼 년 전에 어머니는 병이 깊어져 학교를 그만둔 미술 교사를 집으로 데려와 오랫동안 병간을 하며 살았는데, 작년에 그가 간암으로 세상을 떠나는 바람에 크게 낙담해 한동안 술에 의지해 살아온 터였다. 그러다 몸이 쇠약해져 휴직을 한 상태로 지내고 있었다.

일 년 뒤에 복직을 하고 나서 어머니는 오래 살아온 집을 팔고 아파트로 이사를 했고 몇 년이 더 지나서는 퇴직을 했으며 지금껏 그곳에서 혼자 지내고 있다. 가끔 시와 수필을 쓰고 있다는데, 기회가 되면 개인 문집文集을 한 권 갖는 게 소망이라고 한다.

그녀와 나는 서해에 다녀오고 나서 일 년 뒤에 결혼을 했다. 그리고 이듬해 아이를 낳아 내년이면 초등학생이 된다.

삶의 길을 잃고 헤매던 젊은 날이 있었다. 그 시절을 돌아보면 덧없는 꿈이니 고독한 환상이니 화염 같은 고통이니 하는 말들이 두서없이 떠오른다. 하지만 그렇게 길을 잃었었기 때문에 어쩌면 사랑이 가능했고 가까스로 삶의 길을 찾을 수 있었던 게 아니었을까. 내가 알던 주위의 사람들이 모두 그러했듯이 말이다.

그는 내가 아이를 낳던 해에 울도로 돌아가 소꿉친구였던 그녀와 결혼을 했다. 그리고 죽은 아버지에게서 물려받은 낡은 풍선배를 몰며 철 따라 새우와 민어를 잡고 농어와 병어와 꽃게도 잡으며 살고 있다. 임자도에서 헤어지고 나서 서로 만난 적은 없으나, 지금도 해마다 가을이 되면 스티로폼 박스에 싱싱한 생선을

넣어 택배로 보내오거나 가끔 휴대폰 문자메시지를 전송해오기
도 한다.

도자기 박물관

1

그가 아내의 무덤이 있는 사과밭으로 돌아온 것은 육 개월 만이었다. 가지마다 피어 있는 흰 꽃들이 바람에 날려가듯 분분한 풍경으로 사과밭을 뒤덮고 있었다. 해마다 그는 봄가을로 아내의 무덤을 찾았다. 가을에는 무서리가 내리고 사과가 땅에 떨어질 무렵에 다녀가곤 했다. 가까이에서 낮부엉이 우는 소리가 들려오고 있었다. 그는 무연한 표정으로 사위를 돌아보며 목에 걸려 있던 숨을 토해냈다. 요즘은 눈에 보이고 귀에 들리는 것이 어째 딴 세상의 일인 듯 아득하게만 여겨졌다. 어제만 해도 그는 운전도 쉴 겸 차를 세워놓고 오줌을 누다 저녁 물고기들이 수면 위로 튀어오르는 광경을 보며 꿈인가? 하고 짐짓 얼굴을 꼬집어보았다.

강화도에 있는 저수지 앞에서였다. 그러한 장면은 그가 서른 해가 넘도록 만물상 트럭을 몰고 다니면서 더러 보아온 터였으나 새삼 느낌이 예사롭지 않았던 것이다. 마치 도자기에 상감된 물고기들이 그 견고한 응집을 떨쳐내며 퍼덕이는 것처럼 일순 가슴에 파문을 남겼다.

며칠 전에는 만경평야 부근을 지나다 비가 내리는 초록의 들판으로 커다란 황소가 뛰어가는 광경을 보고 그만 넋이 나가 도로변의 나무를 들이받을 뻔한 일이 있었다. 찰나 죽음의 그림자가 스쳐지나가는 것을 목도하며 그는 다시금 자신이 늙고 병들었음을 자각했다. 육십을 넘긴 지 두어 해밖에 되지 않았으나 길바닥에서 먹고 자며 떠돈 세월을 돌이켜보면 결코 몸을 우길 만한 나이가 아니었다. 찰나에 엄습한 죽음의 그림자와 겹쳐 눈앞에 선연히 떠오른 것은 다름아닌 아내의 모습이었다. 자식 하나 얻지 못한 채 고작 마흔을 넘기고 세상을 버린 아내 때문에 그는 지난 이십 년 동안 호된 자책감에 쫓겨다니듯 살아온 터였다. 장례 절차도 없이 암매장하듯 남의 집 사과밭에 아내의 시신을 파묻어버린 것도 그가 끝내 마음에 걸려하는 대목이었다.

저수지 앞에서 담배를 피워 물고 우두커니 핏빛 노을을 바라보다 그는 이제 아내에게 돌아갈 때가 되었다고 생각했다. 어차피 정해진 길이란 것도 없었다. 그는 트럭에 올라타 그 길로 밤을 달려 아내의 고향인 덕산德山에 이르렀다. 그리고 읍내 야식집에서 억지로 허기를 달래고 여인숙에 들어가 축축한 요 위에 쓰러지듯 몸을 뉘었다. 그때부터 칼로 두 동강이라도 낸 듯 몸이 쑤시고 아파왔다. 밤새 식은땀을 흘리며 앓고 난 뒤, 그는 외양간에서 나온 비렁뱅이 같은 몰골로 온천에 찾아가 오래 몸을 담갔다.

부엉이 우는 소리가 멈췄나 싶었는데, 사과밭 한가운데에서 새가 하늘로 날아올랐다. 아까 그 부엉이인가? 라고 중얼거리며 그는 트럭에서 의자를 꺼내와 아내의 무덤 옆에 앉았다. 그는 여한餘恨이란 말을 생경하게 떠올리며 비로소 생의 막다른 지점에 와 있음을 한낮의 고요 속에서 깨달았다. 그는 눈을 감고 지나온 생을 낯선 꿈처럼 돌아보고 있었다.

2

인생살이라는 게 겉으로 보기에는 다 고만고만하게 마련이어서 그도 특별히 남다른 삶을 살아왔다고 할 수는 없었다. 평택에서 고물상집 아들로 태어나 고등학교까지 졸업한 뒤, 일찌감치 군대에 다녀와 두어 해 아버지 일을 돕다가 그만 진력이 나서 무작정 상경한 것도 70년대 중반에는 누구나 경험했을 법한 일이었다. 배운 게 많지 않았던 터라 서울에서의 생활도 짐작할 수 있는 범위를 크게 벗어나지 못했다. 노량진에 지하 단칸 사글셋방을 얻은 다음 생선 부속을 갈아 만드는 어묵공장에 취직해 몇 년을 일하는 동안 크게 돈을 모으지도 못했을뿐더러 혈기가 왕성할 때임에도 변변한 연애조차 못한 채 이십대 중반을 훌쩍 넘겨버리고 말았다. 공장에서 일하는 사람들은 공장장과 중간 관리자 몇 명을 제외하고는 사오십대의 아주머니들이 대부분이었고 그네들은 서로 감염이라도 된 듯 이상한 활기에 차 있었다. 그네들이 심심풀이로 추파를 던지거나 지분댈 때마다 그는 견디기 힘든 자괴감을 느끼곤 했다. 나이가 들어갈수록 자신의 처지가 더욱 한심하게 여겨졌기 때문이었다. 그럼에도 월말의 회식 자리와 봄가을 야유회에는 빠지지 않고 얼굴을 내밀었다. 그가 없으면 빈자리가 너무 커 보인다는 공장장(실은 아주머니들)의 말을 들은 다음부터였다. 그에게는 별다른 재주랄 게 없었으나 군대에서 배워가지고 나온 기타 솜씨가 종종 쓸모가 있었던 것이다. 아내를 만난 것도 공장 사람들과 설악산으로 단풍 구경을 가서였다. 관광버스를 대절해 속초로 가는 동안 곧 음주가무가 시작되었고 화염과도 같은 소란 속에서 그네들의 모습을 숨죽여 바라보고 있던 그는 그만 버스 밖으로 뛰어내리고 싶었다. 설악동에서 케이블카를 타고 권금성에 다녀와 대포항의 횟집에 모여 떠들썩하게 술을 마시는 동안 그는 이쯤에서 자신의 인생에 모종의 변화가 필요하다는 것을 절감했다.

숙소로 예약해둔 척산尺山으로 돌아갈 때는 다들 만신창이가 되다시피 한 상태였다. 피난민과 다름없이 버스 안으로 서로를 밀어넣을 때, 누군가 뒤에서 그의 옷자락을 잡아끌었다. 경리과에 근무하는 미스 오였다. 왜요? 라고 그가 퉁명스럽게 대꾸하자 그녀는 다시 한번 그의 팔소매를 잡아끌고는 뒤로 두어 걸음 물러났다. 무슨 할말이라도 있는 걸까? 그녀는 이 년 전에 어묵공장에 입사했으나 그간 서로 말을 주고받은 적이 없었다. 비록 종잇장 차이일지언정 사무실과 현장근무자 사이에는 묘한 구분이 있었고 굳이 말하자면 눈에 보이지 않는 신분적 차이라는 게 존재했다. 남들의 눈을 의식해 잠깐 망설이는 사이 영숙은 이미 방파제 쪽으로 멀어지고 있었다. 그는 운전기사에게 먼저 출발하라고 말한 뒤 그녀를 따라갔다.

두 사람은 간이횟집에 들어가 술을 한잔 더 마셨고 그러는 사이 통금 시간이 가까워지고 있었다. 영숙은 시종 담담한 표정을 짓고 있었다.

"왜 나를 보자고 한 거요?"

그를 똑바로 마주 보더니 그녀가 또랑한 목소리로 되받았다.

"그걸 모르겠어요?"

"내가 무슨 수로 미스 오의 속내까지 들여다보겠소. 막상 첫 대면인데."

"제 이름은 오영숙이에요. 앞으로는 미스 오라고 부르지 마세요."

이어 그녀는 태연하게 자신의 얘기를 늘어놓았다. 고향은 충청도에 있는 덕산이라고 했다. 일남 이녀의 둘째 딸로 태어나 초등학교 때 병으로 어머니를 잃은 뒤, 아버지가 곧 새어머니를 들여 힘겹게 중학교까지 마쳤다. 이후 서울에 있는 이모 집으로 보내져 여상女商을 졸업하고 몇 군데 직장을 전전하다 이모부와 어묵 공장 사장의 친분관계를 통해 이쪽으로 오게 되었다. 사장에게는 경리 일을 믿고 맡길 만한 경험자가 필요했다고 한다. 영숙은 다짜고짜 그에게 이렇게 말했다.

"낼모레면 서른인데 언제까지 이 코딱지만한 공장에서 생선 썩은 내나 맡으며 살 작정이에요?"

영숙의 나이는 그보다 두 살 아래였다. 문득 놀라서 그는 따지는 투로 되물었다. 그는 종잡을 수 없이 가슴이 두근거리고 있었다.

"그건 피차일반 아니오? 사무실에 앉아 있다고 비린내가 안 날 턱이 없질 않소."

"그쪽은 남자 아닌가요? 장래가 없는 삶을 계속 살아갈 작정인가요?"

그는 눈을 부릅뜨고 그녀를 마주 보았다.

"대체 무슨 뜻으로 내게 그런 말을 하는 거요."

영숙은 주저 없이 말했다.

"저도 이제 과년한 나이가 됐어요."

"……전생에 나와 무슨 인연이라도 있었던 여자처럼 말하는 군."

"왜 아니겠어요. 지난 이 년 동안 정수씨만 지켜보며 살아왔는데. 그러니 이제 어쩔 거죠? 저도 이 어묵공장이 지긋지긋합니다. 공부를 좀더 잘했더라면 여상 졸업하고 곧바로 은행에 입사해 넥타이 맨 남자와 그새 결혼이라도 했을 텐데, 딱하게도 지금 내 처지가 이렇게 됐네요."

달겨들듯 여기까지 말하고 나서 그녀는 고개를 숙이더니 갑자기 소나기가 지나가듯 울기 시작했다. 일단 숙소로 돌아가야겠기에 그는 영숙을 일으켜 밖으로 나왔다. 택시를 잡기 위해 도로 쪽으로 나가고 있을 때, 영숙이 손수건으로 얼굴을 훔치며 말했다.

"종일 우중충한 어묵공장에 처박혀 있으니 차라리 행상을 하며 떠돌아다니는 게 낫겠어요. 세상 유람이라도 하며 살게."

그때까지만 해도 그는 유람遊覽의 뜻을 깊이 헤아리지 못하고 있었다. 더불어 지금 이 순간 이전으로는 결코 돌아갈 수 없다는 사실도 깨닫지 못한 상태였다. 그렇다면 영숙은 알고 있었을까? 마음에 깊은 상처가 도사리고 있기 때문인지 한 치 뒤도 돌아보지 않는 성격인데다 매사에 단호한 그녀였기에 이미 알고 있었을 터였다. 척산에 도착한 두 사람은 솔밭 아래 벤치에 앉아 남은 얘기를 마저 나눴다. 이번에는 그가 먼저 말을 꺼냈다.

"언감생심, 내가 오늘밤 꿈을 꾸고 있나보오."

"아마 그럴 테죠."

"그럼 서울에 올라가 날부터 잡고 식을 올려야 하지 않을까?"

영숙이 한숨을 몰아쉬고 나서 자조적으로 되받았다.

"나야 부모와 절연하고 산 지 오래여서 식장에 부를 만한 일가친척도 없답니다. 이모, 이모부에게 인사는 드려야겠지만. 적당히 때를 봐서 혼인신고 하는 걸로 절차를 간소하게 하죠."

"그래도 그게 아닐 텐데, 서운하지 않겠어?"

"처지가 이 모양이니 어쩌겠어요. 대신 정수씨는 내일 날이 밝는 대로 속초로 나가 버스를 타든 배를 타든 며칠 세상 구경이나 하고 올라오세요. 나머지 일은 내가 알아서 처리할 테니까요."

이내 대꾸를 하지는 못했으나 그는 영숙이 시키는 대로 하고 싶었다. 버스를 타고 경주에나 가볼까? 라는 엉뚱한 생각을 한 것도 그때였다. 아직까지 그쪽에 가본 적이 없을뿐더러 바닷길을 따라 내려가면서 앞으로 어떻게 살아야 할지 궁구해봐야겠다는 생각이 들었던 것이다.

아침 일찍 그는 윗방에 머물고 있는 공장장을 찾아가 회사를 그만두겠노라고 말하고 속초 시내로 나갔다. 포항 호미곶을 거쳐 경주에 와서 그는 이박 삼일 동안 불국사와 석굴암과 분황사와 안압지와 황룡사 터와 감포와 경주박물관을 차례로 둘러본 다음, 되레 심정이 더욱 막연해진 상태에서 서울로 가는 기차에 올라탔다. 영숙이 뭔가 기대를 하고 있을 텐데, 막상 만나서 할 얘깃거리가 없었던 것이다. 어묵공장으로 돌아가기는 이미 틀려버렸고 이렇게 된 이상 다른 공장에 취직하는 것도 그닥 내키지 않았다.

그는 별 뾰쪽한 수가 생각나지 않아 허구한 날 청계천과 동대문과 을지로 부근을 쏘다니며 일자리를 알아보고 다녔다. 영숙은 그가 하는 대로 잠자코 두고보고 있었다. 다만 이쪽에서 자리를 잡으면 언제라도 어묵공장에서 나와 살림을 합칠 태세였다. 을지로 가구점과 청계천 철물점에 어렵사리 일자리를 구했으나 영숙은 좀더 다른 일을 알아보자며 거듭 만류했다. 궁리 끝에 그는 서로 가지고 있는 돈을 모아 우선 과일가게를 차려보자고 했으나 그녀는 들은 숭 만 숭이었다.

그러던 어느 날 그는 방산시장 입구에 서 있는 요상한 모양새의 트럭을 발견했다. 거기에는 빗자루, 의자, 죽세공품, 호미, 삽, 지게, 칼, 도마, 고무신, 돗자리, 대야, 심지어는 책상, 의자까지 온갖 생활용품들이 만물상처럼 쌓여 있었다. 얘기로만 듣던 현대판 방물장수 트럭이었다. 주인이자 운전기사는 어디 갔는지 보이지 않았고 하늘에서는 진눈깨비가 흩뿌리고 있었다. 그는 집으로 돌아갈 양으로 방산시장을 벗어났다가, 다시 무엇에 끌린 듯 트럭이 서 있는 곳으로 돌아왔다. 그리고 마침 식당에서 밥을 먹고 나온 오십대 중반의 사내와 맞닥뜨렸다. 그가 트럭 주위에서 서성거리자 사내가 다가와 말을 건넸다.

"필요한 거 있으면 얼른 사갖고 가슈. 차를 빼줘야 하거든."

"혼자 트럭을 몰고 다니시는 겁니까?"

"그건 왜 묻는 거요?"

그가 뒤통수를 긁으며 계속 머뭇거리자, 사내는 그를 위아래로 훑어보고 나서 말을 이었다.

"한 십 년 여편네가 조수석에 앉아 따라다녔는데, 몸에 병이 들어 집 안에 들어앉고부터는 혼자 돌아다니고 있지. 왜, 세상 유람이라도 하고 싶은 건가? 그럼 자리가 비어 있으니 갈 데 없으면 올라타보든지. 남쪽으로 내려가 한 바퀴 돌고 올라올 참이니까. 먹여주고 재워주는 대신 따로 챙겨줄 건 없으니 그렇게 알고."

"얼마나 걸리는데요?"

"보름도 좋고 한 달도 좋고. 대개는 보름 간격으로 날씨 봐가며 다니지. 겨울엔 어쩔 수 없이 남쪽으로 내려가게 마련이고."

잠깐 기다려보라고 한 뒤, 그는 공중전화부스에서 영숙에게 전화를 걸어 사실대로 고한 뒤 보름 후에 돌아오겠노라고 했다. 영숙은 무겁게 입을 다물고 있었다. 그도 일자리를 구하느라 이미 지칠 대로 지쳐 있던 터라 은근히 목청이 높아졌다.

"내 처지에 더이상 무슨 일을 찾을 수 있겠어. 안 그래? 아니면 그쪽에서 무슨 대책을 내놓든지. 강아지처럼 목줄을 채워놓고 이도 저도 안 된다 하면 나더러 뭘 어쩌란 거야!"

"내가 지금 뭐라고 그랬어요? 생각을 좀 하고 있었으니, 남부끄럽게 길거리에서 소리지르지 말아요."

이윽고 그녀가 침착한 어조로 말했다.

"제가 지금 그 사람을 따라가지 말라고 하면 정수씨는 결국 내게로 돌아오지 않겠죠?"

"……"

"대답이 없는 걸 보니 그렇게 되겠군요. 그럼 한 가지만 물어볼게요. 가구점이나 철물점에 다시 찾아가보는 건 어떻다고 생각해요?"

"내가 그럴 거라고 봐? 나도 뒤를 돌아보며 사는 사내가 아니란 말이야."

"확인하기 위해 물어본 것뿐이니 흥분할 필요 없어요. 때마다 끼니 챙겨 드시고 좋은 구경 많이 하시고 돌아오세요. 부디 몸조심하시고요."

趙씨 성을 가진 만물상 트럭기사는 뒤에서 우두커니 그를 지켜보다 먼저 운전석에 올라탔다. 방산시장에는 안성에 사는 단골손님이 갖다달래서 장판을 구하러 왔다고 했다. 그날 밤은 바로 장판을 주문한 노부부의 집에서 밥을 얻어먹고 잠자리까지 해결했다. 이튿날은 천안을 거쳐 온양 주변의 외진 마을들을 돌아다니며 물건을 팔았다. 그가 처음 알게 된 사실은 물건 가격을 모두 돈으로 받는 게 아니라는 거였다. 이를테면 물물교환 형식으로 쌀이며 콩이며 팥으로 받기도 했고 왕겨 속에 묻어두었던 사과나 배를 가지고 나와 고무장갑이며 도마며 양동이와 맞바꾸는 시골

아낙네들도 있었다. 그렇게 모은 농작물들은 읍내 시장에 가지고 나가 적절한 흥정을 통해 돈으로 바꾸는 것이었다. 그래도 남은 것은 집으로 가져가 양식으로 삼을 수밖에 없었다.

어련하겠느냐마는 현금만 받아서는 장사를 할 수 없다는 게 조씨의 말이었다. 공산품들은 대개 서울의 도매시장에서 구입했고 죽세공품 따위의 특산물의 경우엔 현지에 들를 때마다 챙겨서 트럭에 실어두었다. 같은 제품이라도 값비싼 물건은 취급하지 않았다. 주로 교통이 불편한 오지마을을 돌다보니 서로 돈을 구하기가 쉽지 않았던 것이다. 강진에 갔을 때는 지게와 호미, 삽을 내주는 대신 반찬그릇으로 쓰이는 접시 여남은 벌을 받기도 했다. 그래도 이게 유약을 칠해 가마에서 두 번이나 구워낸 도자기라며 가마 주인은 유세를 떨었다. 조씨는 별말 없이 트럭 한구석에 접시들을 쌓아놓으며 중얼거렸다.

"그래도 호박이나 참외보다야 낫겠지. 살림하는 여자들은 다들 그릇을 좋아하게 마련이니까."

그는 접시 하나를 집어들고 유심히 살펴보았다. 연둣빛 바탕에 해가 떠 있고 소나무 사이로 학이 날아가는 그림이 그려져 있었다. 다른 접시들에는 물고기와 수박, 아닌 게 아니라 호박, 참외 등의 문양이 아름답게 박혀 있었다.

"집에 돌아갈 때 이 접시 몇 개 챙겨주면 안 될까요? 저 곧 살림 차리거든요."

그가 조씨를 따라 내처 해남을 거쳐 남해를 돌아 서울로 돌아온 것은 혹독한 추위가 찾아온 1월 초순이었다. 광장시장 앞에 트럭을 세워놓고 해장국에 소주를 마시다 조씨가 넌지시 이런 말을 꺼냈다.

"어때, 트럭 타고 다닐 만하던가? 겨우내 나는 일을 쉴 참이네. 사실대로 말하자면 나도 이슬과 안개에 절어 몸이 좋지 않네."

이때쯤 조씨가 무슨 말을 하려는지, 그는 어렴풋이 눈치채고 있었다.

"다른 일자리를 구하지 못하면 이 일을 한번 맡아보는 게 어떻겠나. 딱히 물려줄 사람도 없는데다 나는 장차 집 앞에 구멍가게나 차려놓고 마누라 병수발이나 들면서 살 작정이네. 그동안 남편이랍시고 따라다니며 고생이 이만저만 아니었거든. 물론 자네에게 극구 권할 일은 아니지만 말일세. 한번 생각이나 해보게. 트럭과 물건값은 차차 생기는 대로 갚기로 하고 말일세."

3

조씨와 남도南道에 다녀온 후 그는 밤마다 꿈이 잦았다. 멀리서 바라본 겨울 대나무밭의 흔들림, 눈 내리는 바다에 떠 있는 남해의 자디잔 섬들, 흰 눈에 가득 덮인 산들, 겨울 갈대가 무성히 우거진 언덕과 하늘을 날고 있는 기러기떼의 행렬, 구름이 떠가는 강변 풍경 들이 두서없이 잠을 어지럽히곤 했다. 정작 아침에 눈을 떠도 그같은 잔상들이 눈앞에 어른거려 그는 눈의 초점을 잃고 실성한 사람처럼 허허거리기까지 했다. 그리고 강진 영랑 생가 근처 어느 집 담벼락 밑에서 주워온 청자 파편을 들여다보며 영숙이 듣든 말든 아랑곳하지 않고 이렇게 중얼거리는 것이었다.

"날이 맑은 날 강진과 해남 근처에 있는 산에 올라가보면 바다가 온통 비췻빛으로 보인다고 하더군. 고려 때 청자를 가득 실은 배들이 태풍에 난파돼 바다 빛깔이 그렇게 됐다는 거야."

"그런 말은 어디서 주워들은 거죠?"

"그쪽에 사는 머리 하얀 노인네들이 그러더군."

"귀신들한테 들은 말이니 오죽하겠어요."

영숙은 천장에 숨어 있는 쥐처럼 그를 훔쳐보며 한숨을 내뱉거나 슬그머니 고개를 돌려버리곤 했다.

"이 연녹청의 청자 파편이 바로 그 색깔이 아니고 무엇이겠어. 비가 지나간 뒤에 불쑥 나타난 하늘빛 같지 않아? 그릇 색깔이 어찌 이리 거울처럼 맑을까."

"……"

영숙은 여전히 어묵공장에 나가고 있었지만, 이러지도 저러지도 못하는 상태에서 제풀에 조바심을 내다 그의 집으로 살림을 옮겨와 함께 지내고 있었다. 어쨌든 살기는 살아야겠기에 영숙은 그를 채근할 수밖에 없었다.

"그래서, 기어이 트럭 행상 노릇을 하겠다는 거예요?"

"어묵공장도 가구점도 철물점도 안 된다면, 별수 없지 않겠어? 날이 풀리는 대로 조씨 아저씨를 찾아가 트럭과 물건을 인수받고 일단 두어 해 다녀보지 뭐. 아직 젊은 때니까 세상 돌아다니며 사는 이치나 터득하게."

"그게 별로 돈 되는 장사가 아니라면서요."

"행여 굶어 죽기야 하겠어?"

"그럼 나더러 어묵공장에 계속 나가라는 건가요? 이미 소문이 날 대로 나서 눈만 마주치면 사람들이 죄 얼굴을 피하고 다니는데."

"그거야 지금이라도 날 잡아 식을 올리면 되잖아."

"우리가 그럴 만한 여유가 있나요? 하루하루 먹고살기도 빠듯한데. 우선 이 축축한 지하 단칸방에서 벗어나야 되지 않겠어요? 그러자면 당신 일자리부터 구해야 하고요."

더이상 빠져나갈 데가 없는 심정이 되어 그는 날이 풀리기도 전에 영등포에 사는 조씨를 찾아갔다. 조씨는 그를 덥석 반기면서도 미안한 기색이 역력했다. 그는 챙겨온 돈을 조씨에게 내밀며 나머지는 전에 오간 얘기대로 후일 차차 갚아나가기로 했다. 조씨는 두툼한 장부를 내밀며 일일이 손가락으로 짚어가며 말했다.

"여기는 물건 떼는 현지 도매상 명부고 이쪽은 차에 실려 있는 물품 목록일세. 또 여기는 주문내역이 적혀 있으니 출발하기 전에 꼼꼼히 확인해 가다가 돌아오는 일이 없도록 하게. 뒤쪽은 외상장부이니 틈틈이 챙기도록 하고. 또 집으로 돌아올 때는 현지에서 트럭을 수습해 곧장 올라오는 것이 좋을 걸세. 무리하게 지친 몸을 이끌고 다니다간 얼마 버티기 힘들거든. 전날 꼭 일기예보를 듣고 움직여야 하고."

"어디로 먼저 가는 게 좋을까요?"

"이번엔 경기도는 건너뛰고 공주 정안면 도곡리 옹기장이에게 먼저 가보게. 남대문에서 구한 군화와 철모를 갖다주고 옹기 몇 점을 채워넣게. 그리고 김제, 임실, 고창, 부안을 지나 남원, 순천까지만 돌아 오도록 하게. 처음부터 무리할 필요는 없으니까. 돈 아낀다고 트럭에서 자지 말고 되도록 술은 마시지 말게."

조씨가 일러준 대로 그는 도곡리陶谷里에 있는 옹기장이를 찾아가 그 집에서 하루를 묵어가게 되었다. 군화와 철모는 겨울에 가마 일을 할 때 쓰임새가 좋다고 했다. 마침 가마에 불을 넣는 날이어서 그는 불통가마 앞에서 장작이 타오르는 광경을 새벽까지 지켜보다 화로처럼 뜨거운 얼굴로 방에 들어와 잠이 들었다. 그날 밤에도 그는 여지없이 어지러운 꿈에 시달리고 있었다. 표면에 한 송이의 들국화가 피어 있는 항아리, 낮은 언덕에 버드나무들이 있고 그 아래로 흐르는 냇물에는 한가로이 오리가 노닐고 있는 대접, 석류와 모란, 포도와 연꽃, 표주박과 매화, 물고기와 나비 문양이 아롱져 있는 그릇 들이 검붉은 불잉걸에 휩싸여 가마 속에서 아우성을 치고 있었다.

며칠 후 남원에 갔을 때, 그는 국밥을 사 먹으러 시골장터에 들렀다 길바닥에 내놓고 파는 골동품 몇 점을 보게 되었다. 풍로나 바리, 꽹과리, 징, 돌확, 절구통, 다식판 등의 허접한 물건들이 나뒹굴듯 쌓여 있었는데, 그중 백자 항아리 하나가 유독 그의 눈길을 잡아끌었다. 앞쪽에는 매화와 새가 묘사돼 있고 뒤쪽으로 돌려보니 난蘭 몇 촉이 듬성듬성 그려져 있었다. 높이는 사십 센티미터쯤 될까? 가만히 들여다보니 푸르스름한 빛이 뒤섞여 있었다. 그는 단번에 그 항아리에 마음이 끌리고 말았다. 들여다보면 볼수록 어쩐지 구슬프고 은은하면서도 온화한 느낌이 전해져왔다. 그는 장터에 쪼그리고 앉아 있는 할머니에게 이것이 무엇에 쓰는 물건인지 슬쩍 떠보았다.

"이게 화병으로 쓰던 물건인가요?"

"화병 같은 소리 하고 자빠졌네. 시어머니 때부터 부뚜막에 놓고 쌀독으로 쓰던 항아리여. 돈 있으면 꺼내놓고 가져가든지 말든지, 비루먹은 개처럼 앞에서 어슬렁거리지 좀 말어."

형편으로 보면 그럴 만한 처지가 아니었으나, 그는 몇만원을 주고 항아리를 덥석 집어들었다. 그리고 냅다 달아나듯 트럭을 몰고 남원을 벗어났다. 남의 물건을 훔치기라도 한 듯 그는 걷잡을 수 없이 가슴이 두근거리고 있었다. 무심코 순천 쪽으로 향하다 그는 길을 바꿔 섬진강변을 따라 하동 읍내로 들어섰다. 이쪽에서는 드문 일이라는데, 그날따라 함박눈이 내리고 있었던 것이다. 오늘은 하동에서 쉬어가야 할 것 같았다. 남원에서 구한 백자 항아리를 트럭 깊숙이 감춰두고 그는 비닐천막을 꺼내 차를 덮었다. 하동까지 내려오는 동안 장사는 변변찮았는데, 그나마 수중에 있던 돈으로 항아리를 사고 차에 기름을 넣고 나니 저녁을 먹고 겨우 여인숙에 들 정도의 여유밖에 없었다. 식당에 들어가 밥을 먹는 동안 그는 비로소 자신이 무언가에 홀려 있음을 깨달았다. 막걸리를 따라 마시는 막사발에 또 눈이 갔던 것이다. 비슷한 모양새의 막사발이 창턱에 수북이 쌓여 있는 것을 보며 그는 주인 사내에게 물었다.

"여기선 이런 그릇이 흔한 모양입니다."

"와 아니겠습니꺼. 쪼매 가면 진교라는 동네가 있는데 조선시대 때 거서 막사발을 만들었다 아입니꺼. 왜놈들이 사발 만드는 사람들을 무더기로 끌고 간 곳도 거기라 캅디더."

"……"

이튿날 찾아간 진교 백련 도요지에서 그는 막사발이 아닌 다완茶碗에 그만 눈이 뺏겨 내내 똥 마려운 얼굴을 하고 있다가 훗날 다시 들르리라 생각하며 억지로 발길을 돌렸다. 집을 떠나온 지 그새 열흘쯤 된 것 같았다. 픽이나 지쳐 있었으므로 그는 그쯤에서 서울로 올라가기로 했다.

4

영숙이 행상 트럭에 동승하게 된 것은 순전히 그녀의 고집 때문이었다. 봄이 되자 영숙은 고향의 사과밭이 그립다며 덕산에 가고 싶다고 했다. 오랜만에 온천에 몸을 담그고 싶다고도 했다. 뒤늦게 신혼여행 하는 셈 치고 그는 영숙을 조수석에 태웠다. 3월에 기습적으로 폭설이 내리고 나서 한 달쯤 지났을 무렵이었다. 전날 그는 영숙에게 영등포 조씨를 만나봐야겠다며 아침 일찍 집을 나가, 종일 국립중앙박물관 도예 전시관에서 서성이다 돌아왔다.

그즈음 영숙은 그가 사기그릇에 홀려 있다는 것을 눈치채고 있었다. 그것도 그저 밥상에 쓰는 그릇이 아니라 오래된 도자기류라는 것을 말이다. 남편에게 과연 그런 미감美感이 있었나 신기해하면서도 영숙은 어쩔 수 없이 살림살이가 걱정이었다. 그가 상자 속에 겹겹이 천으로 싸서 트럭에 감춰둔 도자기들을 훔쳐본 적이 있었던 것이다. 그래서 때가 되면 물어보기나 하자고 작정하고 있었다.

"당신한테 골동품 모으는 취미가 있는 줄은 몰랐어요. 뭐, 탓하자고 하는 소리가 아니고 나중에 되팔면 돈이 되기는 하나요?"

그는 그런 생각은 해본 바가 없었으므로 잠자코 있었다. 트럭이 서산을 벗어나 예산으로 막 들어서고 있을 때였다.

"왜 그런 데 정신이 팔렸는지 들어나보자는 얘기예요."

"그게, 글쎄…… 나란 사람이 워낙 말이 부족해 제대로 설명할 도리는 없지만, 어떤 것은 한참 바라보고 있으면 마음이 한없이 그윽해지고 왠지 서글퍼지기도 하고 그러더군. 또 어떤 것은 뭔가 나한테 말을 걸어올 듯 말 듯 애를 태우기도 하고, 한편 기골이 하두 고귀해 보여 내가 몹시 초라하게 느껴지는 것들도 있고."

"사기그릇이 말인가요?"

그는 두 달 전 남원 장터에서 구한 백자 항아리를 떠올리며 주절거렸다.

"오래된 것일수록 고졸古拙한 맛이 우러나게 마련이지만 참으로 꾸밈이란 게 없어. 그건 누군가에 의해 만들어진 게 아니라, 스스로 태어났다는 느낌이 들어. 분졸미笨拙美란 것도 있다지? 우둔한 멋을 지녔다는 뜻이지. 그런데 그게 그렇게 마음을 끌어당기더라구. 내가 우둔하게 생겨먹은 사람이어서 그런 걸까?"

영숙은 몰래 숨을 몰아쉬었다.

"도공이란 사람도 자기가 무엇을 만들었는지 미처 몰랐을 거야. 그러니까 시골 부뚜막에서 이백 년 동안이나 쌀독 신세로 있었을 테지."

차마 대꾸할 말이 없어 영숙은 차창 밖으로 흘러가는 봄 풍경에 시선을 던져두고 있었다. 그러자니 자신의 운명과 처지가 참으로 딱하게 되었다는 생각이 들었다. 고향 근처에 이르니 그러한 자기 연민이 더욱 짙어지는 것이었다. 눈에 보이는 건 오직 하얀 사과밭뿐이었다. 사춘기의 나이에 쫓겨나듯 고향을 떠난 이래 처음 발을 들여놓았건만 본가에도 들를 수 없는 신세였다. 새삼 부모가 반길 리 만무한데다 덥석 남편이랍시고 데려가면 창피한 꼴이나 당할 게 뻔했다. 그런데도 봄가을만 되면 영숙의 눈에는 고향의 사과밭이 어른거리는 것이었다.

두 사람은 온천에서 몸을 씻은 다음 정육점에 들러 삼겹살 한 근을 끊었다. 그리고 한적한 과수원을 찾아가 트럭을 세워놓고 돗자리를 폈다. 영숙은 개울로 내려가 쌀을 씻고 상추와 마늘과 풋고추를 다듬었다. 돈 몇 푼 아끼자고 피난민처럼 트럭에서 밤을 보낼 생각을 하니 절로 한숨이 나왔다. 휴대용 가스레인지에 프라이팬을 올려놓고 고기를 굽는 동안 슬금슬금 해가 넘어가면서 개울에서 물고기들이 수면 위로 튀어올랐다. 소주 두어 잔에 금세 취기가 올라온 영숙은 그 광경을 물끄러미 바라보다 남편에게 물었다.

"저녁참이 되면 왜 물고기들이 물 위로 튀어오르는 걸까요?"

"그야 벌레를 잡아먹으려고 그러는 거지. 우리가 지금 꽃 핀 과수원 옆에 앉아 삼겹살을 구워먹는 것과 같은 이치겠지. 먹고살려고 발버둥치는 몸짓이 저토록 아름다워 보인다는 게 그저 불가사의할 따름이군. 이제 곧 노을이 지고 밤이 찾아오면 저들도 더불어 잠잠해지겠지."

술기운 속에서 듣는 말이라서 그런지 영숙은 눈물이 나올 듯 금세 가슴이 아려왔다. 더불어 낯설기 짝이 없는 야릇한 행복감에 휩싸여 문득 그에게 교태를 부리고 싶기까지 했다. 그녀는 남편의 어깨에 고개를 기대고 사과꽃 냄새를 맡으며 뭐 이게 살아가는 것인가보다, 라는 자조적인 생각에 잠겨 있었다.

행여 누구 눈에 띌세라 두 사람은 날이 밝자마자 어제 먹다 남은 밥으로 끼니를 때우고 길을 재촉했다. 사과가 떨어질 무렵에 다시 오자고 기약하면서. 그날은 홍성을 빠져나가 대천 조금 못 미쳐 진죽이라는 마을에 트럭을 세우고 첫 장사를 했다. 그가 마이크를 잡고 호객을 하는 동안 영숙은 마을 아주머니들을 상대로 고무장갑, 칼, 도마, 그릇, 키, 신발, 호미, 대야, 요강 등속을 팔았다. 그중에는 그릇이나 화장품, 옷가지를 갖다달라는 여자들도 있었고 젊은 사람들이 고생하며 산다고 배추나 무를 거저 소쿠리에 담아다주는 할머니들도 있었다.

그는 아내와 동승을 하게 되자 한결 일이 수월할뿐더러 장사가 곱절은 잘된다는 사실을 알게 되었다. 게다가 밤만 되면 찾아드는 뼛속 깊은 외로움과 다툴 필요도 없었다. 그럼에도 그는 예의 허황한 꿈에 쫓겨다니다 난데없이 새벽녘에 깨어나곤 했다. 요컨대 나주의 배꽃 들판과 강진 다산초당 근처를 지나다 본 모란밭과 담양의 대나무밭과 소쇄원의 배롱나무들이 꿈에서 도자기 파편처럼 마구 떠다니곤 하는 것이었다.

그러던 어느 날 그는 장성 백양사 근처의 마을에 갔다가, 대문도 없는 집 마당에 굴러다니는 청자 모란문 사발을 발견하고 그만 기함을 하고 말았다. 농번기였으므로 집에는 주인이 없는 듯했다. 그가 슬그머니 마당으로 들어서자 마루 앞에 누워 있던 개가 일어서더니 사납게 짖어대기 시작했다. 영숙이 남의 집에는 왜 들어가느냐고 한사코 팔을 잡아끌었으나 이미 그는 정신을 놓은 다음이었다. 청자 사발을 집어드는 그의 손은 부들부들 떨리고 있었다. 옛날 옛적 세도 깨나 있는 집안의 밥사발로 쓰였으리라. 그런데 눈을 시뻘겋게 뜨고 찾아봐도 뚜껑이 보이지 않았다. 언젠가 국립중앙박물관에서 보았던 '청자철화모란문합'에 비해 크기는 한결 작아도 거의 유사한 모양새였다. 윗부분은 모란꽃이 아래쪽은 잎 문양이 화려하게 장식돼 있었고 그동안 하늘이 살피고 있었는지 별다른 흠집조차 없었다. 그는 트럭에서 되는대로 몇 가지 물건을 꺼내와 마루에 집어던지듯 내려놓고 급히 마을을 빠져나왔다. 영숙과 말다툼이 잦아진 건 그 즈음부터였다.

"이제 도둑질까지 서슴지 않는 사람이 되었군요. 이런 사람을 남편이라고 병까지 끌어안고 따라다니며 살아온 내 팔자가 원망스럽기 짝이 없네요."

남편과 교대로 운전을 하며 수년째 트럭을 몰고 다니는 동안 영숙은 병이 들어 끼니마다 약을 달고 살았다. 그뿐인가. 서른 중반이 될 때까지 그토록 얻고 싶어하는 자식마저 좀처럼 들어서지 않았다. 틈이 날 때마다 행상 노릇을 집어치우고 다른 일을 알아보거나 아닌 게 아니라 영등포 조씨처럼 구멍가게나 내자고 해도 그는 들은 척도 하지 않았다. 이미 세상 바람이 들 대로 들어 하루만 집구석에 처박혀 있어도 속에서 두엄 썩는 냄새가 올라온다는 것이었다.

"내년부터는 봄가을 날씨 좋을 때나 트럭에 타고, 집에서 쉬면서 살림이나 하는 게 어때?"

그녀는 내친김에 발악하듯 그동안 가슴에 쌓아두었던 말을 뱉어냈다.

"서방이 도둑이면 그 여편네도 도둑이게 마련인데, 쉬면서 살림이나 하라고요? 그건 잘난 남편을 둔 팔자 좋은 여편네들이나 누리는 사치라는 걸 여태 모르고 있었어요? 지금까지 이런 식으로 남의 물건에 손댄 게 몇 번이나 되는지 그것부터 이실직고해봐요."

"그게 임자가 본 대로 딱 한 번뿐이니, 더이상 염두에 두지 마시게. 뚜껑도 없는 밥사발을 행여나 주인이 고이 간직하기 위해 개밥그릇으로 쓰겠어? 차라리 고무장갑이나 빗자루가 쓸모 있지. 그나마 볼 줄 아는 사람이 갖고 있는 게 낫다 그런 말이야. 옛날에 이쪽 어디에 사는 노인네가 청자진사채당초문대접을 평생 마루에 놓고 재떨이로 썼다던데, 골동품 장사치가 지나가다 담배 한 보루를 사주고 가져갔대나 어쨌대나."

이런 식으로 그는 동문서답이나 하고 있었다.

"사람이 아주 못쓰게 돼버렸네요."

"그러게 말이야. 나도 내가 왜 이렇게 됐는지 알다가도 모르겠어. 골동품 장사를 하자는 것도 아닌데."

"말이 나온 참에 우리 모아둔 도자기인지 사기그릇인지 처분해 가거나 내고 남들처럼 소박하게 살면 어때요? 언제까지 길바닥에서 먹고 자고 할 수는 없는 노릇이잖아요."

"당신 말대로면 죄 장물 취급을 받을 텐데, 가게 낼 돈이나 받아낼 수 있겠어? 아까도 말했다시피 골동품 취급하는 장사치들이 어떤 자들인데. 내가 눈 뜬 봉사인 줄 알고 이건 가짜네 저것도 모작입네 하며 값을 후려치겠지."

"그럼 당신이 갖고 있는 게 전부 진품이란 말예요?"

그 말에는 그도 막상 대꾸할 수가 없었다.

"저것들을 나중에 다 뭐에 쓰려는 거죠?"

"딱히 용처가 있는 게 아니라, 그저 가까이 품고 있음으로써 이 서글프고 고단한 인생을 부지하려는 거겠지."

"……"

"도자기라는 게 모두 불구덩이 속에서 태어났듯이, 나 또한 시뻘건 가마 속에 앉아 서서히 달궈지면서 사기그릇으로 변하는 꿈을 꿀 때가 있어. 저것들과 함께 도사리고 앉아 뜨겁게 아우성치다 점점 말문이 막혀가면서 말이야. 그처럼 불을 견디는 심정으로 살되, 내 삶은 백자처럼 아무 무늬가 없어도 좋다 싶어. 종내에는 그렇듯 하나의 우둔한 형태로 남고 싶을 뿐. 그래서 누군가의 가난한 집 부엌에서 간장단지나 쌀독으로 쓰일지라도 그저 그뿐."

"염병할!"

5

이후 영숙은 그를 따라나서기를 그만두고 집 앞 골목에 옹색한 구멍가게를 냈다. 그것도 간판을 단 가게라고 보증금에 매달 월세가 나갔다. 그동안 모아둔 돈이 없었으므로 그는 거기에 힘을 보태지도 못했다. 그는 영숙이 빚을 낸 줄 알았으나 알고 보니 처녀 때 어묵공장에 다니면서 들어두었던 적금을 깬 돈으로 가게를 차린 것이었다. 그즈음 두 사람의 관계는 금이 간 도자기처럼 미세한 틈이 생겨 있었다. 자식을 두지 못한 것도 그 원인 중 하나였다. 살림을 합친 후부터 영숙은 한사코 아이부터 갖길 원했는데, 그게 뜻대로 되지 않았다. 그러다 이러구러 마흔이 가까워지자 포기한 눈치였고 그때부터 영숙은 자신을 돌보는 데 열중했다. 시름시름 앓던 이가 빠지듯 구멍가게가 파산한 뒤부터는 남편인 그에게조차 관심을 거두어버린 모습이었다.

가게를 처분하고 나서 영숙은 다시 어묵공장에 나가기 시작했다. 그는 이래저래 야릇한 배신감을 느꼈다. 왜 하필 어묵공장이

108

냐고 묻고 싶었으나 차마 그러지도 못했다. 사람에게는 자기 반경이라는 것이 있어 결국 그로부터 멀리 벗어날 수 없는 모양이었다. 다시 경리부 자리로 돌아간 영숙은 옷맵시와 화장에 유독 신경을 썼고 공장 사람들과 자주 어울리면서 삶의 활기를 되찾아갔다. 보름 간격으로 그가 집으로 돌아올 때마다 데면데면하게 서로를 대했으나 그래도 영숙은 아내의 역할까지 방기하지는 않았다. 때마다 보양식을 준비해두었다가 상에 올려놓고 그가 집을 나서기에 앞서 옷가지며 세면도구 등속을 꼼꼼히 챙겨 가방에 넣어주었다. 그리고 어묵공장 직원들이 봄가을 야유회를 떠나는 시기가 되면 영숙은 정기휴가까지 반납하고 당연한 행사인 듯 그를 따라나섰다. 굳이 고향의 사과밭을 운운하는 일도 없었다. 하지만 그는 늘 그쪽부터 길을 잡아 덕산온천에서 목욕을 하고 아내와 하룻밤을 보냈다. 그렇게 일 년에 두어 번 만나는 것으로 두 사람은 그럭저럭 부부관계를 유지하며 지냈다.

그해 봄에도 사과꽃이 필 무렵이 되자 영숙은 나들이라도 가듯 화사한 원피스를 차려입고 그의 트럭에 올라탔다. 서울을 빠져나갈 때까지 봄비가 내렸으나 오후가 되자 날이 차차 개기 시작하면서 비췻빛 하늘이 나타났다. 영숙은 잠깐 그 하늘빛 속으로 빨려들어가는 느낌을 받고 있었다. 서로 말이 없는 가운데 경기도 지역을 벗어나 충청도에 들어서자 그 어느 해 봄보다도 마음이 더없이 푸근해지며 새삼 지나온 반생이 물살에 떠내려가듯 눈앞으로 흘러가는 것이었다. 고향 가까이에 와서도 그 향수鄕愁 같은 애틋한 마음은 좀처럼 사라지지 않았다. 바야흐로 사방을 뒤덮은 흰 꽃들을 눈여겨보며 영숙은 급기야 눈시울이 붉어졌다. 또 온 천에 몸을 담그고 있자니 지난했던 과거가 오히려 그립게 다가오는 것이었다. 식당에서 고기를 구워먹고 방에 들어 오랜만에 남편과 온화한 밤을 보내게 된 것도 다 그 때문이었다.

이튿날 두 사람은 공주를 거쳐 청양 쪽으로 방향을 잡았다. 그 럭저럭 오전 장사도 잘된데다 가는 길에 칠갑산 장곡사에 들러 볼 요량이었다. 공주에서 만난 어떤 할머니에게서 장곡사 대나무 숲에 꽃이 피었다는 묘한 얘기를 들었던 것이다. 장곡사로 들어가는 입구에 트럭을 세우고 두 사람은 식당에 들어가 된장찌개로 늦은 점심을 먹었다. 그리고 다 허물어져가는 그 주막 겸 식당에서 그는 또 기어이 못 볼 것을 보고야 말았다. 아닌 게 아니라, 부엌 부뚜막에 놓여 있는 백자 달항아리를 보게 된 것이었다. 그는 차라리 잘못 본 거라고 믿고 싶었다. 하지만 단아한 유백색의 표면에 군데군데 거무스름하게 얼룩이 져 있는 그것은 조선백자 달항아리가 틀림없었다. 이게 왜 충청도 촌구석까지 와 있단 말인가! 그가 아는 상식으로 달항아리는 17세기 후기에서 18세기 전기까지 약 백 년 동안 경기도 광주의 관요官窯인 금사리 가마에서 구워진 게 대부분이었다. 크기도 넉넉하고 전체적인 균형이 거의 완벽에 가까웠다. 표면에 진 얼룩들은 오랜 세월 된장이나 간장

110

단지로 쓰였음을 눈이 아프게 증거하고 있었다.

　장곡사로 차를 몰고 올라가면서 그는 다시금 딴 세상을 보고 있음을 깨달았다. 이대로 달항아리를 놔두고 돌아갈 수는 없다고 생각했다. 드문드문 앞서가는 행락객들의 모습이 그의 눈에는 꽃들이 피고 지는 광경으로 뭉개져 보였다. 멀찌감치 일주문이 보이는 곳에서 그는 계곡 옆 으슥한 곳에 차를 세우고 영숙을 돌아보며 불쾌한 얼굴로 말했다. 더이상 차가 올라갈 수 없는 지점에 다다랐을 때였다.

　"나, 급히 다녀올 데가 있으니 먼저 절에 올라가 있으시오."

　"!……"

　"그래, 아무 말 하지 말고 먼저 올라가서 부처님께 백팔배라도 하고 있으란 말이오."

　그는 몰아세우듯 영숙을 다그쳤다. 순간 그녀의 낯빛이 하얗게 변하더니 체념한 사람처럼 곧 허탈하게 웃어 보였다. 식당에서 된장찌개를 먹다 그가 무엇을 보았는지 그녀도 이미 알고 있었던 것이다. 돌아올 때까지 차에서 기다리겠다고 영숙은 쏘아붙이듯 말했다. 그 말이 떨어지기가 무섭게 그는 온 길을 뒤돌아 달려 내려갔다.

　무섭게 땀을 흘리며 들이닥친 그를 보고 식당 할머니는 부러 그러는지 혀를 찼다.

　"왜 넘의 집 간장단지는 내달라는 거여?"

"가지고 있는 돈을 다 드릴 테니 제발 저한테 주십시오."

노파는 뱁새눈을 뜨고 한참이나 그를 노려보더니 이윽고 간장 단지를 돌아보았다.

"저게 시중에선 몸값이 꽤 높이 나가는 물건인개벼?"

"이거 왜 이러십니까, 할머니."

"얼마 줄 텨? 돈부터 꺼내놔봐."

그는 허리춤에 차고 있던 전대를 풀어 노파에게 안겨주었다. 입안이 갈라지고 급기야 온몸의 피가 말라가는 듯했다.

"한 십여만원 되는구먼. 이것 가지고는 안 되것어. 목돈 만들어서 다음에 다시 와봐."

아무리 사정하고 부탁해도 노파는 달항아리를 내줄 기색이 아니었다. 맙소사. 그는 자신의 성마름을 원망하며 노파에게 거듭 약조를 받아냈다.

"그럼 제가 다시 올 때까지는 남한테 저 항아리 보여주시면 안 됩니다. 절대로요, 아시겠죠?"

"어여 가봐. 마누라 어따 내팽개치고 시방 여기 와서 행패여 행패가."

그제야 그는 정신이 번쩍 들었다. 내려올 때와 마찬가지로 그는 허겁지겁 길을 달려 올라갔다. 이윽고 자신이 세워둔 트럭이 눈에 들어올 즈음, 그는 신속으로 급히 달아나고 있는 사내 두 명을 발견했다. 뒤통수에 번개라도 맞은 듯, 그는 그 자리에 우뚝선 채 하늘이 까맣게 변하는 것을 목도하고 있었다.

조수석 문은 열려 있었고 영숙은 트럭 뒤쪽 개울가에 비 맞은 닭 같은 몰골을 하고 기진한 채 쓰러져 있었다. 그가 나타나자 그녀는 원피스 앞섶을 추스르며 드러난 허벅지를 감췄다. 그녀의 얼굴에는 어떤 표정도 드러나 있지 않았고 불길한 고요함만이 엷게 드리워져 있었다. 네년을 불가마 속에 처넣어버리겠다! 라고 냅다 고함을 지르려 했으나, 그는 막상 입이 벌어지지 않았다. 영숙은 기우뚱거리며 몸을 일으키더니 먼저 조수석에 올라탔다.

영숙이 서산 개심사 아래에 있는 저수지에 투신한 것은 다음날 새벽이었다. 그녀가 왜 서산으로 가자고 했는지 그는 묻지 못했다. 단지 영숙이 가자는 대로 트럭을 몰았을 뿐이었다. 개심사에 와서야 영숙은 초등학교 시절 소풍을 왔던 곳이라고 말했다. 그리고 여기서 하룻밤을 보내고 싶다고 했다. 일절 대꾸를 못한 채 그는 영숙의 말에 따르고 있었다. 요사채에 마련된 방을 각자 따로 쓰자고 한 것도 그녀였다. 그는 새벽 세시경 일어나 옆방의 기척을 살폈으나 방이 비어 있었다. 날이 밝아올 무렵에야 그는 집에서 나올 때 입고 나온 원피스 차림으로 저수지에 떠 있는 그녀를 찾아냈다.

시신을 수습해 그는 덕산으로 갔다. 제정신이 아니었으므로 무엇을 어찌해야 할지 모르는 상태에서 그는 날이 저물기를 기다렸다가 전에 그녀와 삼겹살을 구워먹었던 개울 앞 과수원 기슭에 그녀를 파묻었다. 근처에서 밤새 소들이 우는 소리가 들려왔다. 그는 트럭에 숨겨 싣고 다니던 도자기들도 아내 옆에 남김없이 파묻었다.

그날 밤부터 사흘을 쉬지 않고 전국에 비가 내렸다.

6

영숙이 떠나고 나서 그는 늙어가기 시작했다. 그해가 저물기도 전에 그의 머리칼은 백발로 변했다. 이가 하나둘씩 빠지면서 귀가 어두워지고 또한 눈까지 침침해졌다. 그래도 그는 집으로는 돌아갈 수가 없었다. 아직도 가슴에 불이 남아 있는 걸까? 라고 헛되이 자문하며 그는 길에서 떠돌다 폭설이 잦아지고 한파가 기승을 부릴 때 도곡리의 옹기장이 노인을 찾아갔다. 누구신가? 라고 묻던 노인은 그가 몰고 온 트럭을 돌아보고 나서야 눈을 크게 부릅떴다. 두어 해 전에도 다녀갔건만, 그사이 고작 사십대 초반일 그가 자신처럼 늙어 있었던 것이다. 추위가 물러갈 때까지 잡일이나 거들며 지내게 해달라고 그는 옹기장이 노인에게 읍소하다시피 말했다.

가마에 불이 들어가는 날마다 그는 노인을 거들어 가마재임을 돕고 밤새 불을 지켜보았다. 그러다 *끄덕끄덕* 졸던 노인이 방으로 들어간 뒤, 새벽녘에 혼자 있게 되면 무심결에 가마 안에서 울려나오는 소리를 듣곤 했다. 그는 그것이 불에 익어가는 옹기들이 저마다 내지르는 소리라고 믿었다. 그럴 때마다 그는 가마 앞에 바투 앉아 혼이 나간 듯 웅얼거리곤 했다.

"흙이 그릇으로 변하자니 그 얼마나 뜨겁겠소. 이 나이 먹도록 나는 자네들처럼 쓸모 있게 한번 변해보질 못했소. 누구 집 장독대에 앉아 숨이 다할 때까지 눈 맞고 비 맞으며 고추장, 간장독이 된들 어떻겠소. 나는 제 앉을 자리 하나 찾지 못하고 여태 이러고 살아왔다오."

용龍의 형상을 한 조대불통가마는 뜨거운 몸을 꿈틀거리며 구멍마다 푸른 연기를 내뿜고 있었다. 아마 꿈을 꿨던 것이겠지. 불잉걸이 무서운 기세로 빨려들어가는 광경을 바라보고 있노라면 어느덧 가마 안에서 이런 소리가 울려나왔다. 그것은 그가 중얼거리고 난 뒤 멀리서 되돌아오는 메아리처럼 들려왔다.

"비바람을 맞고 오셨소?"

그는 잠에서 깨어난 듯 눈을 비벼 뜨고 사위를 두리번거리다, 다시 가마 안을 들여다보았다.

"눈보라 속을 지나오셨소? 어찌 그새 머리가 하얗게 센 것이오."

"……"

"몸이 춥소? 마음이 춥소?"

이윽고 그가 되받아 말했다.

"마음이 얼음장이외다."

"그럼 이쪽으로 들어와 앉으시겠소? 우리 뜨거운 불 속에 앉아 함께 얘기라도 나눠보십시다."

"……"

"나는 전생에 흙이었으나 이제 그릇의 몸으로 변하며 차츰 말을 잃어갈 것이오. 내가 말을 다 잃기 전에 안으로 들어와 옆에 앉으시구려."

그는 자신도 모르는 사이에 불가마 속으로 얼굴을 들이밀다 머리칼을 태우며 뒤로 나자빠지곤 했다.

봄이 되어 그는 다시 길을 떠났다. 불가마 속에서 익어가는 그릇들과 꿈인 듯 생시인 듯 그렇게 얘기를 주고받는 경험은 그후에도 몇 번인가 되풀이됐다. 경기도 광주 퇴촌에 있는 조선백자 도요지에서도 말하자면 그는 똑같은 일을 겪었다. 마을 사람들의 소문을 듣고 찾아갔건만 도공은 부정 탄다며 그를 가마 앞으로 들이려 하지 않았다. 거기서 일하는 사람들도 불이 들어가는 날은 목욕재계하고 고사를 지낸 뒤 가마 주변에 막걸리와 소금을 뿌리는 것이었다. 사정을 거듭한 끝에 그는 지게로 땔감 나르는 일을 자청하고 뒷전에 앉아 가마를 지켜보았다. 불은 꼬박 하루 밤낮을 타올랐다. 그리고 새벽녘에 그는 틈을 얻어 가마 앞에 다가가 앉았다. 그러자 귀에 익은 소리가 불구덩이 속에서 우렁우렁 울려나왔다.

"여긴 또 왜 나타나신 거요."

"어젯밤 꿈에 사슴과 암소 들을 보았소. 그것이 당신들 몸뚱아리에 나타날까 싶어."

그러자 그의 귀에 너털웃음 소리가 들려왔다.

"아직도 헛된 꿈을 꾸고 계시오? 세상을 주유하다 그예 눈까지 버리시었소?"

"그 말이 맞소이다. 나는 점점 미쳐가고 있소."

"무슨 일을 겪으셨던 거요. 어디 들어나봅시다."

"아리따운 아내를 잃고 이십 년 동안 쫓겨다니다 여기까지 왔소."

"거참 딱한 일이로군. 어쩌다 아내를 잃으시었소?"

"내가 죽인 거나 다름없소. 지금 남의 집 과수원 옆에 파묻혀 있소. 봉분도 없이 말이오."

"……울고 있소?"

"……"

"마음껏 우시오. 그 미칠 듯한 마음이 이 화염 속에 앉아 있음과 다름없어질 때까지. 나는 곧 말을 잃을 것이니 그대와는 더 할 얘기가 없소. 다시 눈보라 속으로 가실 거요? 그럼 갔다가 한 백 년쯤 지난 뒤에 어느 집 마루나 뒷간쯤에서 다시 만나십시다."

예순의 나이를 넘길 때까지 그는 집으로 돌아가지 못했다. 아니, 그에게는 돌아갈 집이 남아 있지 않았다. 몸이 쇠잔해지면서 허황된 꿈도 사라져간다고 믿었건만, 그는 부지불식간에 여전히 도자기에 눈과 마음을 빼앗길 때가 있었다. 여기저기 가마터를 서성거리며 버려진 그릇이나 파편들을 뒤적거릴 때도 있었고 몇 해 전에는 원주 근처를 지나다 막국숫집 담벼락 아래 흙에 반쯤 묻힌 채 쌓여 있는 사기그릇들을 보고 트럭에서 뛰어내린 적도 있었다. 또한 재작년 여름에는 전주 골동품 경매장에 나온 조선시대 다완과 복숭아 모양의 청자 연적硯滴을 보고 몇 날 며칠 잠을 이루지 못하기도 했다. 그때쯤 해서 그는 이제야말로 도자기에서 놓여나야겠다고 굳게 마음을 먹었다. 청자 연적이라니, 자신이 생각하기에도 기가 찰 노릇이었다.

그러다 작년 가을에 그는 순천에 갔다가 뜻밖의 일을 겪었다. 저녁참에 순천 시내에서 한참 떨어진 오지 마을로 들어간 것부터가 어쩌면 잘못된 일이었을 것이다. 장사를 끝내고 나니 날이 어둑어둑해지며 매서운 바람이 불어가기 시작했다. 그간 숱하게 겪어온 일이었으나 그는 불현듯 오갈 데 없는 아득한 심정이 되어 주위를 두리번거렸다. 덕산에는 상기 사과가 무시로 떨어지고 있을 터였다. 우선 빈속이라도 채울 양으로 그는 약초 재배를 하는 산막 아래, 다 쓰러져가는 구멍가게 겸 밥집의 문을 열고 들어섰다.

잠시 후 오십대 후반쯤 되었을 사팔뜨기 여자가 방문을 열고 나왔다. 그는 그네의 차림새와 맨발을 보며 본능적으로 긴장했다. 내가 왜 하필 이 집에 들어온 것일까. 밥을 달라기도 전에 그네는 부엌으로 들어가더니 막걸리 주전자와 묵은 갓김치와 홍어를 소반에 내왔다. 그네는 먹이를 발견한 짐승처럼 초조하게 굴고 있었다. 잔뜩 움츠린 상태에서 그는 제 손으로 먼저 막걸리를 따라 마셨다. 이어 그네가 잔을 내밀며 술을 따라달라고 했다. 그렇게 한 순배가 도는 사이 그는 그네가 벙어리임을 알아차렸다. 그리고 곧 놀라운 광경을 보게 되었다. 갓김치를 담아내온 그릇을 무심코 일별하니, 그건 접시가 아닌 밥뚜껑이었다. 밥뚜껑이되 그냥 밥뚜껑이 아니라 다름아닌 모란 문양이 새겨진 청자철화였던 것이다. 그는 절로 숨이 멎었다. 아주 오래전의 일이 되겠다. 그는 장성의 한 마을에서 개밥그릇을 훔친 적이 있었다. 그런데 이 밥뚜껑이 바로 그 사발과 한 벌처럼 보였던 것이다. 아니, 틀림없이 바로 그 사발 뚜껑이었다.

몇 순배가 돌고 난 뒤, 그는 숨을 가다듬고 그네에게 말했다.

"이 갓김치 접시 내가 가져가면 안 되겠소?"

그네는 병풍 속에 앉아 있는 여자처럼 그를 무연히 바라보고 있었다.

"내 꼭 가져가고 싶으니 원하는 게 있으면 말하시오."

그제야 그녀의 차가운 얼굴에 야릇한 웃음이 번졌다. 그게 무슨 뜻인지를 몰라 그는 잠시 허둥거렸다. 그녀가 손을 들어 방문을 가리켰다.

"이 늙은 몸을 어디에 쓰려고 그러시오. 사내구실 못한 지가 까마득한데."

그녀는 고개를 가로저으며 갓김치 담은 뚜껑을 제 앞으로 끌어당기는 시늉을 했다. 그는 막걸리 한 주전자를 더 가져다달라고 했다. 어차피 갈 데도 잘 데도 없는 처지라는 것을 새삼 깨달았던 것이다. 게다가 이미 취기가 올라온 상태여서 트럭을 움직일 수도 없었다. 그녀가 부엌으로 들어간 사이 그는 모란문 청자철화 뚜껑을 집어들고 유심히 살펴보았다. 이를 데 없이 유현幽玄하고 고현高玄한 작품이었다. 뒤미처 그는 미친 사람처럼 웃어대고 있었다.

8

한겨울이 다가오자 그는 다시 도곡리를 찾아갔다. 이제는 더이상 몸을 버틸 수 없으리란 느낌이 들었다. 거기서 두 달을 머무는 동안 그는 자주 자신의 생을 돌았다. 그리고 가마에 불이 들어가는 날에는 여전히 그 앞에 앉아 밤을 새우곤 했다. 옹기장이 노인도 곧 세상 뜰 기미를 보이고 있었다.

　마지막으로 그는 가마 앞에서 이런 문답을 주고받았다.

　"이제 꿈에서 깨어나셨소?"

　"그런 것 같소만, 낭패스럽게 여직도 분명치 않소."

　"지금도 몸과 마음이 춥고 아프오?"

　"괜찮소이다. 몸이고 마음이고 이제 한껏 놓여난 듯하외다."

　"그거 듣던 중 반가운 소리오. 그동안 살아오면서 내내 뜨거운 꿈을 꾸셨으니, 그걸로 그만 됐다 생각하시오."

　"그게 무슨 말이오?"

　"꿈이라도 꾸지 않았으면, 이때껏 연명하며 여기까지 올 수 있었겠소?"

　"……"

　"어떻게 살아왔든 누구한테나 삶은 결국 꿈같은 것이 아니었겠소?"

　"……그럴듯하군. 하지만 사나운 꿈도 있었지."

　"아직도 가슴에 한恨이 남은 모양이구려. 그렇다면 여기 불 속에 남은 눈물이나 마저 흘리고 돌아가시구려."

　과수원 위로 저녁 어스름이 서서히 드리우고 있었다.

　그는 숨을 놓기 전에 개울에서 힘차게 튀어오르는 물고기떼를 한번만 더 보고 싶다는 생각에 사로잡혀 있었다.

구제역들

1

　해가 바뀌고 나서 혹한이 계속되면서 모스크바보다 서울의 기온이 더 낮다고 방송에서 떠들어대던 날이 있었다. 그러다 구정이 가까워지면서 예년의 기온을 회복해 낮에는 전국적으로 영상의 날씨를 유지하고 있었다. 우리가 예당저수지 근처에 있는 추모공원을 찾아가던 날도 추위는 어지간히 풀려 있는 상태였다. 구정 다음날인 2월 4일이었다. 그날이 입춘立春이라는 것을 우리는 서해안고속도로를 타고 내려가는 승용차 안에서 교통방송을 듣다 알게 되었다. 서울 기점 남쪽으로 내려가고 있었으나 차는 연속적으로 가다 서다를 반복하고 있었다. 교통방송에서는 청취자를 대상으로 퀴즈를 내고 있었다.

……이 채소는 신채라고도 합니다. 12세기 중국 주나라에서는 향신료로 사용했고 조선시대에는 입춘에 이것으로 김치를 담가 임금님께 진상하였다고 합니다. 자 1번 부추, 2번 배추, 3번 갓, 4번 고추. 이중에 정답을 아시는 분은 오십원의 유료 문자를 이용해 알려주시기 바랍니다. 당첨된 두 분께는 귀성길에 꼭 필요한 주유권을 보내드리겠습니다. 한 가지 힌트를 드리면 이 채소는 여수에서 나는 것이 유명합니다. 자, 다들 아시겠죠?

너는 아냐?

운전대를 잡고 있던 나는 조수석에 앉아 있는 병수를 돌아보며 물었다. 서울에서 출발할 때부터 마치 싸우기라도 한 듯 서로 입을 다물고 있는 시간이 더 길었던 것이다. 그래서 이냥저냥 말문을 트기 위해 던져본 말이었다.

뭘?

신채 말이야.

낡은 형광등이 켜질 때처럼 잠시 긴가민가한 표정으로 있다가 병수가 퉁명스럽게 내뱉었다.

그걸 지금 잡지사 기자인 나한테 묻고 있는 거야?

차 안이 지나치게 적요한 것 같아서 물어본 거다.

난 방송에서 시청자나 청취자를 상대로 내는 퀴즈를 듣고 있으면 대체로 모르모트나 원숭이가 된 기분이 들더라구. 신채¥朵는 매운 채소니까 갓, 여수 돌산도에서 나는 게 바닷바람을 쐬서 그런지 더 맵고 줄기가 야무지더군. 향일암 밑에 가면 식당 앞에 가판대를 내놓고 동동주 한 사발에 갓김치 한 줄기를 주면서 천원을 받더라구. 얘기하다보니 먹고 싶네. 음식이라는 게 원래 그런 거지만.

24절기라는 것도 중국에서 수입한 거지?

주나라 때 농사에 참고하라고 만들었답니다. 달력도 그때 생겼고.

너는 잡다한 것을 너무 많이 알아, 라고 속으로 빈정대며 나는 차창을 내리고 담배를 피워 물었다. 전화가 연결된 첫번째 청취자는 신채를 부추라고 했다. 지랄하고 자빠졌네, 라고 웅얼거리며 병수가 덧붙였다.

우리 가는 길에 잠깐 태안으로 빠져 점심으로 낙지박속탕이나 먹고 갈까? 추모공원 관리소도 오늘은 문을 닫았을 게 뻔하고, 뭐 급할 것도 없잖아. 재작년에 신두리 해안사구를 취재하러 갔다가 먹어봤는데, 맑고 매콤한 게 울혈진 속이 확 풀리더라구.

두번째로 전화가 연결된 청취자는 신채를 고추라고 했다. 자신을 이십대 후반이라고 밝힌 그녀는 갓길에 차를 세워놓고 방송진행자와 통화를 하고 있었다. 고추도 매운 채소니까 정답에 근접한 셈이었다.

근데 형, 방금 방송에서 입춘이라고 했어?

갑자기 병수가 표정을 우그러뜨리며 스마트폰을 꺼내 뒤적거렸다.

이런, 제기랄. 오늘 약속 있는데 까맣게 잊고 있었네. 그러게 이 여자는 날짜를 잡아서 얘기해야지, 지가 무슨 조선 아녀자라고 입춘에 사람을 만나자고 그래. 달력을 봐도 숫자 밑에 겨우 개미 새끼만한 글자로 박혀 있는 게 절기잖아.

무슨 약속인데 그래?

됐어, 별로 얘기하고 싶지 않아. 근데 어떡하지? 오후 두시에 소백산 비로봉에서 만나기로 했는데. 이제 세 시간밖에 안 남았네. 그러니까 추모공원인가 뭔가는 다음주에 가자고 했잖아. 지금 도로 막히는 것 좀 보라구.

이미 병수에게 말했으되 다음주는 내가 도저히 시간이 나지 않았다. 주말에 회사 직원 연수회에 들어가야만 했다.

소백산이면 경북 영주에 있는 건가? 부석사, 소수서원…… 전에 희방사에서 누군가를 만나 희방사역에서 헤어진 적이 있는데, 그때 생각이 나는군. 여름비가 종일 주룩주룩 내리던 날이었는데.

스마트폰에서 눈을 떼며 동생이 물어왔다.

그게 누군데?

됐어, 얘기하고 싶지 않아. 네가 먼저 털어놓으면 모를까.

혹시 희방사역 근처에 여관이나 모텔 있어?

왜, 거기서 하루 기다리게 하려고? 글쎄, 기억이 안 나는데. 나는 당최 그런 곳엔 취미가 박약해서.

박약? 그게 그런 데 쓰는 말이야? 그나저나 무슨 방법이 없을까. 근 일 년 만에 해후하는 건데.

처녀, 유부녀, 이혼녀, 어느 소속이냐? 대학 등산반 동기는 아닐 테고.

왜, 유부녀나 이혼녀면 안 돼?

나는 쿡쿡거리고 웃었다.

조합에 따라 함수관계가 달라지잖아. 그만하자, 부모 묫자리 보러 가는 길에 이런 얘기는 짐짓 삼가는 게 우월하겠지.

우월? 기가 찬 표정으로 나를 흘겨보고 나서 병수는 외면하듯 차창 밖으로 시선을 돌려버렸다.

2

누나에게 전화가 걸려온 것은 구정을 일주일 앞두고서였다. 연락을 한 이유는 교통도 복잡한데 구정에 굳이 내려올 필요가 없다는 것이었다. 안 그래도 보름 전 아버지가 심혈관 확장 수술을 받아서 다녀온 터였다. 오 년 동안 벌써 네번째 받는 수술이었다. 그때마다 누나는 환자의 보호자이자 총무가 되어 나와 동생에게 일정하게 수술비를 갹출했고 이런저런 갈무리도 도맡아 처리했다. 부모와 지근거리에 산다는 게 누나에게는 일종의 업이었다. 나와 병수는 입장과 처지가 다르면서도 한결같이 부모에게는 무관심했다. 병수는 어렸을 때부터 막내로서 받을 수 있고 또 요구할 수 있는 것을 뻔뻔히 누리며 살아왔음에도 어느 누구에게든 부채감 따위는 눈곱만큼도 갖고 있지 않았다. 성격이 곧 기득권이라는 것을 나는 병수를 통해 알게 되었다.

나로 말할 것 같으면 부모, 특히 아버지와는 불혹을 넘긴 지금까지도 늘 적대관계를 유지한 채 살아오고 있었다. 돌이켜보면 하필 가계가 어려울 때마다 부모와 나는 내 장래 문제를 놓고 심각하게 대립하곤 했다. 결과적으로 부모의 뜻을 어기면서도 나는 좀더 나은 선택을 할 수 없었던 것에 대해서는 곧잘 부모와 연관시켰다. 훗날 부모에 대한 이런저런 책임을 느끼고 싶지 않아 그랬는지도 모른다. 내 속내를 알았던 것일까? 그동안 살아오면서 내가 몇 번인가 낭떠러지 끝에 위험천만하게 흔들리며 서 있을 때도 부모는 으레 방관하거나 고의적으로 등을 보였다. 부모가 자식에게 품게 마련인 본능적인 애정이나 관심은 그럴수록 동생인 병수에게 쏠려 있었다. 어쩌다 병수가 손가락 하나만 다치고 들어와도 당신들 몸이 절단난 것처럼 소란 법석을 떨었고 끼니때도 병수의 표정부터 살피곤 했다. 남다른 간구 없이 무엇이든 쉽게 가져본 사람은 눈에 보이는 것이 있으면 곧 자기 것인 양 받아들인다. 그 반대의 경우는 자신이 그토록 애써 얻은 것임에도 불구하고 상대가 선뜻 요구해오면 마지못한 듯 힘없이 내주곤 한다. 제대로 받아보거나 떳떳이 가져본 적이 없기 때문이리라. 그래서 나는 어쩌다 양말만 짝짝이로 신어도 절름발이가 된 듯한 극도의 소심함과 불우함에 시달리며 살아야 했다. 뿐만 아니라 상시적인 불안과 예민함 때문에 전쟁을 치르듯 하루하루를 힘겹 게 버티며 살아오고 있었다. 나이가 들어 좀더 심각해진 것은 급 기야 삶이 병역의무처럼 느껴지기 시작했다는 것이다. 아침 출근 길에 멀리 회사 건물만 눈에 들어와도 아찔하니 숨이 막히고 상 사나 동료 직원의 얼굴을 대하는 것조차 점점 꺼려졌다.

나와 다섯 살 터울의 누나는 그 모든 가족사의 내력을 한발 뒤 로 물러서서 지켜본 장본인이자 관찰자였다. 누나는 어쩌면 나 보다도 더 부모의 관심 밖에서 살아왔다고 할 수 있었다. 굳이 말 하자면 빈집을 지키고 있는 비루먹은 강아지, 마루 밑에 버려진 외짝 신발, 장독 옆에 세워놓은 이끼 낀 절굿공이, 어느 날 헛간 에 처박아두고 더이상 쓰지 않는 풍로 같은 존재였다. 그래서 누 나는 어쩔 수 없이 동물적인 육감에 의지해 스스로 살아가는 법 을 터득한 사람이었다. 그런 사람은 오히려 그 누구에게도 원망 따위의 사치스런 감정은 품지 않는다. 삶이란 참으로 불가해하고 모순된 것이, 단 한 번도 부모의 눈에 안겨본 적이 없는 사람이 결국 가까이에서 집사처럼 그들의 시중을 들고 있는 것이다. 그 러한 사정을 번연히 알기에 나나 동생이나 누나의 말은 거역하기가 힘들었다.

구정에 내려오지 않는 대신 병수와 예당저수지 근처에 있는 추모공원에 다녀오라고 누나는 말했다. 부모가 언제 어떻게 될지 모르니, 일이 닥치고 나서 허둥거리지 말고 이제부터 준비를 해야 한다는 말이었다.

분양 사무소에는 내가 이미 전화를 걸어 이것저것 알아봤으니 너희는 터만 둘러보고 와. 나중에 화장을 해서 봉안을 하든 매장을 하든 그래도 거기가 고향과 가장 가까운 곳이더라.

굳이 가볼 필요가 있을까? 라는 생각이 들었으나 나는 누나에게 그러겠노라고 말했다. 숙명적으로 관계가 소원한 두 남동생을 엮어놓으려는 심산인지도 몰랐다. 누나는 보나마나 병수에게도 전화를 걸어 거절하기 힘든 투로 똑같이 말했을 것이다.

이 여자 이거, 진짜 소백산 꼭대기로 올라가고 있나보네. 형, 여기서 소백산까지 얼마나 걸리지?

차는 이제 겨우 평택 부근을 지나고 있었다.

이런 날 소백산까지 얼마나 걸릴지는 삼척동자도 모를걸.

그러자 병수가 덜컥 짜증을 냈다.

거기서 삼척동자가 왜 나와! 간단하게 내비게이션 눌러보면 될 걸 가지고.

지금 네 손에 들고 있는 스마트폰은 어디다 쓰는 물건인데? 트위터에 올려보든지. 아니, 그러지 말고 그 여자한테 이실직고하는 게 어때? 괜히 나이든 여자 무리시키지 말고.

애 아직 삼십대 중반의 순정한 솔로야. 그러니까 이런 날 소백산 꼭대기로 혼자 눈보라를 뚫고 올라가고 있지.

혹시 산악인이냐?

형과 말을 섞고 있는 내가 오류지. 강남에서 꽤 잘나가는 입시학원 선생이야. 연봉도 물론 형보다 더 많고.

근데 왜 하필 소백산이냐?

고향이 풍기 어디라는데 입춘 때마다 비로봉에 올라가 산신한테 무릎 꿇고 기도를 올린다나 어떤다나.

그래서 만난 게 바로 너냐?

또 벌컥 화를 낼 줄 알았는데 병수는 의외로 차분하게 되받았다.

소백산 중턱에 아버지 산소가 있다고 했던가? 안 되겠네, 사실대로 말하고 구정 연휴 끝나면 서울에서 보자고 해야지.

글쎄, 그럼 그 순정한 여자가 다시 너를 만나려고 할까? 네가 비로봉에 나타나지 않으면 곧바로 포기하거나 체념하지 않겠어? 순정하다는 것은 곧 단순하다는 거고 경우에 따라서는 과격하다는 거야.

……

내 생각엔 말이다, 아무리 늦더라도 오늘중엔 풍기로 가야 할 것 같은데.

그럼 데려다줄 거야?

아니, 난 내일 오후에 처갓집에 가봐야 해. 언제, 어디서, 어떻게, 왜 만났는지나 밝혀봐라. 그 여자 말이다.

들은 척도 않고 짐짓 딴청을 부리다 병수가 초조한 느낌이 들었는지 제풀에 슬슬 입을 열기 시작했다.

재작년 이맘때였지 아마? 신경정신과 치료를 받으러 병원에 갔다가 복도에서 자판기 커피를 뽑아 먹다 말문이 트였어. 나중에 알고 보니 낙태하고 나서 후유증이 컸던 모양이야. 전에 사귀던 남자하고는 이미 헤어진 다음이었고. 아버지와 닮은 남자였다는데.

……너는 왜 신경정신과에 간 거냐? 취재하러?

내가 병원에 취재 갈 일이 뭐가 있어. 어느 날 울렁증이 시작되더니 수시로 계단에서 굴러떨어지는 환각으로 변하더라구. 의사는 공황장애라고 하더군. 이유는 나도 모르겠고.

네가 공황장애? 라고 되물으려다 나는 잠자코 있었다. 이유를 모르겠다는 말은 아마도 거짓말일 터였다.

이후의 관계 진행에 대해 나는 물었다.

신두리 사구해안을 취재할 때 동행했지. 자작나무 펜션에서 함께 이틀을 묵었고. 근데 그때 나한테서 뭘 봤는지 지속적으로 만나고 싶은 생각은 별로 없다고 하더군. 이후로 드문드문 만나다 몇 개월 뒤에 헤어졌는데, 어느 날 미용실에서 잡지를 뒤적이다 내가 쓴 기사를 봤다며 전화를 걸어왔더군.

무슨 기사였는데?

맛집 기행 시리즈였는데, 뭐 별거 아니었어. 강남에 속초어시장이라는 식당이 있거든. 곰칫국, 생대구탕, 문어숙회, 가자미조림, 골뱅이 등속을 파는 집인데 생물生物만 써서 늘 사람이 들끓지.

그 여자도 그 집에 가본 적이 있었겠지.

그건 그런데, 내 기사를 읽다가 갑자기 눈물이 쏟아지더라네. 그게 어느 대목인지는 모르겠지만 말이야. 물어봐도 곰처럼 얘기를 안 하더라구. 그저 창망滄茫한 느낌이 몰려와 참을 수가 없었어요. 물고기가 들끓는 깊푸른 바다에 빠진 것처럼 말예요, 이런 알아들을 수 없는 소리를 늘어놓더라구.

그래서?

저녁에 속초어시장에서 만나 가자미 물회와 삶은 골뱅이에 소주 마시고 노래방 가고 호텔에 가고 그리고 다음날 아침에 해장하고 헤어졌지 뭐. 헤어지면서 그 여자가 내년 입춘에 소백산 꼭대기에서 만나자고 하더군. 그런 식으로 일 년에 두어 번만 만나며 살자는 거야. 근데 그게 하필이면 오늘이라네. 갈비뼈가 두어 개 빠져나간 사람처럼 눈에 힘은 없지만 꽤 괜찮은 여잔데. 만날 때마다 묘하게 마음을 뒤흔들기도 하고.

……

도로가 조금씩 뚫리고 있었다. 나는 병수의 심기를 건드릴 요량으로 문득 이렇게 말하고 있었다.

아까 낙지박속탕 먹고 싶다고 했지, 여전하냐?

병수에게는 얘기하지 않았지만 나도 오래전에 신두리 해안사구에 가본 적이 있었다. 결혼 전에 사귀던 어떤 여자와 함께였다. 나는 막연히 그녀와의 결혼을 염두에 두고 있었으나 그녀가 갑자기 돌아서는 바람에 미처 손을 내밀지도 못한 채 포기하고 말았다. 곧 알게 되었지만 그녀는 병수와 만나고 있었다. 그전에 병수와 두어 번 술자리를 함께한 적이 있었는데, 나도 모르는 사이에 서로 눈빛이 오갔던 모양이었다.

내가 결혼하고 나서 아이를 낳던 해 두 사람 사이에서도 결혼 얘기가 잠깐 들려왔지만 무슨 일이 있었는지 흐지부지되면서 곧 헤어진 것 같았다. 그런 와중에도 병수는 내게 그 여자에 대한 그 어떤 사소한 언급조차 하지 않았다.

예당저수지로 가려면 당진IC에서 왼쪽으로, 태안으로 빠지려면 오른쪽으로 길을 틀어야 했다. 태안에서 예당저수지까지는 한 시간 이상이 걸릴 거였다. 방향키는 이제 병수가 쥐고 있는 셈이었다. 늦게라도 소백산으로 가려면 예정대로 추모공원부터 들른 다음 어찌어찌 차편을 알아봐야 할 터이었다.

스마트폰을 계속 들여다보던 병수가 신경질적인 투로 입을 열었다.

낙지박속탕 먹으러 갑시다! 사실대로 얘기하고 어쩔 거냐고 문자를 보냈더니 도무지 답장이 없네. 그놈의 소백산이 뭐라고.

낙지박속탕으로 유명한 태안 원북면에 도착했을 때는 이미 오후 한시가 지나 있었다. 나는 십 년 전쯤 신두리 해안사구에 함께 와서 하루를 묵었던 여자의 얼굴을 잠깐 떠올리고 있었다. 병수는 말을 아낀 채 땀을 뻘뻘 흘리며 낙지박속탕을 아귀처럼 먹어치우고 있었다. 그 모습을 보고 있자니 나는 가슴 저 밑바닥에 고여 있던 부아가 치밀어올라 돌연 이런 말을 내뱉고 말았다. 밖에서는 무슨 일인지 개가 사납게 짖어대고 있었다.

연숙이 요즘 어떻게 지내고 있는지 알고 있나?

뒤미처 병수의 몸이 움찔하더니 입으로 가져가던 숟가락이 그대로 허공에서 멈췄다. 녀석의 관자놀이를 타고 턱으로 흘러내린 땀이 테이블 위로 떨어졌다. 이윽고 병수가 눈을 홉뜨고 나를 쳐다보았다. 녀석의 눈은 엷게 충혈돼 있었다.

물수건으로 땀부터 좀 닦아라.

병수는 순순히 내가 시키는 대로 했다. 그러고 나서 방어적이면서도 도전적인 투로 대꾸해왔다.

그걸, 왜, 지금 여기서 묻고 있는 건데? 더군나나 그게 언제 적 일인데.

그럴 만한 이유가 있어서 그런다. 너는 알 리 없지만 일종의 연상작용 때문이지.

미간을 잔뜩 찡그린 채 병수는 얼굴을 감추기 위해 앞접시에 시선을 떨어뜨렸다.

마침내 소명의 순간이 찾아왔는데, 그냥 모른 척하고 지나칠 거냐?

소명은 무슨…… 제멋대로 왔다가 또 제멋대로 가는 게 사람이잖아. 굳이 요약하자면 형이나 나나 결국 같은 처지였단 뜻이지.

나는 지금까지 그 여자를 탓하거나 애써 원망해본 적이 없다. 사람 마음이란 게 대체로 오리무중인데다 흔히 예측 불허여서 그럴 수도 있다고 생각했으니까. 그런데 너는 지금 무슨 말을 하고 있는 거냐. 신두리에 함께 다녀간 여자들은 그럼 모조리 너를 배신했다는 거냐?

그게 무슨 뜻이유?

지금 네가 먹고 있는 맵고 뜨거운 낙지박속탕에 면상을 처박고 싶지 않으면 일단 자세부터 똑바로 해 인마. 다시 묻겠다. 연숙이는 요즘 어떻게 지내는지 알고 있냐? 요는 내 앞에서 천연덕스럽게 소백산 타령을 할 엄두가 나느냐 그런 말이다.

그제야 알아듣겠다는 듯 병수가 고개를 주억거리며 슬쩍 웃기까지 했다.

연락이 통 없어놔서 알 길이 막연하네요. 나랑 헤어질 때 잠시 형 때문에 괴롭다는 말은 합디다. 하지만 형이나 나나 그런 뻔한 이임사 따위의 말을 귀담아들어야 하는 거요? 재작년인가 어디서 들었는데, 일산인가 분당인가에서 카페를 개업했다고 합디다.

연락처 알아봐줘?

욕지거리가 튀어나오려는 걸 나는 간신히 참아내고 있었다. 때맞춰 테이블에 놓여 있던 병수의 스마트폰이 요란하게 벨소리를 냈다. 녀석은 그 틈을 타 기민한 동작으로 스마트폰을 집어들고 밖으로 나갔다. 공무원을 하던 여자가 카페는 왜 차린 걸까. 폐소공포증이 있어 지하나 조금만 어두운 곳에 들어가도 질색을 하던 사람인데.

식당 밖으로 나오자 햇빛 속에서 희끗희끗 진눈깨비가 흩날리고 있었다. 병수는 어디로 갔는지 보이지 않았고 마당에 묶어놓은 개가 나를 보더니 질겁한 듯 더욱 미친 듯이 짖어대고 있었다. 이런 때야말로 총이 필요한 건데, 라고 무의미하게 중얼거리며 나는 화장실에 들어갔다 나왔고 그사이 병수는 태연히 운전석에 앉아 시동을 걸어놓고 있었다. 조수석에 올라타며 나는 병수에게 쏘아붙였다.

왜, 이 차 끌고 소백산으로 가려고?

그만합시다. 나도 지금 마음이 싱숭생숭하니까. 해 질 때까지는 비로봉에서 기다릴 테니 지금이라도 서둘러 오랍니다. 난 왜 이런 숙맥 같은 여자들만 만나지?

말하는 꼬락서니하고는. 아직도 모르겠냐? 네놈이 다 그렇게 만들어놓은 거잖아.

그건 또 무슨 소리유?

네가 쓴 기사라는 걸 읽어보면 미처 육하원칙도 갖춰져 있지 않은데다, 무슨 결핍 여성들을 상대로 덫을 놓듯 갈겨쓰는 구애의 편지 쪼가리 같더라. 남의 시나 툭툭 베껴넣으면서. 그게 말 그대로 잡지雜誌길래 망정이지 제대로 된 지면이면 인쇄소로 가기나 하겠냐? 넌 딱 잡지 타입이야. 백발이 돼서도 부디 그 세계를 떠나지 말기 바란다.

입에 거품을 물다시피 하고 속에 담아두었던 말을 토해냈으나 녀석은 느리게 날아오는 공을 피하듯 여유 있게 비껴갔다. 조금이라도 불리하거나 말문이 막히게 되면 예외 없이 딴청을 부리는 것이다.

아, 내가 베껴 쓴 시 하나 기억난다! 아직 꽃술을 열어보지 못한 꽃들이 성교를 하느라 바쁜 들판에 누워, 아직 단 한 번도 새끼를 낳아보지 않은 새들이 지나가는 것을 보며.*

이렇듯 너스레를 떨며 녀석은 킬킬거리고 웃었다.

자, 오라이합니다. 일단 추모공원에 가보기는 해야겠지? 오늘 이 소나타 구제역 방역 샤워를 몇 번이나 하는지 모르겠네.

3

추모공원 관리사무소는 예상대로 문이 닫혀 있었다. 구정 연휴가 끝나고 월요일에 문을 열 거라는 안내문이 현관 입구에 붙어 있었다. 우리는 사무소를 돌아나와 다랑논처럼 무덤들이 층층이 들어차 있는 공동묘지를 둘러보았다. 그새 응달이 진 곳을 피해 더듬더듬 길을 찾아 위로 올라가자 예당저수지가 큰 거울처럼 눈에 먼저 들어왔다. 오후 세시경인데도 저수지에서 불어오는 바람은 매서웠다.

화장을 해서 봉안을 하는 쪽이 나을까, 매장이 나을까.

무슨 뜻이냐는 듯 흘끗 돌아보고 나서 병수가 고개를 갸웃거렸다.

글쎄, 비용이야 뭐 납골묘에 봉안하는 게 덜 들겠지. 우선은 형식적이라도 당사자 의사부터 타진하는 게 순서 아닐까? 결정은 결국 누나가 하겠지만. 형 생각은 어떤데? 부모 돌아가시고 나면 여기 찾아오기는 할 거야?

병수가 제멋대로 떠들고 있는 사이 나는 예당저수지를 내려다보고 있었다. 열 살 무렵 부모와 함께 예당저수지로 소풍을 왔던 기억이 떠올랐던 것이다. 늦가을이었고 오늘처럼 날씨가 추웠었지? 그래서 집에서 싸온 음식을 먹지도 못한 채 식당에 들어가 다섯 식구가 어죽魚粥을 시켜먹었었지. 아버지는 홍성과 가까운 광시 출신이었고 어머니는 장항선이 지나는 신례원 사람이었다. 그러므로 여기도 부모에게는 고향과 다름없는 곳이었다. 그날 아버지는 점심을 먹은 후 식당에 식구들을 맡겨놓은 채 병수를 데리고 저수지로 낚시를 하러 갔다. 그리고 저녁참에나 덜덜 떨며 빈 바구니를 들고 돌아왔다.

추모공원에서 나가 나는 잠깐이라도 예당저수지 관광단지에 들러보고 싶었다. 나와 두 살 터울이므로 병수도 옛날에 소풍왔던 날을 기억하고 있을 터였다. 예당저수지로 가는 길은 도로를 제외하고는 어디를 둘러봐도 온통 사과밭이었다. 도로와 인접한 과수원에서는 가을에 수확한 사과를 내다팔고 있었다. 소풍을 왔던 날, 식당에서 기다리기가 지루해 남은 식구들은 산책을 나갔고 과수원에서 사과 따는 일을 도우며 시간을 보냈다. 식당으로 돌아갈 때 주인은 큼지막한 사과를 한 보따리나 싸주었다. 왠지 확인하고 싶은 생각이 들어 나는 병수에게 물었다.

너 여덟 살 때 여기로 가족이 소풍왔던 기억 나냐?

놀랍게도 병수는 그날을 전혀 기억하지 못하고 있었다. 예당저수지 관광단지에 도착했지만 병수는 물바람이 차다며 담배나 한 대 피우고 어서 돌아가자고 나를 재촉했다. 진득한 자판기 커피를 뽑아 마시며 저수지 앞에서 머문 시간은 고작 십 분 정도였다.

저수지를 돌아나오는 길에 나는 삼십 년 전 가족이 함께 사과를 땄던 삼거리 과수원 앞에 이르러 차를 세우라고 병수에게 다급히 말했다. 뭔가 자꾸 내 발목을 잡아당기고 있었다. 병수가 히뜩 나를 돌아보더니 퉁명스럽게 말했다.

사과는 사서 뭐하게. 마트에서 파는 물건이 흔히 싸고 질도 좋더라.

나는 사과를 사려는 것은 아니었다. 다만 그곳에 잠시 내려 머물고 싶었을 따름이었다. 가판대 앞에는 몇몇 사람들이 몰려 서 있었다. 귀성길에 고향에서 나는 사과를 사가려는 사람들이었다. 나는 과수원 주인으로 보이는 오십대의 남자에게 얼른 눈길이 갔다. 어쩐지 낯이 눈에 익은 느낌이 들었던 것이다. 나는 기웃기웃 사람들 틈새를 비집고 들어가 그에게 말을 건넸다.

여기 과수원 주인 되십니까?

그건 왜유?

한참 나를 눈여겨보다 그가 느린 말투로 반문했다.

제 고향이 이 근천데, 왠지 얼굴이 눈에 익은 것 같아서요.

농담인지 진담인지 모를 투로 그는 무표정하게 대꾸했다.

지두 고향이 여기니께 암만해도 감자나 고구마처럼 이러구러 닮았겠쥬 뭐.

아까부터 나와 병수를 수배자처럼 노려보고 있던 말끔한 차림의 노신사가 그때 옆에서 끼어들었다.

자네들 혹시 광시 면장댁 손자들 아닌가?

나는 깜짝 놀라 노신사를 돌아보았다. 병수도 그때만큼은 놀란 기색이 역력했다.

그걸, 어떻게 아셨죠?

우리 가족이 고향을 떠난 것은 내가 열두 살 때였다. 이윽고 노신사의 얼굴에 야릇한 미소가 번졌다.

내 선친께서 면서기셨네. 내 비록 자네 부친과는 일면식도 없으나 면장님 핏줄이라는 건 금방 알아봤네. 허허, 반갑구먼.

노신사는 서울 방배동에 살고 있었고 명절을 맞아 고향에 내려왔다 귀경하는 길이었다. 내친김에 사과를 한 박스 사려는데, 무슨 뜻인지 병수가 뒤에서 옷소매를 잡아끌었다.

형, 그만 갑시다.

나는 끌려가듯 허둥지둥 노신사에게 눈인사를 건네고 돌아섰다. 지금은 어떤지 몰라도 옛날엔 광시 부근이 대부분 집성촌이었으니 좀더 얘기를 나누다보면 과수원 주인이든 노신사든 친척뻘이 될지도 몰랐다. 차에 올라타 시동을 걸며 병수가 중얼거렸다.

반갑긴 뭐가 반가워. 난 서울에서도 동향 사람을 만나면 본능적으로 피하게 되더라. 왠지 지겹고 끔찍한 느낌이 들거든. 형은 안 그래?

나는 대답 대신 병수에게 물었다.

이제부터 어떡할 거냐.

뭘?

소백산 쪽 동향을 묻는 거야.

나도 모르겠어. 아직도 비로봉에서 미련스럽게 버티고 있나 봐. 빌어먹을, 도대체 답이 안 나오는 여자라니까. 지금 차편을 알아봐서 달려간다 해도 풍기까지 해 지기 전에 도착하겠어? 벌써 네시가 다 됐잖아. 이럴 바에야 광시한우마을에 들러 등심이나 끊어 먹고 갈까? 여기서 삼십 분이면 가거든.

엊그제 뉴스를 보니 홍성도 구제역에 뚫렸다더라. 광시 옆이 바로 홍성이잖아.

코앞이니 일단 가보지 뭐. 그다음 일은 거기 가서 생각하고.

근래 와본 듯 병수는 익숙하게 광시 방향으로 차를 몰았다.

구제역에 대해 병수 너는 어떻게 생각하냐?

질문의 요점이 뭔데?

살처분 매몰지가 벌써 사천이백 개 이상으로 늘어났다더라. 삼백십만 마리 이상의 가축이 이미 매몰됐고. 게다가 우물에서 피가 나오는 동네도 있다더라. 살처분 담당 공무원 중엔 정신이상을 호소하는 사람들도 있고. 이거 확실한 재앙 아니냐?

재앙이지.

……

난 말이야, 기독교도들이 하는 말을 믿어서가 아니라 지구가 머지않은 미래에 망할 거라고 생각해. 사스, AI, 신종플루, 광우병, 구제역 같은 건 징후에 불과하단 말이지. 뭔가 곧 빅뱅이 일어날 것 같은 예감이 들어. 백두산 분화구만 터져도 한반도는 온통 화산재로 뒤덮이겠지만. 나 사실은 얼마 전부터 제주도에 집 알아보고 있어. 그래도 거기가 한반도에서는 가장 안전하지 않겠어?

나는 그만 맥이 빠져 웃어버리고 말았다. 광시로 들어가는 길에 우리는 구제역 방역을 기다리는 차량에 밀려 한참을 서 있었고 이윽고 한우마을에 도착했을 때는 이미 다섯시가 가까워져 있었다. 병수는 이제 소백산은 포기한 눈치였다. 문을 열어놓은 식당을 겨우겨우 찾아들어가 자리에 앉은 다음, 피가 뚝뚝 떨어지는 등심을 불판에 올려놓으며 병수가 주절거렸다.

마블링이 제법 예쁘게 나왔군. 이제 한우를 먹을 수 있는 날도 얼마 남지 않은 것 같은데 이참에 실컷 먹어두자구.

……그런 다음엔?

온양으로 빠져서 온천에 몸 담그고 밤늦게 올라가지 뭐. 어차피 길 막히는 건 각오해야 할 테고. 시간 되면 아산 공세리성당에 들러 사진이나 몇 장 찍어둘까 했는데, 오늘은 이미 늦었어.

나는 잠자코 있다 무의미하게 맞장구를 쳤다.

이럴 줄 알았으면 아까 태안에 갔을 때 대하大蝦까지 먹고 올 걸 그랬나? 요즘 한창 대하철이잖아.

그러자 병수가 빈정거렸다.

거기 가서 대하 먹기 힘들어. 온통 흰다리새우지. 남미南美에서 수입한 가짜 대하 말이야. 진짜는 다 누구 입으로 들어가는지 모르겠어. 분류하자면 나도 뭐 가짜에 포함되겠지만.

나는 그저 흐흐거리고 웃었다.

내친김에 소주도 한잔할까? 동물성 단백질과 소주는 어쩔 수 없이 불가분의 관계잖아.

먹어라. 운전은 내가 할 테니.

병수는 소주 두 병을 혼자 다 마셨고 그러는 사이에 밖엔 어둠이 내려 있었다. 그리고 식당에서 나올 무렵 난데없이 누나한테서 전화가 걸려왔다. 통화를 하기도 전에 나는 언뜻 불길한 예감에 사로잡혀 있었다. 나는 휴대폰을 천천히 귀로 가져가 대뜸 물었다.

왜?

누나는 잠시 침묵하다 너희 지금 어디니? 라고 물어왔다. 예당 저수지 근처라고 나는 슬쩍 돌려말했다.

아직까지 거기 있는 거야?

저녁을 먹고 있다고 나는 말했다.

왜, 무슨 일 있어?

아까 낮에 엄마가 옆구리가 아프다고 해서 급히 응급실로 모시고 왔는데 늑막염이 다시 도진 것 같대. 빨리 수술을 해야 한다는데 명절이라 새파란 인턴들 몇 명밖에 없어.

아버지는?

집에 혼자 계시지 뭐.

응급처치만 하면서 월요일까지 기다려야 할 것 같다고 누나는 말했다.

나는 하나 마나 한 소리를 덧붙였다.

우리도 가봐야 하나?

와서 뭐하게. 조심해서 올라가고 엄마 수술 날짜 잡히면 그때나 내려와. 그리고 추모공원은 어떻더니?

관리사무소는 문을 닫았고 공원묘지만 둘러봤는데 풍광이 꽤 괜찮데요. 주위가 사과밭인데다 아래로 예당저수지도 내려다보이고.

나는 삼십 년 전 가족이 예당저수지로 소풍왔던 얘기를 하며, 그때 사과를 땄던 과수원에 잠깐 들렀다고 누나에게 말했다. 누나는 불이 꺼진 듯 한참을 침묵하고 있었다. 무슨 생각을 하고 있었던 걸까? 그리고 더이상 아무 말 없이 조용히 전화를 끊었다.

4

온양으로 향하는 도로는 침수가 된 듯 자주 막혔다. 서해안고속도로에서 빠져나와 온양, 천안을 거쳐 서울로 올라가려는 차량들이 서로 뒤엉켜 있었던 것이다. 지루하게 가다 서다를 반복하는 동안 병수가 형, 하면서 은밀한 목소리로 나를 일깨웠다. 병수가 말을 잇기 전에 내 입에서 먼저 이런 말이 툭 튀어나왔다.

오늘 소백산까지 가기는 다 틀린 것 같다. 더이상 무슨 연락 없냐? 비로봉에서는 이미 내려왔을 테고. 기억을 더듬어보니 희방

사역 앞에 작은 여관이 하나 있었던 것 같기는 하다. 여관이라기보다는 여인숙에 가깝지만.

그게 아니라 형, 연숙이 전화번호 알아볼까?

……그건 왜?

이놈이 또 무슨 수작을 부리려는 걸까.

내 입으로 이런 말 하기는 좀 그렇지만, 형을 못 잊어하는 눈치더라구.

너와 헤어질 당시에 말이냐? 그렇다면 십 년 전이 되겠구나. 카페를 차렸다는 얘기는 언제 어디서 주워들은 거냐?

한 이삼 년 됐나? 이혼하고 나서 받은 위자료로 분당에 있는 서현역 근처 어딘가에 문을 열었다던데. 상호는 모르겠고.

누구랑 살았었는데?

사업을 하던 자라던데, 뭐 사업이란 게 따로 있나? 먹고사는 일이 다 사업이지.

그럼 그 잘난 스마트폰으로 한번 알아나봐라. 오랜만에 목소리나 들어보게. 어차피 지금 할 일도 없잖아. 근데 고기를 너무 먹었나? 배가 더부룩한 게 자꾸 입으로 올라오려고 하네.

나는 속이 안 좋아 자주 차창을 내려 환기를 시켰다. 그때마다 병수는 기다렸다는 듯이 담배를 피워 물었다.

상호만 알아내면 전화번호는 물론이고 위치추적까지 가능하니까 조금만 기다려봐. 아, 전에 한번 들었는데 기억이 안 나네. 홀

인원이나 하이마트는 아닌 것 같고.

하이마트라니? 그건 전자제품 할인매장 아니냐?

서울에서 춘천으로 가는 국도변에 있는 모텔 이름입니다. 왜 텔레비전 광고를 보면 남녀가 손잡고 하이마트로 가자며 노래 부르는 장면이 나오잖아. 정말 기막히지 않아? 인간이 어디까지 진화할지 나는 당최 모르겠어.

말세로고. 구제역처럼 작금은 어디든 성한 곳이 없구나.

병수 녀석은 킬킬거리며 문자, 전화, 트위터까지 동원해 연숙의 위치를 맹렬하게 추적하기 시작했다. 아닌 게 아니라 온천에 가서 몸부터 푹 담그고 싶었다. 손이고 얼굴이고 할 것 없이 온몸에서 소독약 냄새가 나고 있었다. 게다가 아랫배가 점점 더 아파왔다. 무슨 이유에서인지 예당저수지로 갈라지는 삼거리 과수원에서 만났던 주인과 노신사의 얼굴이 눈앞에 자꾸 어른거렸다. 불과 몇 시간이 지나지 않았는데도 마치 꿈에서 만난 사람들 같았다. 그때 병수 녀석이 왜 내 옷소매를 잡아끌며 서둘러 떠나자고 했는지 이제야 어렴풋이 알 것 같았다.

우리는 언제부터 자신과 닮은 족속들을 만나게 되면 덥석 반가워하는 게 아니라 서로 끔찍한 느낌에 사로잡히게 된 걸까? 그리고 어느덧 발굽이 갈라지고 무릎이 썩어들어가기 시작하고 여기저기서 핏물이 배어나오고 전체가 하나로 병들어가는 지경에 이른 것일까? 이런저런 상념에 사로잡혀 속으로 진저리를 치고 있을 때 병수가 신음처럼 나지막이 중얼거렸다.

이 여자 이거, 어디가 잘못된 거 아냐?

나는 천천히 병수를 돌아보았다. 누가 또 오류 상태에 빠진 걸까.

풍기에서 지금 차 몰고 올라오고 있다네. 이따가 천안역 앞에서 만나자네.

……그게 잘못된 거냐?

나는 애써 목소리를 낮춰 말했다.

좀 섬뜩한 느낌이 들지 않아? 혹시 정신적으로 무슨 문제가 있는 거 아니냐구.

그걸 내가 알겠냐? 정작 그렇다면 아직까지 눈치를 못 챈 네가 오류지.

이거 갑자기 피하고 싶어지네. 비로봉에 있다고 할 때는 대체로 감동적이었는데.

지랄하고 자빠졌네. 소백산으로 간다 어쩐다 할 때는 언제고. 너란 놈은 평소 잠자리에 들기 전에 자신에 대한 반성이나 성찰 혹은 질문 따위가 조금도 없는 거냐? 그러니 상대에 대한 관심이나 상상력이 생길 여지가 없지.

병수는 내 말투에 밴 분노에는 아랑곳없이 비아냥거리듯 받아넘겼다.

이십대까지는 가끔 그런 형이상학적인 증상이 감지됐었지. 그런데 어느 날 눈을 떠보니 감쪽같이 사라져버렸더군. 하지만 그게 모두 내 탓이라고 할 수는 없잖아. 안 그래?

진눈깨비가 쉼없이 차창에 부딪쳐오는데도, 달은 하늘에 샛노랗게 떠 있었다. 훔쳐보듯 달을 올려다보며 나는 왠지 끔찍한 느낌에 시달리고 있었다.

나한테 너무 그러지 마슈. 형도 알고 보면 나와 별로 다를 게 없잖수. 그래도 형은 결혼해서 아이까지 됐으니 일단 로또에 당첨된 거나 마찬가지 아뉴. 그게 그렇게 만만한 게 아닙디다.

그건 또 무슨 소리야?

세속적인 집착과 속물적인 근성이 없으면 가정을 꾸리기 힘들더라 그런 말이외다.

그래서 네가 오히려 순수하다고 주장하고 있는 거냐?

순수는 무슨. 아직 철이 덜 든 거겠지. 아니면 근원적인 허무감에 빠져 허우적거리고 있거나. 오죽하면 공황장애 판정을 받았겠수. 나도 존재감 때문에 꽤나 괴로워하며 산다 그런 뜻이유.

녀석이 엄살을 부리고 있다는 것을 나는 잘 알고 있었다.

……그건 그렇고, 천안역으로 갈 거냐?

글쎄 모르겠네요. 일단 온양에 도착해서 종일 뒤집어쓴 구제역 방역제부터 씻어내면서 생각해볼랍니다. 가다가 세차장 보이면 이 차도 한번 씻어줘야 할걸. 근데 이 자식들은 왜 아직도 연락이 없어. 그깟 뒷골목에 있는 카페 하나를 못 찾아?

5

연숙이와 통화가 된 것은 온양온천에 도착해서였다. 놀라고 당황할 줄 알았는데, 그녀는 오히려 호들갑을 떨며 반가워하는 척했다.

내가 지금 나이가 몇인데 여고생처럼 놀라 자빠져. 혹시 그러길 바란 거야? 하여간 남자들이란……

그동안 겪을 만큼 겪고 살아왔음을 거듭 강조하며 그녀는 서울로 올라가는 길에 나더러 분당에 들르라고 속삭여왔다. 몇시가 되든 기다리겠다며 삼십 년간 오크통에서 숙성시킨 발렌타인을 서비스로 제공하겠다는 말도 덧붙였다.

그럼 안주는?

문득 목이 멘 듯 한동안 숨을 사리고 있던 그녀가 이윽고 후후거리며 웃었다.

경수씨 그동안 많이 어른 됐구나. 세상 물정을 모르고서는 그런 말 쉽게 안 나오는데.

발렌타인 삼십 년산 맞지?

……질문은 그만하고 서둘러 오기나 해. 안주값은 알아서 챙겨주는 걸로 알고 있을게.

병수와 동행해도 되겠냐고 물으려다 나는 차마 그 말까지는 하지 않았다. 나는 통화를 마치고 온천탕 매표구 앞에 서 있는 병수에게 다가갔다.

어쩔 거유?

모르겠다. 올라가면서 천천히 생각하지 뭐, 어차피 길도 막힐 텐데. 근데 너는 어쩔 거냐? 풍기 말이다.

이제 겨우 김천 부근을 지나고 있답니다. 만나든 안 만나든 일단 씻기부터 합시다. 약품 냄새 때문에 자꾸 구역질이 올라와 참을 수가 없잖아. 이러다 광시에서 먹은 한우 다 게워내겠네.

그럼 너 먼저 욕탕에 들어가 있어라. 나는 전화 한 통 더 해야겠다.

혹시 나 여기다 버리고 혼자 빵소니치는 거 아뉴?

병수가 욕탕으로 들어가는 것을 지켜보고 나서 나는 밖으로 나와 담배를 피워 물었다. 그리고 누나에게 전화를 걸었다. 딱히 할 말이 있었던 건 아니었다. 다만 누나와 막연히 통화를 하고 싶다는 생각이 들었던 것이다. 하지만 누나는 전화를 받지 않았다. 오분 간격으로 세 번을 더 걸어보았으나 그녀는 끝내 침묵하고 있었다.

나는 담배를 한 대 더 피운 다음 짐짓 사위를 두리번거리다, 이윽고 살처분되는 심정으로 욕탕 입구로 들어섰다.

* 허수경의 시 「거짓말의 기록」에 나오는 시구.

154

검역

금요일 오전 아홉시 정각, 그는 의료검진센터에 도착했다. 장마철이 지났는데도 연일 폭우가 계속되는 가운데 그날도 새벽녘부터 퍼붓기 시작한 빗소리에 깨어나 그는 잠을 제대로 자지 못한 상태였다. 그런데다 빗소리에 섞여 어디선가 비행기 날아가는 소리가 밤새 들려왔다. 고문을 당하는 듯한 느낌에 사로잡혀 있다가, 그는 발작적으로 침대에서 일어나 현관문을 열고 아파트 복도를 내다보았다. 그 순간 신기하게도 비행기 굉음이 귀에서 사라졌다. 공복에 신경이 필요 이상으로 예민해진 탓이라고 생각하며 그는 베란다로 나가 습관적으로 담배를 피워 물었고 뒤미처 건강검진을 받는 날이라는 걸 깨닫고 반쯤 타들어간 담배를 제라늄 화분에 억지로 비벼 껐다.

　그가 데스크로 다가가 예약 번호를 말하자, 유니폼 차림의 접수원이 그에게 문진표와 채변기부터 제출할 것을 요구해왔다. 그는 서류가방에서 그것들을 꺼내 접수대 한쪽에 숨기듯 올려놓았다. 접수원은 곧바로 화장실 옆에 있는 탈의실 입구를 가리키더니 '팬티만 남기고 검진복으로 갈아입고 나와 소파에서 대기하세요'라고 내비게이션에 내장된 음성처럼 말했다. 그는 불현듯 오랜 도피생활 끝에 자수를 하기 위해 경찰서에 찾아온 기분이 들었다.

탈의실은 목욕탕 혹은 찜질방 구조와 흡사했다. 만약 다른 게 있다면 찜질복 대신 푸른색 검진복으로 갈아입는다는 것 정도였는데, 사실 그것은 차이랄 것도 없었고 로커 열쇠도 팔찌나 발찌처럼 고리형이었다. 그는 시계를 차고 있던 왼쪽 손목에 열쇠고리를 끼워넣었다. 라커 번호는 17번이었다.

검진센터는 이십층짜리 빌딩의 이층 전체를 쓰고 있었는데, 1번 방부터 15번 방까지 ㅁ자형으로 배열된 단순하지만 효율적인 구조였다. 7번 방과 8번 방 사이에는 출입구로 쓰이는 엘리베이터가 설치돼 있었다. 또한 중앙에는 음료대와 긴 대기용 소파가 다섯 개, 각 방 좌우에도 의자가 하나씩 놓여 있었다. 검진을 받으러 온 사람들이 의외로 많다는 데 그는 지레 피로감을 느꼈다. 그가 가장 견디기 힘들어하는 것은 다름아닌 허기였다. 허기가 찾아오면 그는 곧 눈앞이 흐려지면서 신경이 대파처럼 곤두서곤 했다. 검진에 소요되는 시간은 두 시간 반 정도라고 했다. 만약 그때까지 검진이 끝나지 않으면 자신이 어떤 몰골을 하고 있을지 그는 상상조차 하기 싫었다. 그는 염탐이라도 하듯 천천히 사위를 둘러보았다. 살구색 검진복을 입은 여자들이 소파에 드문드문 앉아 있는 게 보였다. 비록 자신과 관련은 없다 하더라도, 성性이 다른 존재가 동일한 공간에서 동일한 상태에 처해 있다는 것에 그는 묘한 안도감을 느꼈다. 이어 혹시라도 아는 사람이 없는지 그는 다시 한번 주위를 살펴보았다. 해당 연도가 되면 의무적으로 받아야 하는 종합건강검진이었으므로 직장 사람들과 마주칠 확률이 없지 않았던 것이다. 검진 기간은 7, 8월 중 일요일과 공휴일을 제외하고는 어느 날이든 선택적으로 예약이 가능했다.

약 십오 분을 기다린 끝에 4번 방의 간호사가 그를 호명했다. 그는 무의식중에 네! 하고 마치 훈련병처럼 대기 소파에서 벌떡 일어났다. 그리고 4번 방 앞으로 걸어가는 도중에 탈의실에서 어기적거리며 걸어나오는 기골이 장대한 사내와 눈길이 마주쳤다. 어디서 본 듯한 얼굴이었다. 어쩌면 같은 직장에 근무하는 사람일지도 몰랐다.

그가 1번 방부터 시작하는 게 아니냐고 묻자, 간호사는 똑같은 질문을 귀에 못이 박이도록 들었다는 표정으로 대기시간을 줄이기 위해 순서가 뒤바뀌기도 한다면서 시스템에는 별문제가 없다고 무감한 어조로 말했다. 방으로 들어가자 머리가 희끗희끗한 여의사가 밀랍인형처럼 의자에 앉아 있었고 그녀는 그가 미리 작성해온 문진표를 들여다보더니 잠꼬대하듯 희미하게 물어왔다. 가급적 목소리를 아끼려는 것 같았다.

흡연 경력이 이십오 년이나 되네요. 역류성 식도염과 기관지염을 자주 앓은 적이 있다고 돼 있는데, 사실인가요?

그가 입을 다물고 있자 그녀는 문진표에서 눈을 떼고 잠깐 그를 바라보았다.

대답 안 하실 모양이죠?

사실입니다.

그런데, 흡연을 계속해야만 하는 이유라도 있나요? 그것도 하루에 한 갑씩. 음주도 일주일에 서너 번 이상이면 의학적으로는 이미 알코홀릭 분류 대상인데, 아직 견딜 만한가보죠?

그는 금세 허기가 되살아나며 걷잡을 수 없는 속도로 신경이 곤두섰다. 자제하려 했지만 그는 이미 이렇게 반문하고 있었다.

내가 뭘 잘못했습니까? 피의자 다루듯 하지 않았으면 좋겠는데요.

그녀는 소리없이 웃더니 역시 잠꼬대처럼 소곤거렸다. 그녀의 말을 알아듣기 위해 그는 책상 쪽으로 상체를 기울여야만 했다.

피의자…… 그거 재밌는 표현이네요. 기타 다른 증세는 없나요?

그건 또 무슨 뜻이죠?

근래 몸무게가 급격히 감소했다든가, 일상생활이 불편한 만큼 자각되는 증상이 있는가를 묻고 있는 겁니다.

만성피로, 소화불량, 발기부전, 불면증, 신경과민 등등의 증세가 있었으나 그는 더이상 그녀와 말을 섞고 싶지 않아 고개를 가로저었다. 어차피 검사를 하면 어디에 이상이 있는지 다 밝혀질 거였다.

6번 방에서 호출할 때까지 그는 창가에 서서 비가 퍼붓는 거리를 내다보고 있었다. 아까부터 소변이 마려웠지만 전립선 검사를 하기 전까지는 참아야 한다는 접수원의 말이 생각나 그는 되도록 버티고 있었다. 출근 시간대가 지났는데도 지하철역 입구는 사람들로 붐비고 있었다. 도로 건너편에서는 우산을 쓴 사람들이 허리를 구부린 채 버스 정류장 쪽으로 다투어 몰려가고 있었다. 이제는 바람까지 부는 모양이었다.

흉부 X선 촬영을 마친 다음 그는 심전도실에 들어가 체크테이블에 누웠고 검사가 시작되고 나서 간호사는 두 번이나 이렇게 말했다.

심장박동이 너무 빠르니까 진정하세요. 다른 생각은 하지 마시고요.

간호사의 말에 그는 야릇한 수치심을 느꼈고 맥박을 늦추기 위해 숨을 참기까지 했다. 사실 그는 약간의 부정맥 증세가 있었다. 모니터를 들여다보고 있던 간호사가 이윽고 한숨을 내쉬더니, 됐으니까 그만 내려오세요, 라고 체념 조로 말했다.

모니터상으로는 심장 기능에 어느 정도 장애가 있는 것 같은데요. 극히 예민한 체질인 경우에는 일시적으로 그래프가 불규칙한 파동을 보이기도 하지만.

거기다 대고 그는 어떤 말도 할 수 없었다. 혈압 검사에서도 그는 최고치 혈압이 평소보다 높게 나왔고 그게 다 관능적인 몸매를 가진 심전도실의 간호사 때문이라고 제멋대로 생각했다. 혈액을 채취할 때 그는 갑자기 재채기가 터져나와 담당 간호사로부터 역시 달갑잖은 소리를 들어야만 했다.

대기 소파로 돌아온 그는 돌연 망연자실한 기분으로 한동안 눈을 감고 있었다. 다시금 아랫배 쪽에 요의가 몰려왔으나 물론 참아야만 했다. 그는 나이가 들어갈수록 턱없이 소심해지는 자신에 대해 모종의 분노와 자괴감을 동시에 느끼고 있었다. 건강검진을 받으러 와서도 밀려 있는 회사 업무와 어제 거래처 직원과 통화하면서 실수로 내뱉었던 말 등을 떠올리며 불안한 상태에 빠져들고 있었다. 더불어 자동차 키를 어디다 뒀는지 좀처럼 생각나지 않아 이미 분실한 것처럼 허둥거리고 있었다. 오늘 수면내시경 검사를 받기 위해 그는 아침에 버스를 타고 검진센터로 온 터였다. 키홀더엔 자동차 키뿐만 아니라 사무실 책상과 아파트 현관 열쇠까지 모둠으로 달려 있었다. 그는 탈의실로 들어가 로커 안에 걸려 있는 바지 주머니와 서류가방을 뒤져보았으나 불길하게도 열쇠 꾸러미는 보이지 않았다. 대신 휴대폰에 부재중 전화가 다섯 통이나 걸려와 있었다. 모두 회사와 거래처에서 걸려온 전화들이었다. 그사이 간호사의 호출이 있을까 싶어 그는 일단 휴대폰을 들고 탈의실에서 나왔다. 안내데스크 옆에 커피 자판기가 보여 무심코 한 잔 뽑아 마시려다. 그는 낭패한 심정으로 대기 소파로 돌아와 앉았다. 아닌 게 아니라 진득한 커피에 담배 한 대가 절실했다.

그때 팔짱을 낀 채 창가에 우두커니 서 있던 커다란 몸집의 사내가 몸을 돌려 그가 앉아 있는 곳으로 뚜벅뚜벅 걸어왔다. 사내는 마치 지정석이라도 되는 양 다른 자리를 놔두고 굳이 그의 옆에 와 앉았다. 그는 사내를 돌아보며 한 뼘쯤 옆으로 비켜 앉았다. 그가 4번 방으로 갈 때 탈의실에서 나오던 사내였다. 골격이 단단해 보이는데다 툭 불거진 광대뼈에 양쪽으로 찢어져 올라간 눈매가 틀림없이 조상이 북방계일 거라는 인상을 주었다.

말 그대로 장대비군요. 나는 비를 무척 좋아합니다만, 올여름에 내리는 비는 끔찍한 느낌이 듭니다. 아마 구제역 매몰지 때문이 아닐까 싶습니다만.

사내의 목소리는 몸집에 어울리게 우렁우렁했다. 하지만 앓고 있는 사람처럼 어딘가 모르게 힘이 빠져 있었다.

4대강, 어쩌고 맞받으려다 그는 잠자코 있었다. 본 듯한 얼굴임이 분명했지만 그는 아직 사내에 대해 모르고 있었다. 이후 서로 말이 오가는 동안에도 사내는 자신이 어디 소속인지 밝히려 들지 않았고 그에 대해서도 묻지 않았다. 다만 사내도 그를 익숙하게 받아들이고 있는 눈치였다. 어차피 검진이 끝나 평상복으로 갈아입고 나가면 서로 만날 일도 없을 터였다. 그가 줄곧 입을 다물고 있자, 사내가 관심을 끌기 위함인지 농담조로 덧붙였다.

여기 근무하는 여자들은 이상하게 뚱뚱한 사람이 하나도 없네요. 접수원, 안내원을 포함해 간호사까지 대략 삼십 명은 되는 것 같은데, 무슨 미인대회에 출전한 여자들처럼 몸매는 물론이고 얼굴까지 다들 반반하다 그런 말이죠.

듣고 보니 과연 그랬다. 심지어는 접수원과 안내원이 입고 있는 유니폼은 모 항공사의 스튜어디스 복장과 흡사했고 스커트 길이도 지나치게 짧았다. 눈이 참 밝으시네요, 라고 되받으려다 그는 경망스러운 인상을 줄까 싶어 입을 다물었다. 그는 잠깐이나마 점보 여객기에 타고 있는 착각에 빠져들었다.

생산성을 높이기 위해 회사 관리 제대로 하고 있는 거죠. 얼굴 성형한 애들이 종종 섞여 있긴 하지만 뭐, 관람하기에 그다지 나쁘진 않네요.

그런 게 다 보입니까?

사내는 옆을 돌아보지도 않은 채 후후거리고 웃었다.

이력이 시력에 도움을 줬겠죠. 그 대가로 지방간에 고지혈증에 갑상선기능저하증에 일찌감치 전립선 비대증까지 찾아왔습니다. 혹시 대장내시경 검사 받아봤어요? 난 이 년 전에 용종 다섯 개를 떼어냈습니다. 형씨도 이참에 꼭 받아보는 게 좋을 겁니다. 안색을 보아하니 소화기 계통에 문제가 있는 것 같은데, 아닌가요?

……

물론 나는 의사가 아니니 대답할 필요는 없습니다.

그는 대장내시경은 추가 항목이어서 굳이 신청하지 않은 터였다.

아무리 수면 상태라지만 항문으로 내시경이 출입했다는 사실을 생각하면 내게도 과연 영혼이라는 게 존재하는지 의혹이 생깁니다. 마취에서 깨어나는 순간 영혼을 도둑맞은 기분이 들더란 말입니다. 뭐, 그렇다고 용종이 석순이나 종유석처럼 보존 가치가 있다는 건 아닙니다만.

그는 웃으려고 했으나, 막상 웃음이 나오지 않았다.

앞으로 언제까지 몸을 굴리며 살 수 있을지 모르겠습니다. 아무튼 이놈의 검산지 검진인지 빨리 끝내고 나서 저녁에 깨끗하게 소주나 한잔했으면 좋겠네요. 당분간은 비가 그칠 것 같지도 않고.

……

형씨는 정말 어디 불편한 데 없습니까?

무려 이십오 년 동안 술 담배에 찌들어 살아왔는데 괜찮을 리가 있나요. 몸을 빌려 산다는 것 자체가 이제는 죄를 짓는 일이라는 생각이 듭니다.

그렇다고, 그렇게까지 생각할 필요는 없겠죠.

이번 건강검진도 시간도 없고 받기 귀찮아서 그냥 지나가려고 했는데, 그렇게 되면 유사시에 의료보험 혜택을 받을 수 없다고 하더군요. 알다시피 의료보험은 강제보험이니까요. 말하자면 내 몸이 내 소유가 아닌 거죠. 안 그래도 저는 오래전부터 저 자신을 타인처럼 여기며 살고 있습니다.

……

사내가 3번 방으로 불려 들어간 사이 그는 집으로 전화를 걸었다. 열쇠 꾸러미를 어디에 놔뒀는지 알아야만 치통처럼 지속되는 불안감을 떨쳐버릴 수 있을 것 같았다. 아내는 대뜸 그걸 내가 어떻게 알아? 라며 된소리를 냈다.

집에 가서 찾아보고 문자로 찍어줄 테니 끊어. 여기 지금 미용실이야.

아이는?

학원에 가 있을 시간이잖아. 아이한테 눈곱만큼의 관심도 없으면서 새삼스럽게 그런 걸 왜 물어.

그는 초등학생인 아이가 엊그제 방학을 했다는 사실을 떠올렸다. 가족과 여름휴가를 가야 했지만 회사 일 때문에 아직 계획을 세우지 못하고 있는 상태였다. 공휴일이나 일요일에도 아이와 제대로 놀아준 기억이 없는 그는 아이에게 늘 미안한 마음을 품고 있었다. 올해도 기껏해야 어린이날에 영화를 함께 관람한 것이 그가 아비로서 자식에게 해준 유일한 행사였다.

영화관에서 나와 맥도널드에서 햄버거를 주문하고 기다리는 동안 아이가 갑자기 의자에서 벌떡 일어나더니, 그에게 고개를 숙여 이렇게 말했다.

아빠, 오늘 저와 영화 함께 봐주셔서 정말 감사합니다.

순간 그는 깊은 충격을 받았다. 아이 옆에 앉아 있던 아내는 혀를 차며 그의 시선을 차게 외면했다. 변명에 불과하겠지만 그가 아이에게 무심하게 된 것은 아내와의 불안정한 관계 때문이기도 했다. 신혼 때는 남들처럼 그럭저럭 무난한 편이었는데, 아이를 갖게 되고 생활에 시달리면서 아내는 남편인 그를 마치 무능한 집사처럼 대했다. 결혼과 동시에 경제권을 넘겨줬는데도 아내는 그의 카드 명세서까지 일일이 체크하며 보다 검약하며 살 것을 채근했다. 고작 스물네 평 아파트에 살면서 그것도 은행 융자금이 집값의 반이 넘어 매달 갚아나가야 하는 돈이 월급의 삼분의 일에 해당하는데, 웬 술을 이렇게 자주 또한 많이 마시느냐는 것이 늘상 되풀이되는 아내의 성화이자 잔소리였다. 마이너스 통장의 한도가 다 찼다는 말도 그는 한 달에 한 번꼴로 들어야만 했다. 아이의 장래는 초등학교 때 이미 결정된다며 하루 빨리 학군이 좋은 곳으로 이사를 가야 한다는 말도 그는 귀가 닳도록 들었다. 현실적으로 주소지를 옮긴다는 것이 불가능하다는 것을 누구보다 잘 알면서도 아내는 푸념을 멈추지 않았다. 그럴수록 그는 단순하고 미련스럽게 술에 의지했다. 집이나 직장에서의 상시적인 불안감이야 그렇다 치고 날마다 맨홀에 빠져 어두운 하수관 속을 헤매는 듯한 절망감을 잠시라도 잊을 수 있는 방법은 또한 술뿐이었다. 그 어떤 심정의 여유나 주변머리조차 없는 됨됨이 탓에 그는 남들처럼 소풍 다녀오는 심정으로 슬쩍 바람 한 번 피우지 못했다.

어느 날부터 아내는 그를 적대시하기 시작했고 그가 술을 마시고 새벽에 귀가하는 날이면 아파트 현관 앞에서 핀잔을 주는 것도 모자라 자정 전에 귀가해야만 출입이 가능하다며 면전에서 문을 닫아버리기까지 했다. 딴에는 화해할 요량으로 다음날 저녁 그가 수박이라도 사들고 들어가면 아내는 거들떠보지도 않았고 수박은 거실 한구석에서 이리 뒹굴고 저리 뒹굴다 어느 날 곯아서 음식물쓰레기통으로 들어갔다. 그 무렵 아내는 필사적으로 다이어트에 매달리고 있었다. 일단 동네 헬스클럽에 등록을 하는 눈치더니 포도, 홍삼 다이어트에 들어갔고 두 달 만에 십 킬로그램을 감량하고 나서는 사람이 완전히 달라졌다. 이런저런 인터넷 동호회에 가입해 걸핏하면 오프라인 모임이 있다며 집을 비우곤 했다. 그나마 일요일에는 집에 있어주는 게 그로서는 고마울 지경이었다. 아내는 그야말로 환골탈태라도 하듯 나날이 모습이 변해갔으며 그것은 그에게 질투심이 아닌 일종의 공포심을 불러일으켰다. 왜 낯선 남녀가 만나 굳이 가족을 이루고 살아야만 하는지에 대하여 그는 때늦은 혼란에 사로잡혀 있었다. 그럴수록 아이에 대한 죄책감이 그를 괴롭혔으나 아이도 이미 마음에 돌이킬 수 없는 상처를 입은 후였다. 고통이라는 것은 설혹 부모 자식간이라 하더라도 자신이 겪어보지 않는 한 결코 이해할 수 없다는 것을 그는 이미 알고 있었다. 부모의 보호 없이 살아갈 수 없다는 의미에서는 아직 아이였으나, 오직 버림받지 않기 위해 필사적으로 부모에게 매달리고 있다는 의미에서 그애는 실질적인 가장이었다.

그는 아내가 임신했을 때 자신의 손바닥을 통해 온몸으로 전해져오던 태아의 꿈틀거림을 떠올리며 간혹 진저리를 치곤 했다. 당시의 신비로웠던 느낌이 지금은 어느덧 자폐감으로 변해 있었고 그는 이미 오래전에 삶이 자신을 등졌다는 생각을 하고 있었다.

그는 뒤늦게 1번 방으로 불려 들어가 시력과 청력을 테스트했다. 간호사인지 의사인지 모를 여자가 말하길, 시력은 아직 나쁘지 않은 편이나 노안이 진행되고 있어 곧 돋보기안경을 써야 할 거라고 했다. 네? 라고 그가 놀란 척 되묻자 그녀는 이중 다초점 렌즈를 끼는 사람도 있는데요 뭘, 하며 나이가 들면 자연스럽게 찾아오는 현상이라고 어쩐지 의기양양한 표정으로 덧붙였다. 곧 2번 방으로 옮겨간 그는 다시 체크테이블에 올라가 누워야 했다. 이번에는 이십대 중후반쯤으로 보이는 남자 간호사였다. 아니 의사인가? 하지만 의사라고 하기엔 아직 젊고 표정에 별다른 권위가 엿보이지 않았다. 그렇다면 검진을 전문으로 하는 기사일까?

아무튼 기사는 그의 복부에 젤을 바르고는 성기처럼 생긴 초음파 기구로 여기저기를 꾹꾹 눌러댔다. 아픔을 동반한 자극을 견디기 위해 그는 기구가 움직일 때마다 속으로 이렇게 외치고 있었다.

위! 간! 췌장! 신장! 비장! 담낭!

배에 힘 주면 안 됩니다. 힘 빼세요!

그는 한사코 배에 들러붙은 힘을 빼려 했지만, 예민한 체질 탓인지 뜻대로 되질 않았다. 그는 뱀장어처럼 몸을 이리저리 뒤틀고 있었다.

아, 참! 아저씨도 되게 힘들게 사시네요.

그는 다시금 모멸감에 치를 떨며 정체불명의 분노에 사로잡혀 있었다. 인간으로서의 자존감을 시시각각 잃어가는 중이라고 그는 생각했다. 하긴 대장내시경이라는 것도 있다고 했지.

폐기능 검사를 받는 동안 그는 목울대에 붙어 있던 가래가 튀어나와 담당 간호사를 경악케 했다. 폐활량을 체크하기 위해 숨을 크게 들이마신 다음 멈추었다가, 끝까지 토해내는 과정에서 얼굴로 피가 몰리는가 싶더니 뒤미처 밭은기침과 함께 시커먼 가래가 입에서 튀어나왔던 것이다. 이렇듯 병든 짐승 모양으로 계속 검사를 받아야 하는지 그는 도무지 판단이 서지 않았다. 그는 뿌리치듯 5번 방에서 나와 더이상 참지를 못하고 화장실에서 오줌을 누고 나왔다. 정해진 순서가 있는 것도 아닌데, 전립선 검사를 받기 위해 무작정 방광을 학대할 수는 없는 노릇이었다.

그는 대기 소파로 돌아와 회사와 거래처로 전화를 걸었다. 그가 건강검진을 받는 중이라고 하자, 얼마 전에 새로 발령을 받아 내려온 부장은 재무처리 기간에, 그것도 업무를 마감하는 금요일에 노인처럼 한가하게 건강검진을 받는 사람이 어디 있느냐며 버럭 화부터 내더니 이윽고 차분하게 덧붙였다. 그런 건 휴가 기간을 이용해 남들 모르게 조용히 받고 지나가는 겁니다. 검진 기간이 왜 두 달이나 되겠어요. 되도록 업무에 지장을 주지 않는 날짜를 택해서 받으란 얘기잖아요. 과장쯤이나 되는 사람이 여태 그런 분별력도 없어요? 근래 여기저기 자각 증세가 있어서 검진을 신청했다고 하자 부장이 다시 언성을 높였다.

누구는, 그따위 자각 증세가 없어서 지금 사무실에 버티고 앉아 있는 줄 알아요? 내가 하루에 화장실을 몇 번이나 들락거리는지, 또 평소에 복용하는 약이 몇 가지인지 김과장은 모르죠?

괜한 말대꾸를 했다가 오물을 뒤집어쓴다 싶어 그는 죄송합니다. 점심시간 끝나기 전까지 출근하겠습니다. 라며 서둘러 전화를 끊었다. 거래처 직원도 말투가 냉랭하기는 마찬가지였다.

그럼 어제 미리 말씀해주셨어야죠. 아침부터 다들 현장에서 대기하고 있는데, 과장님하고 연락이 안 되니까 이러지도 저러지도 못하는 상태잖아요.

그게 무슨 말입니까? 어제 분명 그쪽 상무님한테 전화를 걸어 오후로 일정이 연기됐다고 말씀드렸는데요. 그리고 우리 쪽 최

대리도 아침에 확인 연락을 했을 테구요.

최대리는 그가 속한 부서의 부하 직원이었다.

아뇨, 우린 아무 연락도 못 받았습니다. 어쨌건 건강검진 잘 받으시고 오후에 다시 통화하죠. 우린 어디 가서 아침이나 먹어야겠습니다. 새벽부터 다들 굶고 나와서 기다렸잖아요.

지친 듯 그는 다시 눈을 감고 소파에 등을 기댔다.

오 분쯤 지났을까. 자고 있는 거냐고, 예의 북방계 타입의 사내가 옆에 와 앉으며 물었다. 몇 번 방에서 나왔는지 사내도 그새 눈가에 다크서클이 생겨 있었다. 딱히 할말이 떠오르지 않아 그는 입에서 나오는 대로 중얼거렸다.

밖엔 비가 계속 내리고 있는 거죠?

사내는 한참 입을 다물고 있다가 동문서답을 했다.

이번 비에 구제역 매몰지가 붕괴되면 안 되는데. 나 강원도 횡성 사람이거든요. 그런데 요즘은 생수도 제주도 삼다수만 마셔요. 다들 그래야 한다고 해서.

그도 역시 동문서답 식으로 되받았다.

검진 마치려면 아직 멀었는데 견딜 수 없이 배가 고프네요. 전 허기가 지면 육식동물처럼 심정이 몹시 사나워지거든요. 그때마다 인간적으로 서글퍼집니다.

사내는 허무한 표정으로 웃었다.

사람도 한 꺼풀만 벗겨놓으면 동물에 불과한 거 아닙니까. 나는 대장 검사를 받기 위해 어제저녁과 오늘 아침에 걸쳐 무려 사천 씨씨의 약물을 복용하면서 계속 아래로 쏟아냈습니다. 그게 일종의 식염수 같은데, 무슨 첨가물이 들어가 있는지 마실 때마다 속이 보통 역한 게 아니에요. 그런데 지금은 막상 배고픈 건 못 느끼겠네요. 오히려 이 상태가 좀더 계속됐으면 좋겠습니다. 누가 잡식성 아니랄까봐 내남없이 참 별별 것들을 다 먹고 살잖아요.

말을 마치고 나서 사내가 그의 옆구리를 툭 쳤다.

왜요?

사내는 턱짓으로 대각선 소파에 검진복을 입고 앉아 있는 여자를 가리켰다. 그녀는 다리를 꼰 자세로 여성지라고 짐작되는 인쇄물을 넘기고 있는 중이었다.

아까부터 긴가민가했는데, 기획실에 근무하는 미스 리가 맞네요. 평소에는 그렇게 도도해 보이더니 화장기 없는 얼굴에 가운을 걸치고 있으니까 티끌만큼의 존재감도 없네요. 하긴 저 여자도 이제 불혹 가까이 되지 않았겠어요?

그는 사내가 가리킨 여자를 유심히 살펴보았다. 그런데 아무리 감안을 하고 봐도 생면부지의 여자임이 분명했다. 그제야 그는 옆에 앉아 있는 사내가 오늘 여기서 처음 만난 사람이라는 것을 깨달았다. 하지만 그는 그다지 당황하지는 않았다. 오히려 안도감이 들었다. 그는 아까 사내가 말을 걸어올 때부터 본능적인 경계심을 품고 있었던 것이다. 누군가 자신을 감시하고 있다는 불안감을 그는 한순간도 떨쳐버릴 수 없었다.

사람의 몸이 대략 어떤 물질로 구성돼 있는지 아십니까?

사내가 또 뜬금없는 말을 던져왔다.

……단백질, 지방, 칼슘 뭐 이런 걸 얘기하는 겁니까?

거기까지 가기 전에, 불교에서는 육신이 오물 덩어리에 불과하다는 것을 강조하기 위해 서른두 가지 예를 들고 있습니다.

딱히 듣고 싶은 생각은 없었으나, 그는 마지못해 되받았다.

그걸 다 외우고 있다는 뜻입니까?

머리털, 거웃, 손톱, 이빨, 살가죽, 근육, 힘줄, 뼈, 골수, 콩팥, 염통, 간, 분비물, 지라, 허파, 장, 밥통, 똥, 오줌, 뇌, 소화액, 피, 비계, 기름, 눈물, 땀, 가래, 콧물, 관절……

그만하죠, 라고 그는 밀어내듯 사내의 말을 가로막았다.

그건 해부학을 공부하는 학생들이나 암기할 사항 같은데요. 또 그렇다 하더라도 갓난아기를 바라보고 있으면 뭔가 불가사의하고 신성해 보이지 않던가요?

그런데 나이가 들어가면서 차츰 욕망이라는 이름의 단백질 덩어리로 변해가게 마련이죠.

거부감이 들어 그는 사내 쪽으로 말머리를 돌렸다.

슬하에 자제는 몇이나 두셨는지…… 여쭤봐도 되는지 모르겠지만.

중학교에 다니는 딸애가 하나 있습니다. 작년에 캐나다로 어학연수를 보냈는데 한국으로 들어오기 싫다고 발버둥을 쳐서 결국한인 자녀들이 다니는 외국인 학교에 보냈죠. 덩달아 아내와 대면한 지도 일 년이 훨씬 넘었네요. 항공료 부담을 핑계로 서로 오가지 못하다보니 필연적으로 사이도 멀어지게 되더군요.

필연적이라고 사내는 말했다.

그런데 최근에야 알았죠. 한국으로 들어오지 않으려고 한사코발버둥을 친 건 아이가 아니라 바로 아내였다는 걸 말이죠. 그렇다면 사실상 부부관계가 끝난 거나 마찬가지 아닌가요? 그런데도 보험료 납부하듯 매달 그쪽으로 월급이 새나가고 있으니……

왜, 아깝다는 생각이 듭니까?

……

미안합니다, 제가 말을 실수한 것 같네요.

아까운 건 둘째치고 매달 25일이면 밑도 끝도 없이 분노가 치밀어오릅니다. 사기를 당한 느낌이 들거든요. 게다가 아내가 거기서 무슨 짓을 하면서 사는지 나로서는 알 도리가 없잖습니까.

……

하긴 나도 뭐 혼자 수도승처럼 지내는 건 아닙니다만.

그는 자리를 피하고 싶었고 때맞춰 11번 방에서 자신을 호출해줘서 그나마 다행이라고 생각했다. 이번엔 구강 검진이었다. 11번방으로 들어간 그는 책상 위에 놓인 종이컵으로 먼저 눈길이 갔다. 종이컵 안에는 동네 슈퍼마켓에서 판매하는 불량 빙과류에 꽂혀 있는 막대기가 가득 들어 있었다. 의사는 그 납작한 막대기를 하나 집어들더니, 그의 입안을 속속들이 뒤적거리고 나서 보란듯이 쓰레기통에 던져버렸다.

치과는 가끔 다니나요?

네, 가끔.

자주 가야겠는데요. 아니 자주보다 더 많이, 그리고 오래.

자신의 치아 상태에 대해서는 그도 웬만큼 알고 있었다. 저스트 나우! 하고 의사는 말을 이었다.

지금, 당장 발치를 실현해야 할 치아가 몇 개 되네요. 전문의 입장에서 보면 이런 상태로 그동안 저작을 해왔다는 게 믿기지 않을 따름입니다. 미처 저작이 덜 된 음식물이 들어가면 위장에 치명적인 부담을 줄 뿐만 아니라, 그전에 저작은 뇌기능에 먼저 영향을 미칩니다. 따라서 이대로 치아를 방치하게 되면 자발적으로 치매를 앞당기는 원인을 제공하는 셈입니다. 무슨 뜻인지 아시겠습니까?

어떤 의사들은 환자에 대해 근본적으로 냉소적일뿐더러 심지어는 가학적이기까지 하다. 지금 그의 앞에 앉아 있는 의사가 바로 그런 타입이었다. 인간을 존엄성을 가진 생명체가 아니라 단순한 유기체로 파악하기 때문이리라.

다음은 전립선 검사였다. 그가 체크테이블에 올라가 눕자, 날

씬하고 육감적인 몸매의 간호사 혹은 의사가 그의 하복부에 젤을 듬뿍 처바르고는 예의 성기처럼 생긴 기구를 갖다댔다. 그의 복부에 반사적으로 힘이 들어갔다.

가운을 골반에 걸릴 때까지 좀더 내리세요. 아니, 조금 더요.

그녀는 보기와는 달리 목소리가 무겁고 음산했다.

골반요? 라고 되물었으나 그녀는 대꾸하지 않았다. 그는 두 손으로 바지를 내려잡고 있었는데, 이미 거웃의 일부가 드러나 있는 상태였다.

혹시 소변 보셨어요?

……

방광에 소변이 충만해야 전립선 상태를 알 수 있는데, 아예 보이질 않네요. 나가서 계속 물을 드시면서 대기하세요. 화장실 가지 마시고요.

대기실로 나온 그는 음료대 옆 소파에 앉아 오 분 간격으로 물을 마시기 시작했다. 북방계 기러기 사내는 몇 번 방으로 들어갔는지 보이지 않았다. 잊었던 듯, 그는 다시 아내에게 전화를 걸어보았다. 연거푸 세 번을 걸자 그녀는 겨우 전화를 받았다. 주위의 소음이 전달되는 걸로 봐서 아직 미용실인 모양이었다. 그가 묻기도 전에 아내는 별안간 소리를 질렀다.

당신 열쇠가 어디에 있는지는 당신이 알 거 아냐. 근데 왜 나한테 자꾸 전화하는 거야, 여자들 파마하는 데 보통 한나절 걸린다는 거 몰라? 끊어, 이따 집에 들어가 찾아보든지 말든지 할 테니까.

검진이 끝나고 회사에 출근하려면 그에겐 반드시 열쇠가 있어야 했다. 그런데 아내는 미용실에서 한나절을 보내야 한다는 것이었다. 아이는 학원에서 돌아온 걸까? 극심한 금단현상에 시달리고 있었지만 그는 용케 참아내고 있었다. 그저 계속 물을 마시면서 버티는 수밖에는 달리 도리가 없었다.

비는 점점 폭포처럼 쏟아져내리고 있었다. 그는 종이컵에 가득 채운 물을 여섯 잔째 마시는 중이었고, 그때 착시 현상처럼 소파 옆 벽에 걸려 있는 사진이 눈에 들어왔다. 그가 언뜻 착시라고 느낀 것은 그것이 바로 폭포를 찍은 사진이었기 때문이었다. 그는 종이컵을 손에 든 채로 액자에 담겨 있는 사진을 뚫어지게 바라보았다.

그는 오래전부터 남미에 있는 이구아수폭포에 가고 싶어했다. 그가 사무실에서 쓰는 컴퓨터 모니터의 초기 배경화면에는 여전히 이구아수폭포의 사진이 깔려 있었다. 그보다 더 오래전, 그러니까 신혼 시절의 일이 되겠다. 그는 아내와 약속하기를 결혼 오주년이 되는 해에는 파리에 가기로 했다. 이후 생활이 아무리 각박하더라도 이 년에 한 번꼴로 외국 여행을 하면서 살자고 말했다. 아내는 늘 앙코르와트와 파리를, 그는 이구아수폭포에 대해 얘기하곤 했다. 그러나 처음 약속을 지키지 못하면 그다음 약속도 지킬 수 없게 된다는 걸 그는 얼마 전 텔레비전을 시청하다 알게 되었다. 그날 그는 텔레비전에서 여행 다큐 프로그램을 보고 있었는데, 하필이면 이구아수폭포 장면이 방영되고 있었다. 경비행기가 천천히 선회하면서 거대한 폭포를 내려다보는 아찔하고 황홀한 장면이었다.

결혼 오 년이 되던 해 두 사람은 은행에서 막대한 융자금을 받아 무리하게 아파트를 구입했다. 때문에 해외여행에 대해서는 서로 언급할 계제가 못 됐다. 게다가 아이도 겨우 세 살이었다. 그런데 중요한 것은 사정이야 어떻든 결국 약속을 지키지 못했다는 사실이었다. 이후 아내는 파리든 앙코르와트든 입에 담기조차 꺼려했다. 융자를 받아 연명하는 처지에 해외여행이라니, 무슨 당치도 않은 말씀을.

전립선 검사는 세번째 시도에서 겨우 실현되었고, 그게 좀 어떠냐는 그의 질문에 간호사 혹은 의사는 약간의 비대증 증세가 있는 것 같다고 모호한 말투로 대꾸했다. 하긴 하루에도 수십 명의 전립선을 모니터를 통해 관찰할 텐데, 상냥하거나 친절하게 대답하는 게 오히려 수상한 거였다. 그나마 그녀는 이런 말이라도 할 줄 알았다.

나중에 검진 결과표를 받아보시고, 필요하면 전문의와 상담하세요.

그는 대장내시경 검사를 마치고 나온 사내와 나란히 앉아 십분쯤 얘기를 나눴다. 사내는 아직 마취가 완전히 풀리지 않은 상태였다.

괜찮답니까?

뭐가요?

대장 말입니다.

괜찮긴요, 용종 두 개를 또 떼냈습니다. 왜 자꾸 순대에 그게 숙주처럼 번식하는지 이젠 정말 넌덜머리가 나네요. 뭐, 결국 술 담배 탓이고 보다 근본적인 원인은 스트레스, 울화, 화병 때문이 겠지만.

……아까 저기 꽂혀 있는 팸플릿을 보니까 육고기와 술과 패스트푸드를 특히 경계해야 한다고 돼 있더군요. 기타 재검을 받아야 한다거나 전문의와 상담하라는 얘기는 없던가요?

그거야 검진표가 날아오면 저절로 알게 되겠죠. 아, 마취가 빨리 깨야 운전을 할 텐데, 아직도 어질어질하네. 자판기 커피라도 마셔야 되나? 비는 지금도 내리고 있는 거죠?

수면내시경 검사를 받는 날은 운전을 금하라고 안내문에 나와 있는데, 무슨 사정이 있는지 사내는 차를 가지고 온 모양이었다. 자판기 커피를 거푸 두 잔 마신 다음 사내는 빨리 회사로 들어가 봐야 한다며 탈의실에서 옷을 갈아입고 나왔다. 양복 차림의 사내는 상대에게 위압감을 주는 중후한 모습이었다. 불룩하게 튀어나온 뱃살마저 어쩐지 그만이 획득한 삶의 무게감으로 다가왔다. 사내는 검사 잘 받고 가쇼, 라며 엘리베이터 안으로 성큼성큼 사라졌다.

그새 점심시간이 가까워지면서 빌딩 입구에서 각자 우산을 들고 쏟아져나온 사람들이 식당으로 꾸역꾸역 몰려들어가고 있었다.

위내시경 검사를 받기 위해 대기하는 동안 그는 접수대로 다가가 휴가 기간에 맞춰 대장내시경 검사를 신청했다. 내게도 석순이나 종유석이 없으란 법이 없지, 라고 생각하면서. 그가 7번 방으로 들어가 의자에 앉자마자 간호사가 물어왔다.

수면내시경 맞으시죠?

그렇습니다만.

근육 이완제 주사부터 맞아야 하니까 일어나 바지 내리세요.

아, 근데…… 그게.

그는 문득 말문이 막혔다. 이제야 무언가 생각이 난 것이다. 간호사가 주사기를 든 채 그를 바라보았다.

근데 뭐죠?

수면중 무호흡증이 있다는 얘기를 전에 들은 것 같아서요. 늘 그렇다는 건 아닙니다만.

본인 말씀이신가요?

그가 계속 머뭇거리고 있자 간호사는 파티션 대용으로 쓰이는 커튼 사이로 사라졌다. 잠시 후 내시경 검사를 담당하고 있는 의사가 나타났다. 서른 살이나 될까 말까 한, 이제 막 레지던트 과정을 수료한 듯한 인상의 여의사였다. 그녀는 문진표를 꼼꼼히 들여다보고 나서 그에게 물었다.

여기엔 그런 말이 없네요?

오 년 전쯤에 어디선가 들은 적이 있는데, 지금은 괜찮지 않을까요?

그가 농담을 하는 줄 알고 의사는 이맛살을 찌푸렸다.

그건 환자 소견이고요, 제 소견으론 수면 검사는 조금 무리일 것 같은데요. 무호흡 증상이 나타나면 곧바로 검사를 중단하고 환자를 깨워야 하거든요. 산소공급 장치를 갖다놓고서라도 수면으로 하시겠어요? 아니면 조금 힘드시겠지만 아날로그 방식으로 할까요?

그는 약 십 년 전에 딱 한 번 아날로그 방식으로 위내시경 검사를 받아본 적이 있었다. 그때의 곤혹스러웠던 기억이 그는 생생하게 되살아났다. 의사는 그를 빤히 마주 보고 있었다.

나한테 묻지 마시고, 의사 선생님 소견에 따라 결정하십시오. 시간은 얼마나 걸리죠?

그럼 아날로그로 합니다. 시간은 십 분 정도? 일단 기관지 확장제와 근육 이완제부터 주사하세요.

마지막 말은 간호사에게 한 말이었다. 주사를 하고 나서 간호사는 입에 머금고 있다 천천히 삼키라며 낱개 포장의 현탁액을 그에게 건네주었다. 그리고 밖에 나가 잠시 기다리라고 했다. 밖에서 오 분 정도 서성이는 동안 그는 몇몇 낯익은 사람들을 발견했는데, 이쪽이나 저쪽이나 처음엔 긴가민가한 표정을 짓고 있다가 서로를 알아보는 순간 반사적으로 눈길을 피하는 것이었다. 그중에는 치열 교정중인 총무과의 여직원과 그와 입사 동기인 인사부의 차장도 있었다. 그는 사찰이라도 하듯 늘 거들먹거리며 회사 안을 돌아다니는 작자였는데, 어쩌다 복도에서 마주칠 때면 예외 없이 이쪽을 깔보는 듯한 태도를 취하곤 했다.

그가 체크테이블에 눕자마자 두 명의 간호사가 양쪽에서 다가와 이구동성으로 말했다. 옆으로 돌아누우세요. 그는 몸을 뒤틀어 순순히 그녀들이 시키는 대로 했다. 베개가 없었으므로 그는 목이 아래로 약간 꺾인 상태가 됐다. 다소 불편하긴 했지만 응급처치를 할 때처럼 기관지가 조금 열린 느낌이 들었다. 이어 커튼을 들추고 마스크를 착용한 의사가 나타났다. 다시 보니 그녀는 안경까지 쓰고 있었다. 그녀의 손엔 예의 가스레인지에 연결돼 있는 고무호스처럼 생긴 내시경 기구가 들려 있었다. 그간 호스의 굵기나 외관이 많이 개선됐다고는 하나 그가 보기에는 크게 나아진 것도 없어 보였다. 검은색 바탕에 하얀 줄무늬가 들어가 있는 내시경 기구는 아무래도 뱀을 연상시켰다.

자, 긴장 푸시고 내시경 끝이 목에 닿는다는 느낌이 들면 그대로 받아 삼키세요. 알았죠? 삼키셔야 합니다. 그럼, 시작하죠.

시작, 이라는 말과 함께 양쪽에 서 있던 두 명의 간호사가 그의 어깨와 팔을 있는 힘껏 내리눌렀다. 순간 그는 결박을 당한 느낌이 들어 본능적으로 몸에 힘을 주었다. 그러자 간호사들의 손에도 저절로 힘이 들어갔다. 그중 한 명의 간호사가 외쳤다.

움직이면 안 됩니다! 그대로, 그대로 계세요!

목구멍에 이물감을 느낌과 동시에 그는 헛구역질을 하며 간호사들의 손을 냅다 뿌리쳤다. 의사는 한 걸음 뒤로 물러나더니 약속시간이 가까워진 사람처럼 손목시계를 들여다보았다.

왜요? 못 하겠어요?

간호사가 그에게 묻고 의사가 대신 대답했다.

한 번만 더 해보죠.

그는 자신에게 최면을 걸어 완전히 체념한 상태로 의사와 간호사에게 몸을 맡겼다. 역시 헛구역질이 나왔으나 그는 한사코 자의식을 떨쳐버리며 호스를 거듭 받아삼켰다. 이어 가까스로 목울대를 통과한 호스가 아래로 미끄러져내려가는 게 느껴졌다. 십분의 체감 시간은 길었다. 검사가 진행되는 동안 그는 전혀 뜻한 바 없이 숯불처럼 뜨겁고 신비로웠던 삶의 순간들을 돌이켜보고 있었다. 이를테면 기쁨과 슬픔, 기다림과 설렘, 오해와 질투, 절망과 희망 사이에서 방황하던 기적 같은 순간들을 반추하며 이제는 자신에게서 이 모든 기억들이 사라져버리고 군살 같은 고통의 찌꺼기만 남았다는 사실에 돌연 눈알이 뻐근해졌다. 또한 이러한 장면들이 눈앞에 두서없이 떠올랐다가 저멀리 어딘가로 급히 떠나가는 것이었다. 밤과 낮, 부서진 피아노, 아이의 눈빛, 혼자 추는 춤, 항구의 배들, 안개 속에서 떠오르는 해, 새벽의 방파제, 남국의 야자수, 밤의 흰 구름, 날아가는 새들, 터널의 등, 숲들, 우산들, 풍선들, 의자들, 가로등 아래서의 키스, 단 한 송이의 장미, 그리고 누군가의 길게 늘어진 그림자…… 그는 짐짓 울음 우는 흉내를 내고 있었다.

검사를 마치고 나서 그는 탈의실로 들어가 옷을 갈아입고 나왔다. 예상 소요 시간보다 삼십 분 이상이 늦어져 점심시간이 끝나기 전에 회사에 도착하려면 서둘러야만 했다. 엘리베이터 앞으로 걸어가던 그는 습관적으로 주머니를 뒤적거리다 사무실 열쇠를 가지고 있지 않다는 것을 깨달았다.

그는 망연한 심정으로 엘리베이터 앞에 서서 유리창 밖으로 시선을 돌렸다. 어디선가 비행기 날아가는 소리가 들려온 듯했다. 밖에는 여전히 폭포수처럼 비가 쏟아져내리고 있었다. 그는 지난 밤부터 아침녘까지 내내 귓전에 들려오던 소리를 문득 떠올리고 있었다. 이윽고 비가 하얗게 퍼붓고 있는 빌딩 숲 사이로 빨간 경비행기 한 대가 유유히 날아가는 게 그의 눈에 선명하게 빨려들어왔다.

문어와 만날 때까지

1

그때 나는 인천시 검단동에 위치한 어느 노인 요양원에 가 있었다. 아내와 함께 치매에 걸려 누워 있는 장인을 면회하러 갔던 것이다. 일 년에 한 번, 아내는 장모의 기일에 맞춰 자신의 계부를 찾아가곤 했다. 전국에 폭염주의보가 내린 토요일 오전이었다. 서울에서 출발할 때 아파트 주차장에서 차를 빼내면서 콘크리트 기둥에 조수석 문짝이 심하게 긁혀 나는 줄곧 신경이 곤두서 있었다. 차를 바꾼 지 불과 보름 만에 발생한 일이어서 마치 얼굴에 뜨거운 화상이라도 입은 기분이었다. 게다가 어렵사리 받아낸 오 일짜리 여름휴가를 하루 남겨둔 날이기도 했다.

휴가중에 내가 한 일은 고작 지방에 사는 부모의 병문안을 다

녀오고 화장실 등을 교체하고 걸핏하면 속을 썩이는 컴퓨터와
DVD 플레이어를 수리하기 위해 찾아온 서비스센터 직원을 상
대하고 아내가 교회에 가서 늦게 들어온 어젯밤에는 같은 부서에
근무하는 회사 동료를 불러내 술을 마신 것뿐이었다. 그리고 약
일주일 전부터 정체를 알 수 없는 여자가 보내오는 휴대폰 문자
메시지를 오늘 아침에도 수신했다.

　—이제 약속한 시간이 얼마 남지 않았네요. 만날 수 있을 거라
고 믿어요.

　처음엔 스팸메시지려니 하고 아예 대꾸를 하지 않았다. 그러다
휴가 첫날, 아내가 출근한 뒤 소파에 앉아 무료하게 텔레비전을
지켜보다가 다소 방심한 듯한 기분으로 문자를 보내보았다.

　—누구시죠? 수신번호를 다시 확인해보는 게 어떨까 싶습니다
만.

　어쩐지 적막한 시간이 흐르고 나서 답장이 왔다.

　—약속을 잊은 거군요, 오인수씨.

　나는 텔레비전의 볼륨을 죽이고 빨래 건조대가 있는 베란다로
나가 담배를 피워 물었다. 도시는 화염에 휩싸인 듯 투명하게 꿈
틀거리고 있었다. 대꾸가 없자 그녀가 다시 문자를 보내왔다.

　—시간이 없으니 빨리 기억을 떠올렸으면 해요.

　텔레비전에서는 연예인들이 나오는 오락 프로그램을 방영하고
있었다.

—상대가 기억을 못하면 알려주면 될 거 아닙니까?

미끼를 무는 심정으로 나는 되받았다.

—아뇨, 그렇게는 하고 싶지 않아요. 그렇다면 그건 약속이 아니잖아요.

그녀는 어떤 실마리나 정보도 제공해주지 않았다. 장소와 시간을 알려줬더라면 쉽게 기억을 떠올릴 수 있었을 텐데. 한 가지 확실해진 느낌은 그게 스팸메시지가 아니라는 사실이었다. 나는 언제 누구와 무슨 약속을 했던 것일까. 지키지도 못할 약속을 말이다.

2

장인이 아내의 계부였다는 사실은 결혼한 뒤에야 알게 되었다. 구청에서 함께 혼인신고를 할 때조차 나는 그런 사실을 감쪽같이 모르고 있었다. 왜 진작에 말하지 않았어? 우정 심드렁한 어조로 물었더니 아내는 꼭 얘기할 필요는 없다고 생각했어요, 라고 나를 빤히 마주 보며 말했다. 그럼 어머니는 언제 돌아가셨지? 여고 일학년 때라고 분명히 얘기했을 텐데요. 딸을 버리고 가출한 건 아니고? 왜 이러세요, 교통사고로 돌아가셨어요. 유해는 화장을 해서 고향인 담양의 대나무숲에 뿌렸고요. 그후 아내는 서울에 있는 대학에 입학할 때까지 계부와 단둘이 인천의 연립주택에서 살았다고 했다. 그 대목이 나는 항상 마음에 걸렸다. 계부는 충남 서천 사람으로 80년대 말에 배를 타고 인천에 들어와 미장이, 목수 일을 하다 집을 지어 파는 장사를 시작했고 그즈음 만난 함바집 여자와 두어 해 살림을 차렸다가 헤어진 뒤, 계양구에서 조그만 고깃집을 하던 딸이 하나 딸린 과부를 만나 혼례까지 올렸다. 친부에 대해서 아내는 이상하리만치 아는 바가 없었다. 생전의 어머니한테서 딱히 전해들은 얘기가 없다는 것이었다.

오 년 전 친구 아내의 소개로 별 뜻 없이 만난 아내는 중학교 영어 교사에 똑똑하고 야무진데다 눈빛이 깊어 첫눈에 그만 심정이 이끌리고 말았지만 알고 보니 근본이 불분명한 사람이었다. 하지만 근본 따위를 따지는 풍속도 사라진 지 오래려니와 나로서도 그다지 내세울 게 없는 처지여서 곧 낯선 곳에서 단둘이 막차에 올라탄 느낌에 사로잡히고 말았다.

만난 지 세 달쯤 됐을까. 어느 공휴일 오후에 아내는 시외로 바람이나 쐬러 가자며 나를 인천에 있는 어느 조그만 고깃집으로 데려갔다. 담이 없는데다 시멘트 기와지붕에 낡을 대로 낡은 집이었다. 마당 한쪽에는 금잔화, 채송화, 백일홍, 해바라기 따위의 여름 꽃들이 제멋대로 뒤섞여 피어 있었다. 집 주위에는 상추, 깨, 파, 고추 등속을 심어 손님이 들면 그때그때 뜯어 상에 올려 놓았다. 숯불이 벌겋게 타오르는 상을 사이에 두고 마주 앉아 아내와 나는 생삼겹살에 소주를 마셨고 해가 서쪽으로 기울어 마루에 처마 그림자가 드리울 무렵 불쾌한 낯빛으로 변한 아내가 이런 말을 꺼냈다.

"여긴 우리 집이었어요. 돌아가시기 전까지 엄마가 직접 손님들한테 고기를 팔았구요."

"그럼 정숙씨도 이 집에서 함께 살았다는 뜻이 되겠군."

초등학교 육학년 때까지 살았다고 그녀는 말했다. 그리고 중학교에 입학하면서 시내에 있는 연립주택으로 살림집을 옮겼다.

"하지만 엄마는 여기서 장사를 계속했어요."

"그럼 이 집은 지금 누구 소유지?"

"팔지 말라고 애원했는데, 아버지는 들은 척도 하지 않더군요."

"……"

"나중에라도 이 집을 되사고 싶어요."

"그래서 뭐하게?"

그녀는 순간 당혹스런 눈빛으로 나를 바라보더니 입을 다물어버렸다. 날이 저물어 그 집을 나올 때서야 나는 깨달았다. 그날 아내가 내게 청혼을 했다는 것을.

부모의 반대를 무릅쓰고 결혼을 한 뒤 아내와 나는 숨어 지내는 사람들처럼 조용한 삶을 살아왔다. 결혼 전부터 관계가 소원했던 부모에게는 일 년에 한두 번 찾아갈 뿐, 평소에는 전화 통화조차 없이 지냈다. 어쩌다 대면하게 되면 나의 부모는 아내를 따로 불러놓고 이런 말을 되풀이하는 것이었다.

"아이는 집안의 등불 같은 것이다. 그러니 아이는 꼭 낳아야만 되느니라."

꼭이 그 말 때문이 아니더라도 우리 부부는 한동안 아이를 갖기 위해 노력했다. 하지만 거푸 두 번의 유산을 하고 나서 아내는 슬그머니 포기하는 눈치였고 차츰 잠자리마저 소원해지기에 이르렀다.

아내에게 가족이라고 말할 수 있는 사람은 계부뿐이었다. 삼년 전 그가 뇌졸중으로 쓰러진 후 아내가 재산 정리라고 해봤더니 살고 있는 인천의 연립주택뿐이었다. 아내는 그 집을 급매로 처분해 교회에서 운영하는 요양시설에 계부를 의탁했다. 그리고 일 년에 한 번씩 두유와 카스테라를 사들고 찾아와 한 시간가량 무의미한 대면을 한 뒤 돌아오곤 했다. 그런데 알 수 없는 것은 왜 하필 어머니의 기일에 계부를 면회하러 가느냐는 것이었다.

그는 이제 딸조차 제대로 알아보지 못하는 상태가 되어 있었다. 죽음에 임박한 듯 무기력하게 입을 벌리고 누워 있는 계부를 내려다보는 아내의 눈빛에서는 언제나 섬뜩한 기운이 느껴졌다. 나는 매번 복도 의자에 앉아 갸웃이 열린 문틈으로 그런 아내의 모습을 지켜보곤 했다.

아내가 상체를 굽혀 계부의 귀에 대고 뭐라 속삭이고 있었다.

에어컨을 가동시키고 있는데도 요양원 내부는 무덥고 습기가 차 있었으며 어두운 꿈인 듯 사위가 적막했다. 나는 무심결에 복도 끝에 있는 휴게실 쪽으로 고개를 돌렸다. 휠체어에 앉아 있는 백발의 노인들이 마네킹 같은 모습으로 텔레비전을 바라보고 있었다. 나는 담배를 피울 요량으로 의자에서 일어났다.

그때 주머니 속에서 휴대폰이 진저리를 쳤다. 나는 발소리를 죽이며 계단을 내려와 땡볕의 정원으로 나갔다. 이내 이마와 목덜미로 죽 같은 땀이 흘러내렸다. 박종길. 휴대폰 액정 화면에 뜬 발신자 이름이었다. 잠시 생각한 뒤에야 나는 그가 대학교 동창임을 기억해냈다. 대학 졸업 후 그는 방송국에 취직해 PD로 일하다 재작년에 프로덕션을 차려 독립했으나, 빚만 잔뜩 진 채 파산하고 지금은 고향인 삼척에 내려가 있다는 소문을 들은 적이 있었다. 더불어 작년에 이혼을 했다는 풍문까지 나돌았다. 나와는 그다지 막역한 사이가 아닐뿐더러, 어쩌다 참석하는 동창회에서나 볼 수 있는 인물이었다. 이상할 것까지야 없지만 내 휴대폰에 그의 이름과 전화번호가 저장돼 있다는 사실조차 나는 오랫동안 자각하지 못하고 있었다.

"아침에 눈뜨면서부터 아는 놈들한테 가나다순으로 연락을 하고 있는데, 와주겠다는 자식이 하나도 없네. 너는 혹시 다녀갈 수 있냐, 오인수?"

나는 나무 그늘을 찾아 자리를 옮기며 늘어난 테이프 같은 음성으로 되받았다.

"무슨 일인데?"

"무슨 일 따위는 없어. 다만 미치게 덥고 외롭고 적막할 뿐이지!"

마치 고함을 지르듯 그가 말했다.

"주말인데 너라도 좀 다녀가라. 요즘 동해에서 문어가 많이 올라온다는데, 바닷가에서 삶은 문어 썰어놓고 소주나 한잔하자. 너 문어 좋아하잖아."

그는 내가 문어를 좋아한다고 말했다. 그 말이 뜻밖에도 가슴에 압정처럼 박혀왔다. 내가 문어를 좋아한다는 것을 그가 어떻게 알고 있는 걸까. 다시 말하지만 내 입맛이나 안주 취향을 꿰고 있을 만큼 박종길과 나는 돈독한 사이가 아니었다. 더 중요한 것은 방금 그가 내뱉은 말을 듣고 나서야 나는 비로소 내가 문어를 좋아한다는 것을 깨달았다는 사실이었다. 나는 문어? 라고 이제 막 말을 배우는 아이처럼 되받았다. 그렇게 되묻는 순간에 나는 삼척으로 가고 싶다는 맹목적인 생각에 이끌리고 있었다.

"그래, 밤마다 문어가 떼 지어 올라온다더라. 왜 그런지는 모르겠다만."

아마 해 질 무렵에나 도착할 거라고 말한 뒤 나는 전화를 끊었다. 입원실로 올라가니 아내는 때마침 계부의 입에 카스테라를 억지로 밀어넣고 있었다.

"먹어, 어서 처먹으라니까!"

나는 반사적으로 문 뒤로 몸을 숨겼다. 귀를 의심했지만 그같은 상황은 좀더 지속됐다.

"다 알아듣고 있는 거지? 너 때문에 내 영혼이 얼마나 고통을 받은 줄 알아? 죽지 마, 내 고통이 끝날 때까지 넌 죽으면 안 돼."

"……"

나는 슬금슬금 뒷걸음질을 치며 도로 계단을 내려왔다. 그리고 주차장에 세워져 있는 차에 올라타 에어컨을 가동시켰다. 아내에게서 곧 전화가 걸려왔다. 그리고 십 분쯤 뒤에 그녀가 요양원 현관에 나타났다. 그녀는 조금 운 것 같았다.

"그만 가죠. 집에 가서 샤워부터 해야겠어요. 당신은 차를 수리하러 간다고 했나요?"

요양원 구역을 빠져나간 뒤 나는 아내에게 말했다.

"아까 삼척에 가 있는 친구한테서 전화가 왔는데, 오늘 동해에 갔다 내일 오면 안 될까? 휴가도 이제 하루밖에 남지 않았는데."

아내는 나를 돌아본 뒤 뭔가 곰곰이 생각하는 눈치였다.

"어딘가로 도망치려는 사람처럼 보이네요."

"그게 무슨 뜻이지?"

"별다른 뜻이 있는 건 아니지만, 갑작스런 느낌이 든다는 거죠."

여자의 직감은 참으로 무서운 것이다. 아내의 말을 듣자 나는 기억하지 못하는 약속으로부터 내가 도피하려 한다는 것을 어렴풋이 깨달았다. 문자메시지를 보내오는 여자는 약속시간이 임박했다고 내게 말하고 있었다. 그녀가 어떤 암시를 해주지 않는 한 나는 그 약속을 지키지 못할 터이었다. 시간이 갈수록 조여드는 모호한 압박감을 나는 견디고 싶지 않았던 것이리라.

"다녀와요. 나도 하루쯤 집에서 혼자 푹 쉬게."

나는 변명조로 터무니없는 말을 늘어놓았다.

"지금 동해에서 문어가 많이 올라온다나봐. 박종길이라고 대학 때 친구가 이혼하고 삼척에 내려가 있는데, 힘든 모양이야. 문어 삶아놓고 소주 한잔하자고 해서."

"다녀오라고 했잖아요. 당신 문어라면 환장하잖아요. 하긴 나도 문어 먹어본 지가 꽤 됐네. 제주도 신혼여행 가서 애월에 있는 횟집에서 먹었죠, 아마? 산 문어를 통째로 삶아서 썰어놓으면 쫄깃하고 향긋하고 구수한 게 정말 맛있었는데. 돌아올 때 산 문어 두어 마리 챙겨오세요."

남들이 기억하는 일을 나는 왜 까맣게 잊고 있는 걸까. 신혼여행을 제주도로 간 건 사실이지만 애월에 있는 횟집에서 문어를 먹은 기억은 쉽사리 떠오르지 않았다.

"결혼할 당시만 해도 당신은 나를 애완견보다 더 사랑했어요. 그런데 요즘은 어쩌다 손끝만 스쳐도 깜짝깜짝 놀라더군요. 왜 그렇게 된 거죠?"

나는 지금까지 그와는 반대로 생각하고 있었다. 이를테면 어느 때부터 아내가 나를 피하기 시작했고 그로 인해 틈이 생겨났으며 이미 메울 수 없는 간극이 생겨 있었다. 근본적인 문제는 아내가 자신에 대해 많은 걸 숨기고 있다는 것이었다. 그 때문에 도무지 일체감에 도달하기가 힘들었고 다만 남편과 아내라는 사실관계 만을 유지해오고 있었다. 그럼에도 아내는 오히려 공격적인 태도 로 자신을 방어하기에 급급했다. 아이가 태어났더라면 관계가 달 라졌을까? 그 등燈이 서로의 어두운 부분을 밝혀줬을까? 연극 대 사 조의 단조로운 목소리로 아내가 입을 열었다.

"나는 아직도 당신을 조금은 사랑하고 있어요."

조금은, 이라는 말이 아프게 들려왔으나 그렇다고 마음까지 울 려주지는 못했다. 사랑한다는 말보다 그냥 담백하게 나는 아직도 당신을 좋아하고 있어요, 라고 했더라면 오히려 믿고 싶었을 것 이다. 아내와 주고받은 대화에 나는 금방 맥이 빠져버렸고 아주 단순한 상태가 되어, 문득 문어를 생각하고 있었다. 왜 갑자기 문 어가 내 삶에 출현한 걸까. 이런 생각 끝에 잊었던 유년의 기억이 떠올랐다.

어려서 나는 원인을 알 수 없는 피부병에 걸려 오랫동안 고생 을 했다. 일 년이 넘게 병원 문턱을 드나들었지만 병은 낫지 않았 다. 그러던 어느 날 병원 대기실에 앉아 있는데, 옆에 있던 할머 니가 나를 뚫어지게 바라보더니 어머니에게 이렇게 말하는 것이었다.

"쯧쯧, 어린 게 고생이 막심하구먼. 약이 듣지 않으면 문어 삶은 물을 꾸준히 먹여봐요. 생물 피문어에 곶감을 넣고 함께 끓이면 더 좋고."

그게 다 피가 탁해서 그런 거라며 피문어 삶은 물을 먹이면 피가 맑아진다고 그 할머니는 무당처럼 말했다.

"아, 그리고 문어 삶은 물을 먹는 동안엔 수면 안대를 하고 자도록 해. 그래야 약이 몸에 잘 받거든."

피문어 삶은 물을 하루에 세 번씩 마시자 과연 이삼 일 만에 피부에 딱지가 앉기 시작했고 불과 열흘 만에 씻은 듯 회복됐다.

수면 안대를 하고 자는 동안에는 늘 거대한 문어가 눈앞에서 꿈틀거리는 것이었다.

또 중학교 때는 천식이 발작해 학교에 못 가는 날이 잦았다. 약을 써도 그때뿐, 좀처럼 나아지는 기미가 없었다. 역시 일 년이 넘게 병원에 드나들다 어느 날 놀랍게도 다시 그 할머니를 만나게 되었다. 할머니는 또 문어 얘기를 꺼냈다. 어머니는 미심쩍은 표정으로 그저 웃어 보였다.

"이번엔 돌문어를 써봐. 거기다 꽈리 말린 것을 함께 넣고 푹 끓여서 한 달쯤 마시면 나을 거야."

꽈리는 식물의 일종이었다. 한 달쯤 돌문어와 꽈리 삶은 물을 마시고 나서 나는 음악 시간에 앞에 나가 노래를 부를 수 있을 만큼 또 감쪽같이 회복되었다. 그리하여 나는 문어를 신성한 생물, 말하자면 구원자의 다른 모습으로 여겼고 샤먼 같은 인상의 그 할머니를 가끔 떠올리기도 했다. 하지만 세월이 흐르고 나이가 들어가면서 그러한 기억은 점점 잊혀져갔다. 다만 문어를 보면 전생에 나와 어떤 피치 못할 인연이 있었다는 느낌만 희미하게 몸에 남아 있을 뿐이었다.

집으로 돌아오자 아내는 샤워를 하더니 내게 느닷없이 섹스를 요구해왔다. 땀을 뻘뻘 흘리며 사랑(이것이 사랑일까?)을 나누는 동안 내 의식은 잠깐 신혼 시절로 돌아가 있었다. 내가 지방으로 출장을 가게 되면 아내는 식전 행사처럼 내게 사랑을 요구한 다음에야 내 손에 가방을 쥐여주었다. 객지에 나가 욕정을 느끼지 못하게 하기 위함이었을 것이다. 하지만 이 사육에 가까운 행사조차 그때는 애정이라고 믿었다. 삼척까지 가려면 대략 다섯 시간은 걸릴 터이었다. 나는 벌써부터 운전의 피로가 걱정이었다. 시간을 단축하기 위해 나는 격정에 휩싸인 양 서둘렀고 사랑이 끝나가는 순간 아내의 입에서 단말마의 소리가 연속적으로 튀어나왔다.

"문어! 아, 문어! 문어!"

어느 때부터 나는 아내와 멀어지기 시작한 걸까?

3

여주휴게소에서 나는 허기를 참지 못해 기어이 라면을 사먹고
말았다. 라면은 내게 식용이 금지된 식품이었다. 자판기 커피와
함께 라면은 쓰레기 같은 음식이라고 아내는 늘 입버릇처럼 말하
곤 했다. 굳이 라면을 먹으려던 것은 아니었는데, 다정한 모습으
로 마주 앉아 후루룩거리며 떡라면을 먹고 있는 젊은 남녀를 보
자 갑자기 라면이 먹고 싶었던 것이다. 내친김에 나는 식당에서
나와 자판기 커피를 뽑아 마셨고 담배를 거푸 두 대나 피웠다. 담
배도 물론 금지된 품목에 속했다.

화장실에서 나와 차에 올라타려는 순간 익숙한 문자메시지가
도착했다.

—노파심에 다시 문자 보내요. 육 년 전에 한 약속 잊지 않았겠
죠? 오늘밤 자정에 거기서 만나요.

도대체 육 년 전에 나는 어떤 여자와 무슨 약속을 했단 말인가.
오늘밤, 자정이라고 그녀는 말했다. 그런데 나는 그 약속으로부
터 점점 멀어지고 있는 상태였다. 고의적으로 자신을 조롱하는
심정이 되어 나는 그녀에게 답문자를 보냈다.

—나는 상기 문어를 만나러 동해로 가는 중이올시다. 금명간
돌아오겠지만 오늘밤 자정은 불가능하외다.

—결국은 나를 피하는군요. 문어라면 나도 잘 알고 있어요. 당

신은 나를 문어 같은 여자라고 했으니까요. 팔다리가 여덟 개 달린 여자라고.

먼 기억의 저편에서 가물가물 어떤 여자의 형상이 떠올랐다 신기루처럼 곧 사라졌다. 더이상 대꾸가 없자 그녀도 침묵하기로 한 모양이었다.

처음 가는 길인 듯, 삼척으로 내닫는 동안 나는 한 가지 의문에 시달리고 있었다. 아내와 신혼여행을 가서 문어회를 먹은 곳은 애월이 아니라, 성산일출봉 아래에 있는 해녀의 집으로 주인이 직접 잡아온 문어, 전복, 소라 등속을 파는 집이었다. 삶은 문어를 다 먹어치우자 주인은 문어 삶은 물에 조개와 라면을 넣고 시원하게 끓여주었다. 그런데 아내는 왜 그곳을 애월이라고 기억하는지 알수 없었다. 아니, 애월이었나? 뒤미처 애월의 횟집 수족관에서 문어를 본 기억이 떠올랐다. 그것은 돌문어였고 양파를 넣어두는 주홍빛 망 속에 들어 있었다. 그중 두 마리를 이만원에 사서 바닷가 숙소로 돌아와 누군가와 밥통에 삶아먹은 기억이 났다.

삼척에 도착한 것은 저녁 일곱시가 조금 지나서였다. 하늘에 저녁 기운이 번지고 있었으므로 박종길과의 약속은 지키게 된 셈이었다. 한데 막상 삼척에 오자 나는 박종길을 만나기보다는 잠깐 바다 구경이나 하고 서둘러 돌아가야 하는 게 아닌가, 라는 생각이 들었다. 어떤 여자가 오늘밤 자정에 나와 약속이 있다지 않은가. 약속시간이 임박하면 아마 장소도 알려줄 터이었다. 어찌

해야 할까. 나는 충동적으로 묵호 방향으로 차를 몰아 대진해수욕장에 차를 세운 다음 바닷가로 내려갔다. 휴가철의 바다는 저녁참임에도 목욕탕과 다름없었고 눈여겨보니 라면 건더기 같은 부유물들이 곳곳에 떠다니고 있었고 그 위로 갈매기들이 날고 있었으며 우는 아이에게 소리치는 부녀자 옆에서 술 취한 사내가 삿대질을 하고 있었고 어느 바닷가에서나 볼 수 있듯 여러 인간이 한 인간의 사지를 잡고 물속에 막 집어던지려는 참이었다. 이어 한 손에 보온병을 들고 머리에 광주리를 인 아주머니가 다가와 시야를 문득 가려버렸다. 내가 피하려고 몸을 돌리는 순간 때맞춰 박종길에게서 전화가 걸려왔다. 지금 어디냐고, 그가 다그쳐 묻는 바람에 나는 하는 수 없이 방금 삼척에 도착했다고 말했다.

"그럼 내비게이션에 여기 주소 찍고 와서 파킹한 다음 택시 타고 나가자. 술 마실 데다 미리 전화 걸어놨거든."

나는 그가 요구하는 대로 순순히 차를 몰아 삼십여 분 후, 곧 재개발에 들어갈 게 분명해 보이는 맨션이라는 이름의 낡은 아파트 주차장에 차를 세웠다. 박종길은 미리 주차장 입구에 나와 초조한 모습으로 서성이고 있었다. 그래서 나는 그가 진정으로 외로운 생을 살아가고 있다는 사실을 인정하게 되었다. 그는 내 손을 뿌리치듯 건성으로 악수를 한 다음 성큼성큼 앞서 걷더니 택시를 잡았다. 바닷가로 갈 줄 알았는데, 그는 아무렇지도 않게 다운타운으로 가자고 택시 운전사에게 말했다.

"그럼 문어는?"

"문어? 아, 그거. 그런데 그거 꼭 먹어야겠냐?"

순간 온몸의 피가 얼굴로 쏠리는 느낌이 몰려왔으나, 나는 일단 인내하기로 했다. 내 눈치를 살피던 박종길이 비아냥거리듯 중얼거렸다.

"너 아직도 대학생 같다?"

그게 아니더라도, 내게는 피문어 두 마리를 산 채로 집까지 가져갈 소임이 있었다.

"알았으니까 표정 바꿔 인마. 2차는 바닷가로 가서 문어를 삶아먹든지 데쳐먹든지 하지, 뭐. 여차하면 일출 광경까지 관람하게 되겠군."

박종길이 나를 데려간 곳은 지하 단란주점이었고 마담과는 익히 아는 눈치였고 곧 미니스커트 차림의 미희 두 명이 등장해 옆구리를 끼고 붙어 앉았다. 그리고 지체할 사이도 없이 폭탄주가 돌기 시작했으며 급기야 교대로 스테이지로 나가 노래까지 부르게 되는 지경에 이르렀다. 인간의 감정은 말로 다 표현할 수 없기에 감탄사를 쓰게 되었고 감탄사로도 부족하자 노래를 부르게 되었으며 노래로도 또한 다 아니 되자 급기야 춤을 추게 되었다고 전에 어느 책에선가 읽은 적이 있다. 시나브로 음주가무의 시간이 도래한 것이었다. 굳이 사양하는데도 내 파트너라는 이십대 중반의 여자는 틈틈이 내 손을 자신의 허벅지로 끌고 갔고 박종길 측은 여자보다 오히려 남자가 적극적인 양상을 보이고 있었다. 어느새 내 차례가 되어 무대로 나가야만 했을 때, 나는 마이크를 잡고 박종길을 향해 말했다.

"난 바다 보며 문어 먹으러 왔는데, 도대체 언제 바다로 가는 거냐?"

찬물을 끼얹은 듯 일순 어두운 적막감이 룸 안에 엄습했다. 그러자 사태를 수습하기 위해 재빨리 마담이라는 여자가 나서 삿대질이라도 하듯 내게 이렇게 말하는 것이었다.

"밤에 바다에 나가면 바다가 보이는 줄 아세요? 문어는 주문하면 옆에 있는 횟집에서 금방 갖다줄 테니 얼른 노래나 부르세요. 괜히 분위기 깨지 말고."

나는 준엄한 표정으로 말했다.

"나는 밤바다가 보고 싶어서 왔단 말이오. 밤바다 앞에서 친구와 나란히 앉아 문어에 소주가 마시고 싶어 일부러 서울에서 달려왔다 그런 말이오."

휴가의 마지막 밤이라는 말까지는 굳이 발설하지 않았다. 또한 자정에 약속이 있다는 말도 하지 않았다.

"저 아저씨 되게 웃긴다. 스무 살 청년도 아니면서 무슨 밤바다?"

"야, 이따 데려간다고 했잖아 인마. 여기 술값이 얼만지나 알아? 없는 살림에 일껏 술상 차려놨더니, 너 지금 마이크 잡고 칭

얼대는 거냐? 별이 빛나는 밤에 같은 거 대충 부르고 빨리 내려와 인마."

　안절부절못하고 있던 내 파트너가 신속히 〈별이 빛나는 밤에〉를 눌렀고 나는 아니 부를 수 없는 처지가 되어 악을 쓰듯 노래를 부르고 비틀비틀 제자리로 돌아갔다. 자리에 앉자마자 내 파트너가 폭탄주를 내밀며 귀에 바투 속삭였다.

　"나 방금 아저씨 좋아졌어요. 나도 밤바다 좋아하거든요. 삶은 문어도 좋아하고요. 이따 같이 데려가줘요. 네?"

　가타부타 말이 없이 나는 폭탄주를 거듭 받아 마셨고 와중에 노래를 두어 곡 더 부른 것 같았다. 1차 술자리가 끝난 것은 열한 시쯤이었다. 각자 파트너를 대동한 채 일행은 택시를 타고 바닷가로 옮겨 이윽고 피문어를 썰어놓고 소주를 마시기 시작했다. 구수하고 달달하고 쫄깃한 문어회를 씹고 있는 동안 잊고 있던 기억들이 한 장면씩 뇌리에 떠올랐다.

4

　칠 년 전쯤, 그러니까 대략 서른 살 무렵의 일이겠다. 당시 나는 모 그룹 산하의 문화재단에서 근무하고 있었는데 수년째 원룸형 아파트에서 혼자 지내고 있었다. 내 의지나 의사와는 상관없이 마치 세계와 격리된 것처럼 주변에 사람이 보이지 않던 시절이었다. 왜 이렇게 된 거지? 라는 고통스런 자각이 찾아왔을 때는 이미 세계와 나 사이에 간극이 생겨버린 다음이었다.

　주말이 되면 나는 대형 할인마트 어패류 매장 앞에서 손에 깃발을 든 아이처럼 혼자 서성거리곤 했다. 어떠한 자각도 없는 무의식적인 행동이자 습관이었다. 매대에 깔끔하게 정리된 채 누워 있는 생선들의 아름다운 나열을 보고 있노라면 어느덧 불안이 사라지고 마음이 저녁 숲처럼 차분하게 가라앉곤 하는 것이었다. 그들은 비록 숨이 끊긴 채 누워 있었으나 장엄한 사태의 발견처럼 매번 내 눈길을 사로잡았다. 그것은 내게 하나의 완전하고 조화로운 세계로 다가왔다. 더 놀라운 것은 수족관 안에서 활어들이 헤엄치고 있다는 사실이었다.

　양파망에 들어 있는 돌문어를 본 것은 그해 여름의 어느 주말이었다. 밖에는 줄기차게 장맛비가 내리고 있었다. 문어는 양파망 속에서 몸을 둥그렇게 사린 채 그 어떠한 움직임의 자유도 없이, 마치 독방에 수감돼 사유하는 은자처럼 고요해 보였다. 그때 마음 저 깊은 곳에서 잠시 뜨거운 파장이 일더니 내 몸을 가볍게 흔들어놓고 사라져갔다.

　나는 생선 코너에 근무하고 있는 여자에게 다가가 문어를 달라고 했다. 그녀는 이십대 중반쯤으로 보였고 어쩐지 익숙한 눈빛으로 나를 굽어보더니 의미심장한 미소를 지어 보였다. 나중에야 나는 그녀가 주말마다 나를 눈여겨보고 있었다는 사실을 알게 되었다. 그녀는 머리에 하얀 위생캡을 쓰고 있었으며 청바지 허리춤에 역시 들꽃 무늬가 색색으로 수놓인 하얀 에이프런을 두르고 있었다. 나는 양파망에 들어 있는 문어를 건네받으며 그녀에게 조리법 혹은 요리법을 물어보았다.

"술안주로 드실 거면 통째로 삶아서 어슷어슷 크게 썰어드시면 돼요."

"얼마나 삶아야 되죠?"

"끓는 물에 문어를 집어넣고 다시 한소끔 끓기 시작할 때 바로 꺼내야 맛있게 드실 수 있어요. 단, 머리는 오 분 정도 더 삶아야 하구요."

"소스는?"

"초고추장에 고추냉이를 조금 섞어서 찍어드시면 비린내가 안 나고 매콤하고 구수해요."

"그럼 술은?"

이렇게 묻고 있는 동안 나는 내가 그녀에게 관심을 보이고 있다는 사실을 깨달았다. 그리고 그녀도 내게 관심을 가지고 있다는 것을 직감적으로 알 수 있었다. 그러나 그것은 확인이 필요한 일이었다.

"해물 안주엔 보통 소주 아닌가요? 처음처럼이나 참이슬 정도. 제 취향은 한라산 순한소주지만."

"정말 친절하시군요."

나는 차라리 경이로운 표정으로 그녀를 바라보았다. 그녀는 얼굴을 붉혀 웃더니 곧 돌아서려 했다. 나는 다급하게 어디 가면 '한라산 순한소주'를 구할 수 있느냐고 물었다. 뻔한 수작임을 알았겠지만 그녀는 직접 주류 코너로 나를 안내하더니 문제의 소주를 손가락으로 가리켰다. 다음 주말에 삼청동에서 만나 함께 문어 먹물 스파게티를 먹고 싶다고, 나는 문어체로 그녀에게 말했다. 포도주도 조금 곁들여서 말이죠. 그녀는 숨이 멎은 듯 미동 없이 서 있다가 생선 코너로 돌아가더니 이윽고 고개를 돌려 나를 깃발처럼 바라보았다. 나는 카트를 밀고 다시 그쪽으로 다가갔다. 내가 아무 말 없이 버티고 있자 그녀는 마침내 압박감을 견디지 못했는지 눈을 피한 채 중얼거렸다.

"주말엔 자정에 교대를 해요. 그러니 그때까지 문을 열어놓은 스파게티집은 서울 어디에도 없겠죠?"

"그럼 일요일 새벽 한시에 광화문 세종문화회관 계단에서 기다리죠."

나는 냉큼 되받았다.

"늘 그곳에서 여자를 만나시나보죠?"

과거에 아마 그랬던 것 같다고 나는 솔직하게 말했다. 과거요? 라고 되받으며 그녀는 공허하게 웃었다.

일요일 새벽 광화문에서 만난 그녀와 나는 변호사회관 건너편에 있는 횟집에서 문어 숙회를 안주로 처음처럼을 마셨고 술을 마시는 동안 나는 그녀의 고향이 제주도 애월이라는 사실을 알았고 여고를 졸업한 뒤 제주도에 있는 할인마트에 몇 년 근무하다 서울로 올라오게 되었다는 얘기를 들었다. 오 년 전의 일이었다. 지금은 신촌에 있는 원룸에서 고향 언니와 함께 세 들어 살고 있다고 했다.

　이듬해 구정 명절이 되어 그녀가 제주도 집에 들르러 갈 때 나는 그녀를 좇아 비행기에 올라탔다. 함께 온 터에 부모님께 인사를 드리고 싶다고 하자, 그녀는 곤혹스러운 표정을 짓더니 결국 대꾸를 하지 않았다. 나는 그녀가 소개시켜준 애월의 토비스 콘도에서 혼자 사흘을 묵었다. 낮에는 그녀가 가이드 노릇을 하며 나를 여기저기로 데리고 다녔다. 사흘째 저녁엔 나를 애월 방파제 옆에 있는 조그만 횟집으로 데려가더니 삶은 돌문어와 한라산 순한소주를 사주었다. 애월은 돌문어가 많이 나는 곳이라고 했다. 흐릿한 유리창 너머로 테트라포드가 겹겹이 쌓여 있는 방파제가 보였고 그 위로 눈이 무더기로 쏟아져내리고 있었다.

　그날 밤 콘도까지 따라온 그녀가 내게 고백해왔다. 따뜻한 사랑이 끝난 직후였다. 이미 결혼을 약속한 사람이 있다고 그녀는 말했다. 나는 되도록 담담한 태도로 물었다. 서울에 거주하는 남자인가? 네. 그런데 왜 지금까지 나와 만나온 거지? 그건 저도 모르겠어요. 그동안 힘들었겠군. 네, 하지만 만날 때마다 항상 기뻤어요. 그럼 그 사람과 헤어지고 나와 결혼하지 그래. 오랜 침묵 끝에 그녀가 눈물을 글썽이며 말했다.

"지금은 비록 마음이 변해 지키고 싶지 않더라도, 지킬 수밖에 없는 약속이라는 게 있어요."

"나중에 후회하게 되리라는 것을 알면서도 말인가?"

"……"

"말하자면 상대에게 갚지 않으면 안 되는 그런 빚을 지기라도 한 건가?"

그런 것 같다고 그녀는 말했다. 그리고 그것은 다른 어느 누구도 대신 갚아줄 수 없는 종류의 빚이라고 덧붙였다. 그런데 그게 왜 결혼을 통한 갚음이어야만 하는지 나는 도무지 이해할 수 없었다. 그녀는 봄에 결혼식을 올릴 예정이었다. 상대는 누구지? 나는 적의적인 어투로 물었다. 그것까지 알고 싶어요? 그녀는 차갑게 쏘아붙였다. 그렇다면 오늘이 마지막이로군. 네. 그럼 마지막으로 내게 할말은? 만약 제가 결혼에 실패하면 다시 만나줄 수 있겠어요? 나와 재혼하고 싶다 그런 뜻인가? 아뇨, 제가 무슨 염치로 그런 말을 하겠어요. 다만 보고 싶어서 견딜 수 없을 것 같아서요. 언젠가 제가 연락을 하게 되면, 그 주 일요일 새벽 한시에 세종문화회관 계단에서 만나요. 우리가 처음 만났던 바로 그 시간과 장소에서 말예요. 내게서 약속을 받아내고 나서야 그녀는 눈보라가 몰아치는 밤에 집으로 돌아갔다. 지금의 아내를 만난 것은 그로부터 일 년이 좀더 지난 어느 봄날 오후였다. 바람이 심하게 불던 주말이었고 광화문 세종문화회관 계단에서 처음 그녀와 만났을 때 나는 이제 서둘러 결혼이라는 걸 해야겠다는 생각을 하고 있었다. 날마다 공중에 발을 헛디디며 사는 느낌이었고 누군가와 동화되지 않으면 삶을 살아갈 수 없다는 절박한 위기감이 찾아와 있을 때였다.

생전에 그녀의 어머니가 운영했다던 인천 외곽에 있는 고깃집에 다녀오고 나서 며칠 후 나는 그녀에게 정식으로 청혼했다. 세종문화회관 계단에서였다. 아내는 오 분쯤 말없이 세종로를 내려다보다 괜찮겠어요? 라고 내게 물어왔다. 나는 담담한 표정으로 고개를 끄덕였다. 실은 관계를 갖기도 전이었다. 그리하여 그녀의 아버지라는 사람을 만나게 되었는데, 반기는 기색이라곤 없이 제대로 먹고나 살라는 애매한 말로 조급하게 갈음을 하더니 자리에서 일어나버렸다. 아내가 상처가 많은 사람임은 짐작만으로도 충분히 알 수 있을 정도였다. 하지만 결혼생활을 지속하는 동안 아내는 결코 마음을 열지 않았다. 사람에겐 저마다 숨기고 싶은 상처가 있게 마련이다. 상대가 가까운 사람일수록 더더욱 숨길 수밖에 없는 상처라는 게 존재하는 것이다. 그렇게 이해하며 나는 더이상 알려고 들지 않았다. 그런데 문제는 시간이 지나면 지날수록 서로에게서 멀어지는 느낌을 받고 있다는 사실이었다. 그 틈을 메울라치면 아내는 적의에 가까운 태도로 나를 밀어냈으며 견고한 벽을 쌓아 다시는 그쪽으로 접근하지 못하도록 했다. 남편인 나를 교묘하게 붙들어놓고는 있었으나 아내도 그런 자신에게 혐오와 권태를 느끼고 있었는지 모른다. 평소 감정의 교류가 서먹한데다 간혹 본능에 충실할 때만 섬광처럼 슬픔이나 분노, 공포와 두려움을 드러냈으나 오직 그 순간뿐이었다.

아내와 신혼여행을 갔던 가을날의 제주도가 지금도 눈앞에 선연히 떠오른다. 그때까지 아내는 제주도에 가본 적이 없었으며 여고 때부터 그곳으로 신혼여행을 가는 것이 꿈이었다고 했다. 나는 마땅히 그 꿈을 실현시켜주고 싶었다. 과거의 기억이 다소 거슬리긴 했으나 막상 제주도에 도착하니 아픔 따위는 되살아나지 않았다. 렌터카를 타고 애월 토비스 콘도 앞을 지날 때도 나는 대체로 무덤덤한 심정이었다. 성산일출봉 아래에 있는 해녀의 집에서 삶은 돌문어 안주로 소주를 마실 때도 느낌은 비슷했다.

그런데 왜 아내는 애월에서 문어회를 먹었다고 하는 걸까.

마침내 자정이 되었으나 나는 삼척 바닷가에 앉아 해돋이를 기다리며 삶은 문어에 소주를 마시고 있었다. 아내의 직감처럼 나는 필시 도망치고 있었을 것이다. 내 무의식의 심연을 들여다보며 나는 짐짓 몸서리를 치고 있었다. 박종길은 아까부터 내 파트너에게 치근대고 있었고 이따금씩 상소리를 내뱉으며 누가 들어도 거북

한 신세타령을 일삼고 있었다. 사업이 기울자 돌변한 아내의 태도와 배신에 가까운 가계자금 운영에 대하여 시시콜콜 늘어놓으며 지금은 전처가 된 여자에 대해 차마 입에 담지 못할 독설을 퍼붓고 있었다. 듣다 못한 내 파트너가 자리를 뜨려 하자 거칠게 손목을 잡아끌며 거듭 자리에 주저앉혔다. 골자는 이랬다. 2차는 알다시피 모텔로 가게 돼 있는데 나의 낭만적 허세로 인하여 카드 일시불로 지불한 비용을 되돌려받을 수 없게 됐다는 것이었다. 그러니 일출 무렵까지는 파트너들이 의무적으로 동석해 있어야만 한다는 얘기였다. 박종길의 파트너였던 여자는 일찌감치 술에 취해 테이블에 놓여 있던 두루마리 화장지에 교묘하게 이마를 대고 잠들어 있었다. 그쯤에서 나는 내가 왜 여기에 와 있는지에 대한 단속적인 의문에 시달리고 있었다. 새벽 한시경에 세종문화회관 앞에서 문자가 도착했다.

ㅡ아직도 동해인가요?

그녀를 기다리게 하면 안 되겠기에 나는 곧 답문자를 보냈다.

ㅡ친구라는 작자와 각자 파트너를 대동하고 바다 앞에서 피문어를 먹고 있어. 소주는 처음처럼.

ㅡ팔자 좋네요.

ㅡ이혼은 한 건가?

ㅡ그렇게 묻지 말아요. 남의 불행에 대해 함부로 말하는 것은 나쁜 짓이에요.

—약속을 한 주 미루면 안 될까? 오늘은 그만 들어가고.

—그렇게까지 하고 싶지는 않네요. 지금 더 기다리라면 기다리 겠지만.

—난 마저 해돋이를 구경하고 돌아갈 예정이야.

—날이 밝아오기 전에 나는 집으로 돌아갈 거예요.

—아직도 할인마트 생선 코너에서 일하나?

—글쎄요, 과연 그럴까요?

—애는 있나?

—세 살 난 딸애를 혼자 키우고 있어요.

—그럴 거면 나와 결혼하지 그랬어?

—지난 얘기는 할 필요 없잖아요. 취한 건가요?

—아마도. 어제 초저녁부터 마셨으니까.

—동해는 오늘 폭염 경보라는데 거긴 왜 간 거죠? 겨우 여자들 하고 술 마시러?

—실은 나도 모르겠어. 내가 지금 왜 여기서 이러고 있는지. 서 울도 열대야라는데 이제 그만 집으로 돌아가지그래. 딸한테 집중 해야지.

—지금은 오직 나 자신을 위해 여기에 와 있는 거예요. 그리고 누군가를 기다리고 있는 거구요.

—그동안 심오해졌군.

—지금이라도 대리운전해서 오면 안 되나요? 설마 교통비가

아까운 건 아니겠죠.

　문자질 좀 작작 하고 자리에 집중하라고 박종길이 발정난 거위처럼 소리쳤다. 더불어 주인 여자에게 피문어 한 마리를 더 삶아서 내오라고 마치 하인 부리듯 말했다.

　─저도 문어 숙회에 소주 한잔 마시고 싶네요. 한라산 순한소주로.

　─참, 이참에 한 가지 물어보자. 그때 너와 내가 문어회를 먹은 게 애월이었나? 아니면 성산일출봉 아래였나?

　잠시 후 놀랄 만한 문자가 도착했다.

　─성산일출봉 아래에 있는 '경미네'였잖아요. 해녀 아줌마가 하는 집 말예요.

　잠깐만 기다려보라는 문자를 보낸 뒤, 나는 아내에게 전화를 걸었다. 아마 술김이기에 가능한 일이었으리라.

5

　잠들어 있을 줄 알았던 아내는 다소 잠겨 있긴 하되 또렷한 목소리로 전화를 받았다. 이 시각까지 무얼 하고 있었던 거지? 인터넷에 접속해 있었다고 그녀는 단답형으로 말했다.

　"그런데 당신이야말로 이 야심한 시각에 웬일이에요? 혀까지

꼬여가지고."

물어볼 게 있어서, 라고 운을 뗀 뒤 나는 신혼여행을 가서 문어회를 먹은 곳이 성산일출봉 아래인지 애월인지를 물었다. 앞자리에서는 박종길과 내 파트너가 지루한 실랑이를 계속하고 있었다. 훔쳐 듣듯 숨을 죽이고 있던 아내가 되물어왔다.

"그게 지금 왜 궁금한 건데요?"

나는 자리에서 일어나 모래사장으로 걸어내려갔다. 수평선에는 오징어잡이 배들이 전시戰時처럼 무리 지어 떠 있었다.

"애월에 있는 그 구멍가게만한 횟집이었잖아요."

아뿔사.

"그럼 그 집에서 돌문어 두 마리를 사서 콘도에 가서 삶아먹은 것도 우리였나?"

아내는 즉각적으로 부인했다.

"우리라구요? 새벽에 전화를 걸어 참 별말을 다 늘어놓고 있네요. 그만 끊어요. 친구와 채팅중이었어요."

통화를 끝낸 뒤 나는 세종문화회관으로 재차 문자를 넣어 아내에게 했던 질문을 되풀이했다.

—그해 겨울 돌문어 두 마리를 사서 콘도에 가서 삶아먹은 게 우리였나?

담배를 한 대 피운 뒤에야 답장이 왔다.

—그게 그날이잖아요. 우리가 마지막으로 사랑을 나누었던 바

로 그날.

이로써 성산일출봉 아래와 애월과 토비스 콘도와 문어와의 관계가 대략적으로 정리되었다. 그런데 어째서 나는 그녀들과 달리 기억하고 있었는가 말이다.

—안 올 건가요?

—지금은 못 가. 피문어를 한 마리 더 삶아달라고 했거든.

게다가 나는 산 문어 두 마리를 포장해서 집으로 가져가야만 했다. 그로부터 그녀에게서는 더이상 연락이 없었다. 아마도 집으로 돌아갔겠지. 밤새 술추렴은 계속되었다. 일부러 그러는지 박종길은 무서울 정도로 집요하게 여자를 윽박지르고 있었다. 여자도 어느덧 오기가 발동했는지 곧 쓰러질 듯한 상태에서도 버티기를 계속하고 있었다. 심신이 혼미해져가는 상태에서 나는 그들이 주고받는 대화를 잠시 엿듣고 있었다.

2차까지 지불한 건 너도 알잖아. 또 그 얘기예요? 그래서 해가 뜰 때까지 함께 있어주기로 한 거잖아요. 그리고 아저씨 파트너는 내가 아니라 얘잖아요. 얘? 지금 얘 상태를 보고 하는 소리야? 나는 못 들은 척 자리에서 일어나 주인아주머니에게 산 문어 두 마리를 포장해달라고 했다. 아닌 게 아니라 지금이라도 대리운전을 해서 돌아가야겠다는 생각이 들었다. 그리고 내가 술값을 지불하는 사이 그예 사고가 터지고 말았다. 박종길이 내 파트너의 뺨을 후려갈긴 것이다. 여자는 손으로 볼을 감싼 채 박종길을 사납게 노려보고 있었다.

　더이상 안 되겠다 싶어 나는 그녀의 손목을 잡아끌고 도로로
올라가 마침 지나던 택시에 태웠다. 택시에 올라타자마자 그녀는
천둥처럼 흐느끼기 시작했다.

　나는 박종길의 시정거리에서 벗어나 해변의 끝자락에서 파도
에 떠밀려온 부표처럼 앉아 있었다. 검은 비닐봉지 안에서 간헐
적으로 문어가 부스럭거리는 소리가 들려왔다. 나는 내 삶에 있
어서 내가 존재하지 않았던 시기에 대해 생각하고 있었다. 나도
미처 모르는 사이에 세계에서 멀어져 어딘가에 격리돼 있던 시
간들을. 언제 어디서 나는 잃어버렸던 세계와 다시 만날 수 있을
지…… 그만 까마득한 심정이 되어 나는 뜻 모를 소리를 중얼거
리고 있었다.

　문어가 먹고 싶다, 문어와 놀고 싶다, 문어가 되고 싶다.

　그러한 잠시, 나는 세종문화회관 계단에서 새벽까지 기다리다
돌아간 그녀─어쩌면 아직도 기다리고 있을─를 생각하고 있었
다. 그녀는 왜 한사코 나를 떠나갔던 것일까. 그리고 아내는 왜
내게서 그토록 멀어지게 된 것일까. 애초부터 나는 그들과 만날
수 없는 지점에서 살아왔는지도 모른다는 생각이 들었다. 사람과

사람이 만난다는 것은 과연 가능한 일일까, 라는 새삼스런 의혹이 독사처럼 고개를 치켜들었다.

시간이 어떻게 흘러갔는지 알 수 없었다. 수평선에 떠 있던 집어등 불빛이 돌연 희미해지더니 검은 구름이 몰려들었고 이윽고 먹구름 속에서 숯불 같은 선홍의 빛이 비어져나오기 시작했다. 나는 등에 날카로운 창끝이 와 닿은 것처럼 모래밭에서 벌떡 일어났다. 그러자 눈앞에 불현듯 이러한 광경이 펼쳐졌다. 일군의 벌거벗은 사람들이 해를 구경하기 위해 바닷가로 몰려나오고 있었다. 그것은 도무지 가늠할 길 없는 아득히 머나먼 옛날, 말하자면 선사시대의 풍경인 양 내 눈에 비쳐들었다.

해가 검은 구름을 태우고 바다를 붉게 물들이며 시시각각 수평선 위로 떠오르고 있었다. 벌거벗은 사람들에 섞여 나는 바닷가로 휩쓸려내려갔다. 그리고 나는 무엇을 보았던가. 붉은 바닷속에서 수만의 문어떼가 몰려나오고 있었다. 바야흐로 해는 수평선을 떠나 하늘로 치솟아오르고 있었다. 벌거벗은 사람들이 우우 함성을 지르며 문어가 몰려나오고 있는 쪽으로 넘어지고 일어나기를 반복하며 달려가고 있었다.

그 들끓는 화염과도 같은 순간에 문어떼들이 춤을 추듯 다리를 흔들며 일제히 하늘로 떠오르기 시작했다. 내가 들고 있던 비닐봉지 속의 두 마리 문어도 무언가를 감지한 듯 세차게 몸부림을 치고 있었다. 나는 감전이라도 된 듯 비닐봉지를 모랫바닥에 내

동댕이쳤다. 그리고 주춤주춤 뒷걸음질을 치면서 내가 밤새 앉아 있던 야외 횟집을 다급히 돌아보았다. 박종길과 여자가 앉아 있던 자리는 비어 있었고, 그쪽으로 아침의 눈부신 햇살이 장막처럼 쏟아져내리고 있었다. 나는 질끈 눈을 감은 채 허물어지듯 모랫바닥으로 주저앉았다.

통영—홍콩 간

1

　서울역-인천공항 간 고속철도가 개통되던 날 백白은 홍콩으로
떠나기 위해 집을 나섰다. 통영에서 돌아온 지 일주일 만이었다.
전날 밤 서울 일원을 비롯한 중부지방에 폭설이 내릴 거라는 텔
레비전 속보를 지켜보다 백은 새벽녘에야 잠이 들었다. 눈은 자
정이 지나면서부터 갑자기 퍼붓기 시작했다. 그렇다면 공항 리무
진 버스 대신 서울역까지 지하철을 타고 가 고속철도를 이용하는
편이 보다 안전할 터였다. 백이 타고 갈 비행기는 오전 열시 오십
분발 타이항공이었다. 출국 수속을 위해 공항에 아홉시까지 도착
하려면 일곱시 삼십분에는 집에서 나가야만 했다. 백은 무거운
피로감에 짓눌리면서도 여섯시에 저절로 눈이 떠졌다. 베란다 밖

을 살펴보니 여전히 산발적으로 눈발이 휘날리는 가운데 장갑차처럼 생긴 제설차가 염화칼슘을 뿌리며 도로 한복판으로 지나가고 있었다. 백은 마른입에 토스트와 커피로 꾸역꾸역 빈속을 채운 다음 욕실에 들어가 억지로 똥을 누고 덜덜 떨면서 샤워를 하고 나왔다. 며칠 전부터 보일러에 문제가 생겼는지 더운물이 제대로 나오지 않았다.

무사히 집으로 돌아오게 될지 장담할 수 없다는 생각을 하면서도 백은 동파를 염려해 보일러 조절기를 일단 외출로 맞춰놓았다. 집을 나설 때도 백은 현관에서 도로 신발을 벗고 올라가 주방의 가스 밸브가 잠겼는지 재차 확인하기까지 했다.

마을버스를 타고 성신여대입구역에 내려 서울역으로 가는 4호선 지하철에 올라탔을 때, 백은 문득 내가 지금 왜 어디로 가는 거지? 라는 새삼스러운 자각에 사로잡혀 있었다. 연말이라 서울보다 더 어수선하고 복잡할 게 뻔한 홍콩에서 혼자 나이를 한 살 더 갉아먹을 생각을 하니 진즉부터 마음이 쓸쓸했다. 한 달 전 여행사를 통해 비행기와 호텔을 예약할 때만 해도 백은 굳이 홍콩에 가려 했던 건 아니었다. 정작 가고 싶었고 또 가야만 했던 곳은 통영이었으나 차마 그쪽으로는 발길이 떨어지지 않아 우회하는 심정으로 홍콩을 택한 것이었다. 홍콩은 백이 숙淑을 처음 만난 곳이었다. 그런데 백은 일주일 전에 돌발적으로 이미 통영에 다녀온 터였다. 그래서 예약을 취소할까도 생각했으나, 어쩌면 이번이 마지막 여행이 될지도 모른다는 생각에 주저하다 집을 나서게 된 것이었다.

서울역에서 공항으로 가는 고속철도 타는 곳을 찾아내느라 백은 무거운 트렁크를 끌고 무려 십여 분을 헤매야만 했다. 지하철역 구내는 물론이고 서울역 청사 안에는 고속철도 이용객을 위한 그 어떤 안내판도 설치돼 있지 않았다. 물어물어 서부역 출구 옆에 있는 에스컬레이터를 타고 지하 칠층까지 내려가는 동안 백은 신경이 독미나리처럼 곤두서 있었다. 그럼에도 고속철은 정확한 시각에 출발했고 상쾌한 엔진음을 내며 불과 사십 분 만에 백을 인천공항까지 안전하게 수송해주었다.

공항에서도 예기치 못했던 시행착오가 백을 기다리고 있었다. 탑승 수속 데스크에서 한 시간 가까이 줄을 서 이윽고 백의 차례가 되었을 때, 데스크의 여직원이 그의 얼굴을 슬쩍 올려다보며 이렇게 말하는 것이었다.

여긴 오리엔탈 타이항공인데요. 타이항공은 뒤편에 있으니 그쪽으로 가셔야 합니다.

탑승 시간을 얼마 남겨놓지 않은 상황에서 백은 자신의 분별없음을 탓하며 그만 주저앉고 싶은 심정이었다. 지루하게 서서 기다리는 동안 그새 심신이 지쳐 있었던 것이다. 실랑이를 벌일 여지가 없었으므로 백은 타이항공 데스크를 찾아갔다. 백은 또 줄을 서서 기다려야 한다면 과연 견딜 수 있을까, 라는 극심한 우려에 사로잡혀 있었는데 웬일인지 타이항공 데스크 앞은 비교적 한산했다. 그때 바지 주머니에서 휴대폰이 부르르 진저리를 쳤다. 여직원이 여권을 확인하고 좌석이 배정된 항공권을 발매하는 동안 백은 휴대폰을 꺼내 확인했다. 놀랍게도 그것은 통영에서 보내온 문자메시지였다. 백으로서는 기대할 수 없되 내심 기다리고 있던 연락이었다.

오늘인가요? 홍콩에 가신다는 날이. 조심히 다녀오세요.

대체로 건조하고 무덤덤한 내용이었으나 백은 때맞춰 도착한 숙의 메시지를 받고 마음이 금세 노인처럼 단순해졌다. 자신이 홍콩에 가는 이유를 이제야 뚜렷이 알게 된 느낌이었다. 백은 서둘러 출국 심사대로 다가갔고 이윽고 탑승구 앞에 놓인 소파에 주저앉아 깊은 숨을 몰아쉬었다.

지금 인천공항이오. 홍콩에 가서 연락해도 되겠소?

하지만 비행기가 이륙하기 직전까지 그녀는 대구를 해오지 않았다.

2

　백이 숙을 찾아간 것은 육 년 구 개월 만의 일이었다.

　백은 그날 외출했다 오후 아홉시 무렵 집으로 돌아왔다. 낮에는 병원에서 의사와 마주 앉아 수화를 하듯 조용한 대화를 나눴고 오후에 백화점에 잠깐 들렀다가, 지난 몇 년간 자신이 근무했던 회사의 사장을 불러내 함께 저녁을 먹었다. 그는 백의 대학 동기이면서 진심을 나눌 수 있는 유일한 친구였다. 굳이 말하자면 백을 구원해준 사람이기도 했다. 그동안 백의 사정을 뻔히 알면서도 말없이 그를 지켜보며 보살펴주고 끝까지 관용을 베풀었다. 한 달 전에 백이 그만 자리를 정리할 뜻을 내비쳤을 때도 그는 좀더 신중하게 생각해보는 게 어때? 라며 진심 어린 표정으로 말했다.

　또 한 해가 지나가고 있군.

　식당 문을 열고 들어와 백의 맞은편에 와 앉으며 그가 말했다.

　이명耳鳴인지, 이맘때가 되면 내 귀엔 어디선가 늘 아이 우는 소리가 들려오곤 해. 역시 내가 고아 출신이라서 그런가?

　백은 그저 묵묵히 듣고 있었다.

　아까 오후에 바람이 쏘이고 싶어 임진각으로 드라이브 다녀왔어. 한강 주변에 철새가 많이 날아와 있더군.

　반주라도 한잔하지그래?

　그는 종업원을 불러 산사춘을 주문했다. 그와 마주 앉아 있으면 백은 불안감을 잊을 수 있었다. 그래서 아마 이때까지 버틸 수 있었을 것이다. 청국장 안에 들어 있는 묵은지를 젓가락으로 집어 입으로 가져가며 그가 백의 표정을 살폈다.

안 그래도 연락을 해야지 싶었는데, 잘 지내고 있는 거지?

백은 동문서답을 했다.

연말 즈음이라 그냥 얼굴 한번 보려고 전화했어.

덧붙여 백은 홍콩에 가서 연말연시를 보내고 돌아올 거라는 얘기를 했다.

홍콩? 그 먼 데를 혼자 왜.

그는 백과 숙의 관계에 대해서도 어느 정도는 알고 있었다. 음식을 다 먹어갈 무렵 그가 백에게 넌지시 말했다.

내가 이런 말을 할 수 있는 건 아니지만, 홍콩이 아니라 통영에 내려가봐야 하는 게 아닐까?

……

물론 불법 입국을 하는 심정이겠지. 다녀와서 자칫 후회할 수도 있을 테고. 하지만 자네가 아니라 통영에 있는 사람을 위해 내려간다고 생각하면 얘기가 달라지지 않을까? 왜 가끔은 우리 사람만이 할 수 있는 일이 있잖나. 요컨대 자신을 완전히 잊고 상대만을 생각하며 그것을 실천하는 일 말이야.

백도 이번이 아니면 더이상 기회가 없으리라는 것은 잘 알고 있었다.

비록 상처가 되더라도 만나서 서로 고통을 나누는 편이 나는 그나마 인간적이라고 생각해. 물론 그것도 상대가 받아들이지 않으면 힘든 일이지만.

그 말이 순간 백의 가슴을 잘 벼린 칼처럼 훑치고 지나갔다.

백은 무심코 손목시계를 들여다보았다. 여덟시가 가까워지고 있었다. 앞에서 가만히 지켜보던 그가 혼잣말처럼 중얼거렸다.

시간이 흐를수록 사념만 무성해지고 움직임은 둔해지기 마련이지. 이제 그만 일어날까?

자리에서 일어나기 전 백은 그에게 쇼핑백을 내밀었다. 백화점에서 산 넥타이와 그의 부인에게 줄 화장품 세트였다. 그는 백의 어깨를 툭 치며 쓸쓸하게 웃어 보였다.

크리스마스 선물인가?

아니, 근하신년. 나는 예수님과 가까워질 기회가 없었거든. 산에 다니면서 절에는 가끔 들러봤지만.

헤어지기 전에 그가 익숙한 말투로 물어왔다.

많이 힘든가?

……

자네한테는 외람된 말이 되겠지만, 힘들다는 것도 따지고 보면 살아 있음의 환희에 속하는 게 아닌가 싶어. 아까 임진각에서 회사로 돌아오면서 스치듯 그런 생각이 들더군. 실은 아내가 요즘 많이 안 좋아. 최근에 유방암 수술을 받았거든.

......

빨리 집에 들어가봐야겠어. 자네도 조심히 들어가고.

그는 쇼핑백을 들어 보이고는 돌아서 지하주차장으로 내려가는 엘리베이터를 탔다.

지하철과 버스를 번갈아 타고 집으로 돌아오는 동안 백은 극도의 적막감에 사로잡혀 있었다. 친구와 헤어지고 나니 더욱 그런 느낌이 몰려왔다. 백은 집에 들어오자마자 무슨 영감에 이끌린 사람처럼 인터넷에 접속해 통영으로 내려가는 고속버스 시간표를 알아보았다. 심야 열한시 우등고속버스가 남아 있었다. 지금 집에서 나가면 얼마든지 탈 수 있는 시간이었다. 백은 인터넷상으로 예매를 해놓고 간단히 여행 가방을 챙겨 집을 나섰다.

백이 강남고속버스터미널에 도착한 시각은 열시 삼십분이었다. 찬바람이 술술 드나드는 대합실에서 서성이는 동안 백은 의식적으로 화장실에 다녀왔고 그제야 생각난 듯 유료 인터넷에 접속해 숙에게 짧은 메일을 보냈다.

지금 통영으로 내려가오. 그동안 내 전화번호가 바뀌었으니 메일 확인하면 이쪽으로 연락 바라오. 어렵더라도 부디 만났으면 하오.

백은 일 년에 두어 번 명절 즈음에 숙에게 메일을 보내곤 했으나 답장을 받은 적은 없었다. 그러니 이번에도 그녀가 연락을 해오리라 기대할 수 있는 상황은 아니었다. 통영으로 내려가는 동안 백은 아까 생수를 사러 편의점에 들렀다 충동적으로 구입한 휴대용 소주를 홀짝거리다 고속버스가 대전을 지날 즈음 혼절하듯 잠이 들었다.

새벽 세시가 넘어 백이 내린 곳은 예전의 그 고속버스터미널이 아니었다. 주위에는 고층 아파트들과 모텔 네온사인이 보였고 길 건너편으로 이마트도 있었다. 백은 일단 택시에 올라타 기사에게 여객선터미널 앞에 있는 서호시장으로 가자고 했다. 잠에서 깨어나니 견딜 수 없는 공복감이 밀려왔던 것이다. 거기라면 밤새 문을 열어놓은 식당이 있을 거였다.

근데 여기가 어디죠?

통영에 마지막으로 와본 게 언제냐고 기사가 되물어왔다.

십 년요? 지금 손님이 내리신 곳은 죽림신도시예요. 전에는 갈대가 무성한 바닷가 습지였는데, 칠팔 년 전부터 매립 공사를 시작해 이태 전쯤 지금의 모습을 갖췄죠.

말투가 여기 분이 아닌 것 같네요.

저요? 안양에 오래 살다 삼 년 전에 내려왔어요. 집사람 고향이 여기거든요. 살아보니 이만한 데도 없더군요. 주말에 가까운 욕지도나 매물도로 나가서 낚시도 하고 가끔 집사람하고 애들 데리고 부산에도 휑하니 다녀오고, 뭐 크게 욕심이 없어서 그런지 걱정거리도 없는 편이에요. 올해 중학교에 들어간 딸애가 하나 있는데 초등학교 사학년 때 통영으로 이사를 와서 금방 사투리를 쓰더라고요. 그래서 여기서 버티고 살아도 되겠구나 싶었죠.

백은 어쩐지 동화책에서나 나올 법한 얘기를 듣고 있는 기분이 었다. 대꾸하는 대신 백은 충무김밥을 잘하는 집으로 데려다달라고 했다.

그럼 강구안에 있는 한일식당으로 가시죠. 서호시장과 가까운 곳인데 이 시간에도 영업을 할 겁니다.

까맣게 잊고 있었으나 백도 아주 오래전에 가본 적이 있는 식당이었다. 그 주변에 오미사 꿀빵을 파는 가게가 있었지 아마? 이런 생각을 하며 백은 무심코 휴대폰을 꺼내 액정 화면을 들여다보았다. 하지만 통영까지 오는 동안 아무도 자신을 찾은 사람은 없었다. 썰렁한 식당에 혼자 앉아 백은 김밥을 우물거리며 흐린 창밖으로 내다보이는 강구안의 어두운 새벽 바다를 내다보고 있었다. 미륵도의 조선소에서 뻗어온 불빛만이 바다에서 용수철처럼 꿈틀거리고 있었다. 술을 더 마셔볼까 하다가 백은 쇳덩이같이 무거워진 몸을 의식하고는 제풀에 고개를 가로저었다. 새벽 서호시장으로 들어오는 물고기들이 보고 싶어 식당 주인에게 물으니 한 시간쯤 뒤면 시장이 열릴 거라고 했다. 그때쯤에는 바다의 물빛도 되살아나리라.

식당에서 나온 백은 여객선터미널 앞을 지나쳐 바다를 옆에 끼고 통영대교 아래까지 걸어갔다가 다시 서호시장으로 되돌아왔다. 운하에 일렁이는 물고기 가죽 같은 물결 위로 오색의 불빛들이 되살아난 꿈처럼 흔들리고 있었다. 이윽고 썰물이 시작되는지 돌연 물살이 휘돌면서 쿠르르 하는 소리를 냈다.

추운 어시장 안을 어슬렁거리며 백은 아침에는 복국 대신 오랜만에 물메기탕을 먹어야지, 라는 하잘것없는 생각을 했고 모텔로 갈지 찜질방으로 갈지 궁리하다 결국 여객선터미널 맞은편에 있는 모텔로 들어갔다. 겨우 양치만 하고 불을 끄고 침대에 눕자 예의 화염 같은 고통이 여지없이 엄습했다.

백은 백정처럼 온몸에 땀을 흘리고 있었다.

3

숙에게서는 오후가 될 때까지 연락이 없었다. 백은 정오가 임박해 눈을 떴고 부랴부랴 모텔에서 나와 물메기탕을 먹는 동안 막연히 동피랑에 올라가보고 싶다는 생각을 하고 있었다. 강구안과 인접한 곳이니 걸어서 갈 수 있는 거리였다. 통영의 날씨는 12월 하순임에도 초봄 같았으며 하늘은 갈맷빛으로 투명했다. 잠을 설친 탓인지 백의 몸은 돌처럼 무거웠다. 동피랑의 '검은 길'을 따라 올라가며 백은 마지막인 듯 연신 바다를 돌아보았다. 그리고 매점

앞에 놓인 평상에서 인스턴트커피를 마시며 휴대폰의 액정 화면을 거의 오 분 간격으로 확인하는 허무한 동작을 되풀이했다.

숙에게서 두시까지도 연락이 오지 않자 백은 택시를 타고 미륵도로 건너갔다. 택시는 해저터널 옆을 지나 곧바로 통영대교로 진입했다. 산양도로를 일주하는 동안 백은 달아공원에서 다도해를 내려다보며 한동안 끊었던 담배를 피워 물었다. 그사이 기습적으로 해무가 일며 먼 데 떠 있는 섬들이 백의 시야에서 지워지고 있었다. 통영에 잘못 내려온 것은 아닐까, 라는 생각이 든 것도 그 무렵이었다. 난데없이 찾아온 자신을 숙이 덥석 반길 리 없다는 자괴감이 시간이 갈수록 백을 괴롭혔다. 백은 이른 저녁을 먹고 서울로 올라가리라 생각하며 택시 정류장으로 내려갔다.

택시가 통영대교 가까이에 이르자 백은 해저터널 입구에 내려달라고 운전기사에게 말했다. 서울로 올라가기 전에 미수동 바닷가를 거닐어보고 싶었다. 돌아보기도 아득하지만 이십대에 혼자 여행을 와서 해저터널을 걸어서 통과했던 기억이 되살아났던 것이다. 더불어 다찌집을 찾아가 저녁을 먹고 싶었다. 택시에서 내릴 때 그리고 백이 그토록 기다렸던 문자가 도착했다.

지금 통영인가요?

낯선 전화번호였지만 숙이 보내온 게 틀림없었다. 지체할 여유가 없었으므로 백은 숨을 몰아쉰 다음 서둘러 답장을 보냈다. 마치 기적 같은 순간이 지나가고 있었던 것이다.

미수동 해저터널 입구에 서 있소.
한 시간 후에 그쪽으로 갈게요.

숙을 기다리는 사이 백은 조선소까지 왕복하며 바다 건너 동피랑을 그새 지나간 꿈인 듯 아득히 바라보고 있었다. 이윽고 해저터널 입구로 되돌아오자 그녀가 이정표처럼 조그맣게 서 있었다. 숙을 목격한 순간 백은 환각을 본 듯 의구심에 사로잡혔다. 그녀는 그동안 나이를 먹지 않은 듯했다. 전과 달라진 게 있다면 머리스타일 정도였다. 피부는 전보다 오히려 건강해 보였고 눈빛도 초점이 뚜렷하고 맑았다. 그녀는 곧 마흔세 살이 될 터였다. 그러한 잠시 백은 2003년 봄 홍콩에서 그녀와 처음 만났을 때도 비슷한 느낌을 받았었음을 떠올렸다. 당시 숙은 서른다섯 살이었는데 이십대 후반쯤으로 보였다. 나중에야 비로소 백이 알게 된 사실이지만 그녀가 지니고 있는 젊음 뒤에는 그녀를 늙지 못하게 하는 상처가 도사리고 있었다. 말하자면 과거에 경험한 치명적인 고통이 세월이 흘러도 사라지지 않은 채 그녀를 붙잡아두고 있었던 것이다. 그 자체가 또한 견디기 힘든 고통이라고 언젠가 숙은 고백한 적이 있었다.

두 사람은 조금 전에 백이 왕복했던 조선소 방향으로 나란히 걸어갔다.

지금 사는 곳은 어디지? 통영에도 신도시와 이마트가 들어섰던데.

긴 침묵 끝에 백이 먼저 말문을 열었다.

무슨 뜻이냐는 듯 슬그머니 백을 돌아보고 나서 숙이 대꾸해왔다.

죽림신도시엔 아직 가보지도 못했어요. 구 터미널 근처에 있는 아파트에 살아요. 처음 통영에 내려와 전세를 얻어 살던 집이죠.

백은 바다 건너 막연히 그쪽이라고 짐작되는 곳을 바라보았다. 봄 같던 날씨가 오후로 기울면서 바람이 조금씩 차가워지고 있었다.

차는 안 가지고 다니나? 아까 걸어서 온 것 같던데.

역시 의아스러운 눈빛으로 백을 돌아보며 숙은 한숨을 몰아쉬었다.

전에 서울에서 타고 다니던 그 흰색 아반떼예요. 도둑처럼 찾아와서 한다는 말이 고작 그것뿐예요?

한 가지 질문을 더 해도 될까?

대답을 기다리지 않고 백은 덧붙였다.

혼자 사는 거요?

그럴 리가요. 삼 년 전에 식구가 하나 생겼어요. 부모가 버리고 간 여자애를 양녀로 입적해 함께 살고 있어요. 뜻하지 않게 어느 날 딸이 생긴 거죠. 종교 단체에서 운영하는 사회복지 시설에서 일할 때 알게 됐어요. 당시 그애는 중학생이었는데 임시로 그곳에 맡겨져 있는 상태였어요. 한 달 간격을 두고 부모가 집을 나갔다고 하더군요. 학교에 다닐 형편도 아니어서 거기서 청소 일이나 하고 저와 함께 장애아동들을 돌보는 일을 했죠. 하지만 그애는 장애인들과 늘 문제를 일으켰어요. 어찌 보면 당연한 일이었죠. 그래서 그곳에서조차 곧 쫓겨날 처지였어요. 그러던 어느 날 제가 일을 마치고 집으로 돌아가려고 신발을 신고 있는데 뒤에서 그애가 나를 부르더군요. 엄마…… 저 좀 데려가면 안 돼요? 순간 저는 온몸이 콘크리트 덩어리로 변하는 느낌이었어요. 숨을 쉴 수조차 없었죠. 그리고 곧 고통이 찾아왔어요. 그건 그애 때문에 느끼는 고통이 아니었어요. 저는 도망치듯 문을 열고 밖으로 뛰쳐나갔죠. 정신을 차리고 보니 어두운 동피랑 언덕에 짐승처럼 떨면서 혼자 비를 맞고 앉아 있더군요. 저는 어쩔 수 없이 그애한테로 돌아가야 한다고 생각했어요. 그리고 복지관으로 돌아가 이를 앙다물고 그애의 따귀부터 때렸어요. 나 혼자도 감당하기 힘든 마당에 그렇게라도 하지 않았으면 그애를 받아들일 수 없었던 거겠죠.
……

이름은 냉이라고 제가 새로 지어주었어요. 고추냉이 할 때 그 냉이 말예요. 연둣빛으로 매콤하게 잘 자라라고요. 내년이면 저도 고3 학부형이 되네요. 신통하게도 공부를 제법 잘해요. 서울에 있는 대학에 가고 싶어하고요.

학자금은 마련해뒀나?

숙은 중학교에서 기간제 교사로 일하고 있었다. 냉이를 입양하고 나서 몇 개월 후에 학교에 자리가 났다고 했다. 하지만 임시 계약직이다보니 안정된 직장이랄 수는 없었다.

모아둔 돈은 별로 없지만 어찌어찌 되지 않겠어요?

백은 서울에서 내려올 때 자신이 가지고 있는 얼마간의 예금과 아파트를 숙의 명의로 해주고 싶다는 생각을 하고 있었다. 하지만 그런 얘기를 당장 꺼낼 수는 없는 노릇이었다. 해저터널 입구로 되돌아올 즈음 바다에 급히 어둠이 드리워지며 운하의 불빛들이 밤 짐승들처럼 되살아나기 시작했다.

새벽바람에 통영엔 왜 내려온 거죠?

다찌집으로 통하는 계단을 올라가며 숙이 뒤늦게 백에게 물어왔다. 밤바다가 내다보이는 창가 자리에 앉을 때까지 백은 입을 열지 못했다.

무슨 일이 있는 거죠?

이미 짐작하고 있다는 듯 숙은 단순하게 물었다. 백은 곧이곧대로 말하지는 않았다. 쉬고 싶어서 얼마 전에 직장을 정리했다고 그저 에둘러서 말했다. 숙은 백의 눈길을 피한 채 줄곧 입을 다물고 있었다.

연말에 홍콩에 좀 다녀오려고. 그전에 꼭 한번 만나봤으면 했어.

붉게 변한 눈으로 백의 얼굴을 빤히 노려보다 숙은 다시금 외면하듯 바다로 시선을 돌렸다. 온갖 음식들이 차례차례 상을 채웠으나 두 사람은 가끔 젓가락을 가져가는 시늉만 되풀이했다. 술도 소주 한 병밖에는 비우지 않았다.

오늘 올라갈 거예요?

무슨 뜻인지 몰라 백은 숙을 마주 보았다.

아마 그래야 하지 않을까?

하지만 홍콩으로 떠나기 전까지 백은 별다른 약속이나 미뤄둔 일은 없었다. 다찌집에서 나와 두 사람은 해저터널로 들어섰다. 그리고 터널을 빠져나올 때까지 두 사람은 아무 말도 나누지 않았다. 다만 터널 중간쯤을 지날 때 숙이 취중인 듯 이렇게 중얼거렸을 뿐이었다.

홍콩엔 뭐하러 가는 걸까?

……

그예 일이 닥친 거겠지.

……

안 그러면 새벽바람에 왜 난데없이 찾아왔겠어.

……

터널을 벗어나자 바닷가 도로 옆에 새로 생긴 횟집들이 줄지어 서 있었다. 백은 고개를 돌려 조금 전까지 두 사람이 앉아 있던 다찌집 건물을 바라보았다.

아이가 기다릴 텐데 그만 들어가봐야 하지 않아? 내일 출근도 해야 할 테고.

숙은 들은 척도 않고 백에게 말했다.

혹시 더 먹고 싶은 거 없어요? 당신 생선 좋아하잖아요.

백은 잠자코 있다가 볼락구이가 먹고 싶다고 했다. 볼락과 열기가 많이 잡히는 철이었다. 볼락구이에 맥주를 마시는 동안 숙이 말했다.

냉이에게는 사실 그대로 말했어요. 전생의 남편이 다니러 왔다고요. 이제 웬만큼 알아들을 줄 아는 나이니까요.

뜨겁게 달궈진 자갈을 입에 물고 있는 심정이 되어 백은 속으로 진저리를 치고 있었다. 백이 거듭 시계를 들여다보자 숙이 주저하듯 말했다.

급한 일 없으면 오늘은 통영에서 쉬고 내일 올라가요. 안색이 많이 안 좋아 보이네요. 술도 그만 마시고요.

두 사람은 여객선터미널까지 걸어가 그 앞에서 헤어졌다. 백이 어제 묵었던 모텔로 들어가려는 참에 저만치 걸어가던 숙이 천천히 되돌아왔다.

내일 몇시쯤 올라갈 거죠?

통영에 내려왔으니 점심으로 복국이나 먹고 올라갈까 싶어.

어쩌면 오후 네시쯤에 시간이 날지도 모르겠네요.

4

그애는 고속버스터미널 앞에서 서성이고 있는 백에게로 허수아비처럼 기웃거리며 다가왔다. 하늘색 스키점퍼와 청바지 차림에 흰색 단화를 신고 있었고 마른 몸매에 키가 무척이나 컸다. 이미터쯤 전방에서 고개를 갸웃이 들고 백의 얼굴을 솟대처럼 바라본 다음 그애는 백에게 마저 다가와 편의점에서 일하는 아르바이트생의 말투로 입을 열었다.

네시에 여기서 누군가를 만나기로 했죠?

백은 직감적으로 그애가 냉이라는 것을 알아차렸다. 그애의 어깨 너머를 살펴보았으나 숙의 모습은 보이지 않았다. 통영의 하늘은 그날도 드높이 푸르렀다. 크고 마른 탓에 얼굴이 다소 각이 져 보였으나 십대 특유의 도발적이면서도 불안정한 생동감이 배어 있는 눈빛이었다.

엄마가 학교 일이 늦어져서 제가 대신 나왔어요. 실망하신 거죠?

백은 냉이를 만나게 될 줄은 전혀 몰랐기 때문에 내심 당황하고 있었다. 재빨리 궁리를 해보았으나 이 아이와 무엇을 할지 백은 난감했다. 저녁을 먹겠느냐고 백이 묻자 그애는 눈을 치켜뜨며 고개를 가로저었다. 입가에는 야릇한 웃음기가 서려 있었다.

커피를 마시는 건 어때요? 긴장을 해서 그런지 갑자기 담배가 피우고 싶어졌어요.

대학생 새내기 정도로는 보이니 커피숍에서 담배를 피워도 별 문제는 되지 않을 터였다. 두 사람은 엇박자의 걸음걸이로 횡단보도를 건너 커피숍으로 들어갔다.

서울엔 스타벅스가 편의점만큼 많다면서요.

그보다 스타벅스가 많은 곳은 홍콩이지. 통영의 충무김밥집처럼 흔하거든.

백이 무심코 내뱉은 말에 그애는 뜨악한 표정을 짓더니 무심한 척 웃어넘겼다.

충무에서 통영으로 이름이 바뀐 게 언제지?

1995년요. 근데 그건 왜요?

인형처럼 눈을 깜박이고 나서 그애가 시큰둥하게 대꾸했다. 그애는 눈을 자주 깜박이는 버릇이 있었다.

그렇다면 충무김밥도 통영김밥으로 바꿔 불러야 하지 않을까?

그제야 그애는 백의 말투가 원래 그렇다는 것을 눈치챈 모양이었다.

저도 초등학교 때는 충무김밥이 임진왜란 당시 이순신 장군이 병사들에게 지급한 전투식량에서 유래한 줄 알았어요.

점퍼 주머니에서 말보로를 꺼내 입에 물고 불을 붙이며 그애는 천연덕스럽게 말했다.

담배는 언제부터 피웠지?

왠지 담임교사 같은 말투네요. 입시 부담 때문에 피우고 있는

244

데, 대학생이 되면 끊을 생각이에요.

글쎄, 그렇게 될까? 결국 술도 마시게 될 텐데.

아뇨, 피부 관리 들어갈 거예요. 스무 살엔 여자로 다시 태어날 거니까요. 이번엔 제가 물어봐도 될까요?

백이 대꾸할 겨를도 없이 냉이가 재차 물어왔다.

엄마하고는 왜 헤어졌어요? 물론 성격 차이라고 말하겠지만.

……나중에 엄마한테 물어보는 게 더 설득력 있는 대답이 될 것 같은데.

그걸 왜 엄마가 대답해야 하는 건데요? 이해하기 힘드네요.

커피와 설탕이 서로를 이해한다고 생각해? 물론 커피를 마시는 사람도 커피를 이해하기 힘든 것은 마찬가지지만.

저를 아주 어린애 취급하시네요.

누가 누군가를 이해한다고 할 때는 대개 자신이 호의를 베풀고 있다고 믿는 사람이 갖고 있는 일종의 이기적인 편견에 속하는 경우가 허다하지. 그것도 아니라면 사람은 자기가 받아들이고 싶은 것이거나 이미 알고 있는 것만을 쉽게 이해하려고 들지.

이맛살을 찌푸린 채 그애는 자신이 들고 있는 커피 잔 속을 잠깐 들여다보았다.

이해란 낱말은 인간관계에서 쓰기에는 적합하지 않다고 생각해. 수학이나 논리에서 개념을 파악할 때 필요한 용어지.

그럼 이해를 통하지 않고 서로를 어떻게 알 수 있죠?

상대에 대한 자족적인 호의나 이기적인 편견보다는 자기 고백적 솔직함이 서로의 마음에 접근하기 위한 바탕이 돼야 하지 않을까?

왜 사람들이 그토록 소통을 원한다고 생각하세요?

혼자라는 건 존재로서 결국 아무 의미가 없다는 걸 알아서겠지.

함께 있어서 더 고통스러운 사람들도 있어요.

그것은 상대에게 무언가를 무리하게 요구하기 때문이라고 생각해. 모든 요구는 근본적으로 잘못된 거야. 그럴 만한 자격을 가진 사람은 아무도 없거든.

어렵네요. 실은 아까부터 머리가 지끈거려요. 그럼 사람이 사람에게 궁극적으로 원하는 게 뭘까요?

이해가 아닌 진실이겠지. 그리고 인간다운 그 무엇. 사람은 누구나 인간다워지고 싶은 간절한 바람이 있거든.

그애의 표정은 다소 상기돼 있었다.

아까와 같은 질문이 되겠지만 통영에 내려오신 이유가 뭐죠? 질문할 자격이 없다는 건 알아요.

백은 단순하게 대답했다.

엄마를 꼭 한번 만나야겠다는 생각이 들어서.

그 이유에 대해 엄마도 알고 있나요?

아마 그럴 거라고 생각해.

그럼 한 가지만 더 물어봐도 돼요? 엄마 말고 좋아하는 여자는 없나요. 오랫동안 헤어져 살았잖아요.

……마르타 아르헤리치라는 여자가 있어. 나는 대학생 때부터 그녀가 늙어가는 과정을 줄곧 지켜봤는데, 그것만으로도 지금은 행운이라고 생각해. 아르헨티나 출신의 피아니스트지. 한국에 다녀간 적도 있고 그날 나는 그녀를 만나기 위해 양복을 차려입고 공연장에 갔었어. 물론 더할나위없이 좋았지.

공항으로 마중 나간 것은 아니고요?

그애는 비로소 후후거리며 웃었다.

홍콩에 가신다고 들었어요.

소문이 빠른 편이군.

아직까지 우린 서로에게 유일한 상대니까요.

대학에 들어가면 뭘 전공할 거지?

신문방송학과에 진학해 아나운서가 되는 과정을 공부할 거예요. 앞으로 제 인생이 어떻게 될지는 잘 모르겠지만요.

그렇다면 눈을 습관적으로 깜빡이는 버릇은 고치는 게 좋겠군. 발을 쉼없이 흔들어대는 것도 상대를 불안하게 만들곤 하지. 또 담배는 성대에 영향을 미치게 마련이고.

알고 있지만 시간이 필요한 문제예요.

서울 말투는 엄마한테 배운 건가?

예습해뒀죠. 사투리를 쓰는 아나운서가 되고 싶지는 않으니까요.

갑자기 화면이 정지한 듯 그애는 한동안 눈을 감고 있었다. 표정이 문득 파리한 빛으로 변해 있었다. 이윽고 힘겹게 눈을 뜨고 나서 그애가 입을 열었다.

이건 미리 부탁드리는 건데, 이따 헤어지기 전에 우리 허그하면 안 될까요?

……왜 그런 생각이 들었지? 그것은 정적靜寂을 요구하는 일인데.

제 몸이 그걸 원한다고 방금 전해왔어요. 그런데 정적이 뭐죠?

운명의 순간이 도래할 때 존재는 어쩔 수 없이 입을 다물게 되지.

냉이는 담배를 거푸 입으로 가져갔다. 백은 그애와 마주 앉아 있는 동안 과거에 경험한 상처의 기억이 여전히 그애를 괴롭히고 있음을 깨달았다. 불안정한 눈빛으로 그애가 백에게 물어왔다.

지금 이 순간 가장 하고 싶은 게 있다면 그게 뭘까요? 제가 해드릴 수 있는 일 말예요.

허그.

아니, 그전에 말예요.

백은 그제야 이런 생각이 들었다. 숙은 왜 냉이를 보낸 걸까. 시간은 오후 다섯시를 지나고 있었다. 백은 여섯시 사십분 버스를 타고 서울로 올라갈 예정이었다. 그다음 버스는 열한시 심야 우등이었다.

일어나서 좀 걸을까? 아니면 이른 저녁을 먹든지.

이마트에 가서 쇼핑하고 나서 저녁 먹어요.

그럴 만한 여유까지는 없었으나 백은 냉이를 데리고 이마트로 갔다. 카트를 밀고 일층 잡화매장을 한 바퀴 도는 동안 냉이는 어떤 물건도 눈여겨보지 않았다.

혹시 필요한 게 있으면 내가 크리스마스 선물로 사줄 수도 있는데, 라고 백은 넌지시 말해보았다.

지금은 그럴 만한 관계는 아니라고 생각해요.

이마트에 함께 올 만한 관계라면 가능하지 않을까?

아직은 신경쓰여요.

그럼 지하 식품매장으로 내려가지. 엄마한테 줄 포도주라도 한 병 사게.

이렇게 말하는 사이 백은 숙이 오지 않으리라는 것을 저절로 깨달았다. 그녀가 자신과 다시 만나는 것을 두려워하고 있다는 것도.

엄마는 술을 전혀 안 드세요. 술 마시고 자면 무서운 꿈을 꾼대요. 카트 갖다놓고 이제 밥 먹으러 가요.

……

그냥 이마트에 와서 같이 카트 밀고 돌아다니고 싶었어요. 왜 그런지는 모르겠지만.

백은 그애와 식당에 마주 앉아 돈가스 세트를 함께 나눠 먹었다.

서울에 오면 돈가스를 제법 잘하는 식당을 소개시켜주지. 좀

비싼 게 흠이지만.

실은 화덕에서 직접 구운 이탈리안 피자가 더 먹고 싶어요. 밥은 늘 그저 그런 게, 저는 쌀밥을 보고 있으면 이상하게 마음이 슬퍼져요. 벽에 걸려 있는 제 옷을 볼 때처럼 말예요. 혹시 아세요? 왜 그런 건지.

밥은 곧 어머니를 뜻하거든.

포크와 나이프를 든 채 그애는 초점 없는 눈으로 백의 얼굴을 멍하니 바라보았다. 뒤미처 백은 자신이 실수했음을 깨달았다. 그는 재빨리 말머리를 돌렸다.

엄마는 요즘 뭘 갖고 싶어하지?

잠에서 깬 듯 푸들처럼 고개를 흔들더니 냉이가 되받았다.

평소의 사고방식이나 가치관과는 전혀 어울리지 않는 것들을 가끔 애타게 원하곤 해요. 뭐 뻔한 것들이긴 하지만요. 아시죠? 루이비통 가방이나 프라다 구두 같은 것. 지독할 정도로 엄격하고 검소하면서.

……

근데 낮엔 혼자 뭘 했어요?

여객선터미널에서 배를 타고 욕지도에 가서 낚시하는 사람들을 구경하다 왔어.

여전히 습관적으로 눈을 깜빡이고 쉼없이 다리를 떨면서 그애가 심드렁하게 대꾸했다.

물고기 좋아하나봐요. 우린 날씨 좋으면 연화도로 가끔 소풍 가는데.

대학생 때는 겨울방학이 되면 매물도나 욕지도로 낚시를 다니곤 했지. 지금은 꿈이나 다름없는 일이 돼버렸지만.

왜요? 라고 되묻는 듯하다가 그애는 고개를 숙인 채 꾸역꾸역 밥 먹는 일에만 열중했다.

고속버스터미널로 돌아와 그애와 허그를 하고 헤어질 때 냉이가 귓속말로 백에게 속삭여왔다.

방금 정적이 다녀갔어요.

백은 잠깐 사이 목울대가 뻐근해졌다. 냉이와 허그를 하고 있다는 사실이 무언가 알 수 없는 위안을 주고 있었다. 고속버스가 터미널을 빠져나갈 때 백은 차창 밖을 내다보았다. 가로등 아래서 냉이가 이쪽을 바라보며 우두커니 서 있었다. 이제 이만하면 된 거지? 라고 되뇌며 백은 뜨거워진 눈을 감았다.

서울로 돌아오니 눈이 내리고 있었다.

5

비행기가 홍콩 국제공항에 내릴 때까지 백은 늪 같은 잠에 빠져 있었다. 날이 갈수록 점점 잠이 늘어나고 있었다. 랜딩 기어가

작동하는 소리를 듣고 백은 무겁게 눈을 떴고 왠지 그래야만 하는 것 같아서 시곗바늘을 현지 시각에 맞춰 한 시간 전으로 돌려놓았다. 수화물 창구에서 한참을 기다려 트렁크를 끌고 입국장을 나서는 동안 백은 언젠가 자신이 숙에게 했던 말을 떠올리고 있었다.

통영과 홍콩은 서로 멀리 떨어져 있지만 놀라울 정도로 닮았습니다.

그날 홍콩의 날씨는 일주일 전 백이 찾아갔던 통영과 흡사했다. 호텔에서 운영하는 리무진 버스를 타고 백은 주룽반도와 홍콩 섬을 잇는 해저터널을 통과해 예약해놓은 하버그랜드호텔에 도착했다. 데스크는 연말연시를 보내려고 몰려든 해외여행객들로 주말의 대형 할인매장을 방불케 했다. 아무튼 어디를 가나 줄을 서지 않으면 안 되게 돼 있는 모양이었다. 체크인을 하기 위해 기다리는 동안 백은 꺼놓았던 휴대폰을 켰다. 그러자 자동 로밍이 되면서 통신회사와 외교부에서 보내온 문자들이 다투어 떠올랐다. 하나하나 삭제를 하며 확인해보았으나 더이상 통영에서 보내온 메시지는 없었다. 기내식을 먹지 않았으므로 백은 심한 허기를 느끼고 있었다.

백이 엘리베이터를 타고 도착한 방은 이십구층 복도 끝에 있었다. 전망 좋은 방을 부탁했으나 여행사가 백에게만 특별히 신경을 써줄 리는 없었다. 그나마 침대 모서리 쪽으로 다가서면 홍콩 섬의 일부와 주룽반도를 엿볼 수 있다는 것에 만족하기로 하고 백은 무슨 약속이라도 있는 사람처럼 바삐 호텔에서 빠져나왔다. 그리고 지하철을 타고 센트럴 역에 내려 근처에 있는 백화점 푸드코트에서 볶음국수를 먹었다. 그곳 또한 연말 분위기와 겹쳐 부산스럽기는 마찬가지였다. 거의 격렬함에 가까운 소란스러움 속에서도 백은 어느덧 야릇한 안도감에 빠져 있었다. 칠 년 구 개월 전의 느낌이 익숙하고 생생하게 되살아났던 것이다. 되레 통영에 머물렀던 시간들이 아득하고 멀게 느껴졌다.

홍콩에 머물기로 한 삼박 사일 동안 백은 2003년 3월 30일부터 4월 3일까지 숙과 함께 시간을 보냈던 장소들을 돌아볼 계획이었다. 그게 아니라면 굳이 홍콩에 올 이유가 없었을 터였다. 지금 백이 앉아 있는 푸드코트도 말하자면 그 장소들 중 하나였다. 더이상 삶을 지속할 수 없다면 과거의 기억이라도 복원하고 싶다는 것이 백이 서울을 떠나올 때 품고 있던 심정이었다.

푸드코트에서 나온 백은 잠시 망연한 느낌을 받았으나, 육포를 팔고 있는 가게를 발견하고 그 옆을 모로 지나쳐 만다린오리엔탈 호텔 쪽이라고 짐작되는 방향으로 무작정 걷기 시작했다. 그것은 거의 무의식에 가까운 행보였다. 연속적으로 서로 어깨를 부딪치지 않고는 걸을 수 없을 만큼 거리는 사람들로 넘쳐났고 그때와 다름없이 신호등을 지키지 않고 횡단보도를 건너는 무수한 사람들을 보며 백은 오히려 정겨운 느낌마저 들었다. 백은 당장 만다린오리엔탈호텔로 가려는 것은 아니었다. 다만 무언가 잡아끄는 대로 막연히 영감에 의지해 걷고 있을 뿐이었다.

정확히 어느 지점이라고 말할 수는 없지만 익숙하게 눈길을 잡아끄는 장소에서 백은 발길을 멈췄다. 중국풍의 전통 의류와 기념품들을 판매하는 '상하이 탕'이라는 가게 앞이었다. 백은 쇼윈도를 통해 화려한 옷들이 전시돼 있는 가게 안을 들여다보았다. 그곳은 그해 백과 숙이 서로 낯선 사람으로 우연히 처음 마주친 장소이기도 했다. 나중에 두 사람은 그곳을 다시 지나게 되는데, 그때 숙이 이런 말을 했던 것을 백은 기억하고 있었다.

여자에게 옷은 마지막 구원 같은 것이에요. 언젠가는 치파오를 꼭 입어보고 싶어요.

거기서 길을 놓친 채 백은 대로 쪽으로 나갔다. 그러자 온갖 명품점들이 입점해 있는 쇼핑몰이 눈에 들어왔다. 그중 한 매장 앞에는 사람들이 줄을 지어 서 있었는데, 웬일인가 싶어 눈여겨보다 백은 이내 사정을 눈치챘다. 실은 전에도 목격했던 장면이었고 그들이 구입하려는 물건은 다름아닌 루이비통 가방이거나 구두였다. 백은 이제 줄을 서는 일에는 이골이 난 듯 무심코 그들 뒤에 가서 섰으나 십여 분이 지나도록 매장 안으로 들어갈 차례가 오지 않자 포기하고 발길을 돌렸다.

택시를 타고 호텔로 돌아오는 길에 백은 운전기사에게 만다린오리엔탈호텔 앞을 지나서 가자고 부탁했다. 내일은 트램을 타고

타이핑산 꼭대기인 빅토리아 피크에 올라가보리라고 백은 생각
했다. 홍콩도 어둠이 내리자 몸이 떨려왔다.

6

숙이 홍콩에 처음이자 마지막으로 온 것은 그해 3월 30일이었
다. 그녀는 서른다섯이라는 비교적 늦은 나이에 결혼해 홍콩으로
신혼여행을 온 터였다. 당시 숙은 중학교에서 생물 과목을 가르
치고 있었고 큰이모의 중매로 시청에 근무하는 세 살 터울의 남
자를 만나 두 달 후에 결혼식을 올렸다. 숙이 늦은 나이에 결혼을
하게 된 것은 그때까지 결혼을 특별히 염두에 두지 않고 살았기
때문이었다. 막상 결혼 날짜가 가까워지자 숙은 왜 자신이 그동
안 독신으로 살아왔는가를 섬뜩하게 깨달았다. 그러자 남의 일처
럼 묻어두었던 과거의 일이 되살아났다.

중학교 이학년이 되던 해 그녀는 외삼촌에게 성폭행을 당한 경
험이 있었다. 군에서 휴가를 나온 길에 그는 누나를 찾아왔다가
마침 집에 혼자 있는 숙을 강제로 범한 것이었다. 열다섯 살이 될
때까지 한 번도 떠나본 적이 없는 자신의 방에서 숙은 인형처럼
무력한 존재가 되어 침묵과 공포에 떨면서 자신이 분리되는 고통
을 겪었다. 지금껏 자각하고 있던 자신이란 절대적인 존재가 강

요된 체념 속에서 타인으로 변해가는 순간을 숙은 두 눈을 부릅 뜬 채 지켜보고 있었다.

그 일을 알고 난 후에 어머니가 보여준 태도는 그녀를 더욱 회복 불가능한 상태로 만들었다. 아버지에게 사실을 숨긴 채 어머니는 숙을 병원으로 데려가 검사를 받게 하고 치료를 시킨 뒤, 다음날 백화점에서 옷을 몇 벌 사주고는 숙이 입을 다물도록 만들었다. 그런 과정에서 숙은 자신을 부인하게 되었으며 가까운 사람을 포함한 타인에게 그 어떠한 믿음도 갖지 못하게 되었다. 그녀가 살아가기 위해 할 수 있는 유일한 일은 그 일이 자신한테 일어나지 않았다고 믿는 것뿐이었다. 그후 망각과 최면의 상태에서 숙은 어느덧 삼십대 중반의 나이에 이르렀고 실제로 중학교 때 외삼촌에게 당한 성폭행을 대부분 잊고 지냈다.

숙은 장차 남편이 될 사람에게 그 일을 얘기하지 않는 한 결혼생활에 별문제가 되지 않으리라고 생각했다. 아니, 그렇게 믿고 싶었다. 그리고 늦게나마 결혼을 통해 아이라는 순결한 존재를 얻어 오랫동안 잃어버리고 살았던 자신을 되찾을 수 있게 되기를 염원했다. 그런데 결혼식장으로 들어서는 순간, 숙은 자신의 염원이 이루어지지 않으리라는 불길한 예감을 받았다. 결혼식이 진행되는 동안 그 느낌은 현실처럼 뚜렷해졌다.

식이 끝나고 신랑의 후배가 운전하는 회색 아우디 뒷좌석에 앉아 공항으로 가고 있을 때 숙은 하마터면 중간에 내려달라고 소리칠 뻔했다. 결혼식이 끝날 즈음부터 내리기 시작한 비 때문에 도로는 자주 막혔고 그때마다 숙은 옆자리의 신랑을 돌아보았다. 그는 전날 밤 친구들과 늦도록 마신 술 탓인지 어느새 코를 골며 잠들어 있었다. 숙은 그의 낯선 얼굴을 훔쳐보며 내내 허둥거리고 있었다. 그의 얼굴에서는 그 어떠한 기대나 흥분과 설렘의 빛도 찾아볼 수 없었다. 이미 피로와 권태에 찌든 중년의 표정이 복면 속에 드러나 있었다. 숙은 옆에 잠들어 있는 남자가 자신이 아니라 단지 어떤 여자와의 결혼을 필요로 했다는 것을 깨달았다. 인천공항에 도착한 숙은 필사적이라고 말할 수밖에 없는 용기를 내 신랑에게 절박하게 말했다. 다시는 이런 기회가 오지 않으리라 생각하면서.

저, 아주 죄송한 말씀이지만, 이 결혼 취소하면 안 될까요?

겨우내 동굴에서 웅크리고 있던 곰이 잠에서 깨어나듯, 신랑이 무표정한 눈빛으로 숙을 바라보았다. 그의 눈은 심하게 충혈돼 있었다. 그는 왜냐고 묻는 대신 이렇게 말했다.

여기까지 와서 그런 말을 하면 여러모로 곤란하지 않습니까?

그는 옆으로 바투 다가와 숙의 팔을 은근히 압박하듯 거머쥐었다.

결혼 전후로 여자들이 생각이 많다는 얘기는 나도 들은 바 있습니다. 시간도 없는데 비행기에 타고 나서 마저 얘기합시다.

비행기가 이륙하고 나서 그가 한 말은 이러했다.

부부유별이라는데 앞으로 말을 하는 데 있어 극구 조심해야겠습니다. 구사일언까지는 아니더라도 평소 삼사일언은 습관이 돼야지요.

그는 승무원에게 위스키를 주문한 뒤 스트레이트로 한 병을 다 마시고 나서 다시 코를 골며 잠이 들었다. 홍콩으로 날아가는 동안 숙은 되살아난 공포와 두려움에 시달리고 있었다. 아니나 다를까. 호텔에 들어 짐을 풀기도 전에 그가 추행과 다름없이 숙을 유린하기 시작했다. 수치심을 느낀 데 대한 보상심리 때문이었는지도 모른다. 숙은 반사적으로 저항했으나 그럴수록 그는 더 난폭해졌다. 태풍 같은 시간이 몰려간 뒤 숙은 중학교 때 겪은 일을 그에게 들려주었다. 왜 그랬는가는 숙으로서도 알 수 없었다. 어쩌면 그에게 인간만이 갖고 있는 선의나 관용에 대한 한 가닥 기대를 걸고 싶었는지도 모른다. 그는 병든 아이를 바라보듯 숙의 얼굴을 노려보다 욕실로 들어가 샤워를 하고 나왔다. 주섬주섬 옷을 걸쳐 입고 나서 그가 말했다.

당신은 참 어리석은 사람입니다. 골프 치러 온 셈 치고 나는 먼저 한국으로 돌아갈 테니 뒷일은 그쪽이 알아서 하시죠. 여기서 며칠 쉬고 귀국한 다음 나를 찾아오든지 말든지 알아서 하란 말입니다.

홍콩에 혼자 남게 된 숙은 다음날 저녁까지 밖에 나가지 않고 미라처럼 침대에 누워 있었다. 그녀가 한 일은 아침에 식당으로 내려가 빵과 커피로 간단하게 요기를 하고 올라온 것뿐이었다. 잊었던 듯 호텔 방에 걸려 있는 달력을 보니 3월의 마지막 날이었다. 거기엔 아무 특별한 의미가 없었지만 숙은 다시금 자신에게 버림을 받은 것처럼 마음이 황량했다.

숙이 호텔 밖으로 나온 것은 밤 아홉시쯤이었다. 그녀는 데스크에서 가까운 번화가를 물었고 여직원은 그녀에게 지하철 노선도와 관광안내 지도를 내주며 센트럴 역으로 갈 것을 권했다. 마음을 놓치지 않기 위해 그녀는 쇼핑이라도 할까, 라는 단순한 생각에 사로잡혀 있었다. 센트럴 역에서 빠져나온 숙은 돌연 맹렬한 허기를 느꼈다. 그녀는 근처 백화점 지하에 있는 푸드코트로 내려가 볶음국수와 딤섬과 디저트로 아이스크림까지 허겁지겁 먹어치웠다.

푸드코트에서 나온 그녀는 쇼핑가가 있는 방향으로 걸어가다 우연히 상하이 탕 앞을 지나게 되었다. 그리고 그 앞에 서 있는 마흔 살쯤 된 어떤 남자를 목격했다. 그는 팔짱을 낀 자세로 골똘하게 가게 안을 들여다보고 있었다. 무엇을 보고 있는 걸까? 그녀는 무의식중에 그 남자 옆에 다가가 섰다. 이어 무심결에 서로 눈이 마주쳤으나 곧 반사적으로 외면했다. 아주 짧은 순간이었지만, 두 사람은 그때 서로가 한국인임을 직감적으로 알았다. 백은 그날 서울에서 혼자 홍콩으로 여행을 온 길이었다.

숙은 지나가는 사람들에게 물어 명품점이 입점해 있는 더 랜드마크 건물을 찾아갔다. 루이비통 가방이라도 살까 생각했는데, 매장 입구부터 사람들이 줄을 지어 서 있었다. 그 광경을 보고 숙은 홍콩에 도착한 이후 처음으로 피식, 웃음이 나왔다. 그리고 자신이 웃고 있다는 사실에 짐짓 당황했다. 그로부터 긴장이 이완되는 느낌이 찾아왔다. 그날은 더이상 가방을 살 생각이 없었으나 숙은 일부러 줄지어 서 있는 사람들 뒤에 가서 섰다. 거리는 온갖 사람들로 붐비고 있었는데 숙은 지나가는 사람들의 얼굴을 하나씩 눈여겨보며 문득 자신에게 회복할 힘이 남아 있음을 감지했다. 더불어 이 번잡하고도 소란스러운 홍콩에 서서히 동화되고 있는 자신을 발견했다. 서울에 있을 때와는 다른 야릇한 안도감과 해방감이 느껴지는 것이었다. 그리하여 그가 일찌감치 떠나준 것이 차라리 잘된 일이라는 생각마저 들었다.

7

  그날 백이 혼자 홍콩에 온 이유는 굳이 말하자면 수년 전에 만났다 헤어진 여자를 잊기 위해서였다. 백은 대기업의 홍보실에서 근무하면서 가끔 여자를 만나기도 했으나 결혼까지는 이르지 못했다. 그 이유가 근본적으로 자신에게 있다는 것을 백은 잘 알고 있었다. 백의 집안에는 가족력이 있었다. 이를테면 유전에 속하는 치명적인 병이 있었는데, 누대로 젊어서부터 간염을 앓았고 사십대 혹은 오십대에 간경화나 간암으로 이른 죽음들을 맞이했다. 아버지는 쉰둘에 세상을 떠났으며 재작년에 죽은 형도 고작 마흔여섯에 불과했다. 때문에 백으로서는 결혼에 대해 늘 소극적인 태도를 취할 수밖에 없었다.

서른 살에 백은 거래처의 중견간부인 다섯 살 연상의 여자와 사귄 적이 있었다. 가난한 집안의 장녀로 성장한 그녀는 성공에 대한 강박관념이 병적일 정도여서 하루 네 시간 이상은 자지 않았고 누가 집에서 쫓아내기라도 하듯 새벽에 출근해 자정에 퇴근했다. 그리고 주말에는 이런저런 모임을 만들어 부지런히 인맥을 관리했다. 결혼을 염두에 두고 있었으나 어디까지나 자신보다 능력이 뛰어난 남자여야 했고 게다가 가문까지 고려 대상이었다. 그러다 서른을 훌쩍 넘기게 되자 골드미스의 마지막 자존심이랄 수 있는 연하남과의 연애를 시작했다. 연상녀에 대한 막연한 로망을 품고 있던 백은 적극적으로 다가온 그녀에게 쉽게 마음이 끌렸다. 그러나 관계가 지속되면서 백은 지나치게 계산에 능하고 이기적이면서 심지어는 억압적이기까지 한 그녀에게서 마음이 급속도로 멀어졌다.

인호씨는 왜 매사에 보다 적극적이지 않아? 남자라면 야심을 품고 살아야 하는 거 아니야?

백은 꽤나 열심히 사는 편이었고 직장에서도 그런 평가를 받고 있었다.

그리고 왜 집안 얘기는 안 해?

별로 내세울 게 없는 가문이거든.

그럼 왜 나랑 만나는 거야? 여자한테 밥 얻어먹는 게 그렇게 좋아?

물론 얻어먹은 게 사실이지만 그동안 철저하게 더치페이를 해온 걸로 아는데. 그리고 프러포즈는 그쪽이 먼저 하지 않았던가?

그녀는 경악한 표정으로 백을 바라보며 혀를 찼다.

그게 도대체 남자가 할 소리야?

사랑을 나눔에 있어 남녀의 구분이 그토록 필요한 건가?

백은 오랜 생각 끝에 헤어지자고 그녀에게 말했다. 더이상 옹졸해지는 자신을 두고볼 수가 없었던 것이다.

뭐, 헤어져? 이제 나이든 여자는 싫어졌다 그런 얘기야?

평소엔 만날 시간도 없을뿐더러 고작 하는 일이라는 게 일요일 오후에 감방처럼 밀폐된 오피스텔에서 만나 밥 먹고 술 마시고 섹스하는 거잖아. 그리고 자정이 되기가 무섭게 부적절한 관계를 맺는 사람들처럼 머쓱하게 헤어져야 하지. 진심을 나눌 겨를도 없이 말이야. 이봐, 세속적인 것은 아름답고 소중하게 보일 때가 있어. 하지만 속물적인 것은 아무리 화장으로 감추더라도 그 추함을 숨길 수 없는 거야.

지금 나한테 속물이라고 했어? 그럼 네가 원하는 세속적인 것은 뭔데?

　보다 많은 시간을 공유하고 또한 인간적이고 문화적인 관계를 원해. 주말엔 대학로에 나가 영화나 연극도 보고 북촌에 가서 사골 칼국수도 먹고 삼청동 한옥을 개조한 집에서 맥주도 함께 마시며 서로에 대해 미처 몰랐던 부분을 조용조용 얘기하고 싶어. 대개의 다른 사람들처럼 말이야.

　우리가 지금 대학생이야? 그렇게 낭만적인 사고에 젖어 앞으로 어떻게 살아가려고 그래? 그리고 그건 강북 사람들이나 하는 일이야.

　백은 그녀가 불행하게 보였다. 급기야 그녀는 백에게 욕설을 퍼부으며 흐느끼기 시작했다. 그녀는 누구한테든 버림받고는 견디지 못하는 성격이었다.

　이후의 연애는 서른다섯 살 가을에 시작되었다. 같은 회사 디자인 파트에서 근무하는 동갑내기 여자였다. 그녀는 나이에 비해 성숙한 타입이었고 늘 상대를 배려했으며 재능도 뛰어났다. 게다가 디자이너였으므로 스타일도 좋은 편이었다. 어느 날 회식 자리에서 백은 그녀에게 프러포즈를 했다.

　남영씨처럼 매력적인 여자라면 누군가 옆에서 호위해주는 사람이 있겠죠?

　갈빗집에서 등심을 구워먹는 중이었고 조금만 주의를 기울이면 다른 사람의 귀에도 들릴 만한 상황이었다. 그녀는 백의 맞은

편에 앉아 고기를 굽고 있었다. 그녀는 곤혹스러운 표정으로 백을 응시하다가 차갑게 외면했다.

회식이 끝나고 나서 따로 만나죠. 할 얘기가 있습니다.

듣다못한 그녀가 툭 쏘아붙였다.

그게 지금 불판에서 연기가 피어오르고 있는 고깃집에서 할 얘기가요?

1차 끝나고 문 앞에서 기다리겠습니다. 밤엔 눈이 온다고 하더군요.

식당에서 나올 때 백의 예보대로 진눈깨비가 흩뿌렸으나 그녀는 회사 동료들을 따라 2차 자리로 옮겨갔다. 다음날 오후에 백은 그녀에게서 걸려온 전화를 받았다.

주말에 저녁 사줄래요?

무얼 드시고 싶으신데요.

오랜만에 종로에 나가 프라이드치킨에 생맥주 마시고 싶어요.

종로는 강북에 있었고 광화문에는 이십대부터 백이 자주 가던 생맥줏집이 있었다. 백은 확인차 물어보았다.

그걸로 마마의 저녁이 되겠어요?

2차는 제가 살게요. 하지만 회사에서는 각자 움직여요.

그날은 금요일이었고 두 사람은 퇴근 후 광화문에서 만나 통닭에 생맥주를 마셨다.

어쩌다 저한테 관심을 갖게 된 거죠?

탐문 조로 그녀가 물어왔다.

나는 그 이유를 알고 있지만 말하고 싶지는 않습니다.

그녀가 신기하다는 표정으로 되물었다.

그건 왜죠?

말을 해버리고 나면 공허해질 게 분명하니까요. 믿지도 않을 테고요.

왜 제가 믿지 않을 거라고 생각하죠?

남영씨가 짐작하는 것보다 나는 그녀를 훨씬 더 좋아하고 있으니까요.

얼마나 좋아하는데요?

광화문만큼이라고 백은 사실대로 말했다.

스무 살에 처음 서울에 올라온 후로 이때껏 나는 광화문을 짝사랑하며 살았습니다. 기쁠 때나 슬플 때나 늘 여기에 와서 혼자 마음을 달래곤 했죠. 새해 첫날에도 마지막 날에도 광화문 거리를 걸으며 이 거리를 닮은 여자를 만나게 해달라고 마음속으로 빌었죠.

아주 이상한 비유네요. 근데 광화문이 어떤 곳이죠?

서울의 모든 다정함과 따뜻함이 고여 있는 공간이죠. 또한 유서 깊은 곳이기도 하고요.

유서 깊은 곳, 이라고 되받으며 그녀는 후후거리며 웃었다.

그래서 저와 계속 만날 작정이에요?

그래서는 안 되는 이유라도 있나요?

나중에 후회하게 될 텐데요.

열시쯤 두 사람은 프라자호텔 스카이라운지 바로 자리를 옮겨 칵테일을 마셨다. 마르가리타 잔을 들고 몸을 숙여오며 그녀가 말했다.

저 실은 광화문 잘 알아요. 인호씨만큼 광화문을 좋아하고요. 정동에 있는 여고를 나왔거든요. 그래서 아까 속으로 아주 많이 놀랐어요.

……

우리 앞으로 딱 일 년만 만나요. 더 오래 만나면 서로 돌이킬 수 없는 상처를 받을 게 분명해요.

왜 그런 말을 하는 겁니까.

바야흐로 봄이었고 그렇다면 내년 봄에는 그녀와 헤어져야만 했다. 그후 봄이 가고 여름 가을이 가고 겨울이 왔다. 12월 중순의 어느 날 광화문에서 만난 그녀가 자신이 나온 여고로 백을 데리고 갔다. 그 유서 깊은 교정을 비감 어린 표정으로 돌아보고 나서 그녀는 경향신문사 근처에 있는 한식집으로 백을 데리고 갔다. 식사가 끝나갈 무렵 그녀가 백에게 말했다.

우리 오늘까지만 만나고 그만 헤어져요.

아직 일 년이 되려면 조금 남았는데요.

백은 군이 이유를 따져 묻지 않았다. 아마도 말 못할 사정이 있

266

겠지.

저는 이미 결혼을 해본 경험이 있어요. 지난 일 년 동안 제가 얼마나 힘들었는지 이제 아시겠죠?

그래도 함께 살면 어떻겠느냐고 말하려는 순간, 백은 저절로 입이 다물어졌다.

한 달 뒤 그녀는 역시 이혼 경험이 있는 변호사와 결혼을 하고 나서 회사를 그만두었다.

백은 그녀를 만나기 전의 누에고치 같은 생활로 돌아갔다. 하지만 모든 게 예전 같지 않았다. 그녀와 헤어지고 나서 백은 더이상 광화문에도 나가지 않았다.

그로부터 사 년이나 지난 어느 날 그녀로부터 불쑥 전화가 걸려왔다. 그녀는 대체로 잘 살고 있으며 백을 그리워하고 있다고 말했다. 왠지 농담 같지 않은 투로 봄에 휴가를 내서 둘이 함께 홍콩에 다녀오자고 말한 것도 그녀였다. 작년에 가족과 홍콩에 다녀왔는데, 쇼핑도 할 겸 다시 가보고 싶다는 말도 덧붙였다.

이번에 가면 상하이 탕에 들러 꼭 치파오를 사와야겠어요. 뭐 입고 나갈 일은 없겠지만 말예요.

그동안 그녀를 잊지 못하고 살았던 백은 고심 끝에 혼자 홍콩에 다녀오는 쪽을 택했다. 백으로서는 그것이 그녀를 잊기 위한 방편이라고 생각했던 것이다.

백이 홍콩 섬의 가장 높은 지대인 빅토리아 피크에서 숙을 다시 만난 것은 그해 4월 1일 토요일 오후 네시 무렵이었다. 센트럴 역에 내려 피크트램을 타는 곳까지 걸어가는 동안 백은 공원이나 건물 옆에 무리 지어 앉아 있는 남루한 모습의 사람들을 보았고 알고 보니 그들은 동남아에서 돈을 벌기 위해 홍콩에 들어와 있는 이주노동자들이었다. 주말이 되면 딱히 갈 데가 없어 소풍 삼아 아는 사람들을 만나러 나와 있다는 것이었다.

사십오 도 각도로 가파르게 올라가는 트램 안에서 백은 핸드레일을 부여잡은 채 주룽반도와 홍콩 섬과 그 사이에 떠 있는 배들을 내려다보며 심한 현기증에 시달리고 있었다. 그러한 상태를 백은 남영을 잊는 과정으로 애써 해석하려 했다. 트램에서 내린 백은 에스컬레이터를 타고 곧바로 전망대로 올라갔는데, 발아래 아찔하게 펼쳐진 광경을 보자 그만 구토까지 치밀었다. 거세게 불어대는 바람도 한몫 거들고 있었으리라.

백은 자신이 묵고 있는 호텔을 찾기 위해 홍콩 섬의 동쪽인 포트리스 힐 구역을 무의미하게 내려다보았다. 그즈음 누군가 머뭇거리며 다가와 한국말로 사진을 한 장 부탁한다며 백에게 말을 건네왔다. 돌아보니 놀랍게도 어젯밤 상하이 탕 앞에서 마주쳤던 여자가 머리칼을 휘날리며 서 있었다. 눈앞에서 날벌레떼가 윙윙

거리는 듯한 혼란스러운 느낌이 찾아왔다 바삐 사라진 뒤, 백은 디지털카메라를 받아들고 그녀의 얼굴을 주의깊게 바라보았다. 그녀는 얼굴이 햇감자처럼 창백했으나 그런 모습과는 어울리지 않게 인형처럼 웃고 있었다. 그 부조화스러운 느낌이 순간 백의 마음을 흔들어놓았다. 혼자십니까? 라고 백이 묻자 그녀는 알 듯 말 듯한 대꾸를 해왔다.

오늘은 그게 더 좋은 것 같은데요.

백은 파인더 안으로 다시 그녀를 눈여겨보았다. 그러자 그녀의 얼굴에서 서서히 미소가 걷혔다. 백은 버튼을 누른 뒤 카메라를 돌려주며 그녀에게 말했다.

그 카메라로 저도 한 장 찍어주면 안 될까요?

네? 라고 되물은 뒤 그녀는 이맛살을 찌푸린 채 서 있었다.

여기까지 힘들여 올라왔는데, 그냥 한 장 찍어두고 싶어서요. 다시 올 일이 없을 것 같기도 하고요.

그럼 제가 사진을 보내줘야 하는 건가요?

굳이 그렇게까지는 하지 않아도 됩니다.

이해할 수 없다는 듯 고개를 갸웃거리다가 그녀는 백을 모서리 난간에 기대게 하고 두 장의 사진을 연속 촬영했다.

전망대에서 내려온 두 사람은 일층 스타벅스에 앉아 아메리카노를 마셨다. 어제 잠깐 스치듯 보았을 뿐인데 백은 그녀에게서 어느덧 익숙한 느낌을 받고 있었다. 백이 더듬거리며 그런 얘기를 하자 그녀는 눈을 부릅뜬 채 그를 바라보다가 오른손 검지를 자신의 입술에 갖다댔다. 그리고 깜빡 눈을 감았다 뜬 뒤 역시 알 아듣기 힘든 말을 중얼거렸다.

이유는 잘 모르겠지만 갑자기 머리가 지끈거리네요.

……

네, 그래서 조금 힘드네요.

저 때문인가요?

백은 조심스럽게 물었다.

그런 것 같지만, 꼭 그런 것만도 아니에요.

아무래도 제가 먼저 일어나는 게 좋을 것 같습니다.

그녀는 대꾸 없이 고개를 숙인 채 눈을 감았다. 피크트램을 타고 가파른 길을 올라와 전망대에 머무는 동안 잠시 중심이 와해된 것이라고 백은 제멋대로 생각했다. 남은 커피를 마저 마시고 나면 좀 나아지리라. 백은 소리를 죽여 일어나 밖으로 나갔다. 그리고 담배를 피우며 이제 그만 이곳을 내려가야겠다는 생각을 하고 있었다.

잠시 후 그녀가 기웃거리며 백에게 다가왔다.

저, 실례인 줄은 알지만 오늘 저녁까지만 저와 함께 있어주면 안 될까요? 나중에 사진 보내드리는 걸로 하고요.

오해를 경계하는 말투로 그녀가 백에게 정중하게 부탁해왔다. 틀림없이 무슨 사정이 있겠거니 싶어 백은 고개를 주억거렸다.

괜찮습니다. 저도 어차피 혼자인걸요.

빅토리아 피크를 내려가기 전에 그녀는 피크타워 지하에 있는 밀랍인형박물관에 가보고 싶다고 했다. 주로 영화배우들의 모습을 실물에 가깝게 밀랍으로 만들어 전시해놓은 곳이었으나 백은 아예 관심조차 없었다. 그녀는 장국영의 밀랍인형 앞에서 사진을 찍으며 1998년 5월 그가 영화 〈금지옥엽 2〉의 홍보차 한국에 왔을 때, 신사동의 시네마천국으로 꽃다발을 사들고 사인을 받으러 간 적이 있다는 얘기를 했다. 그녀가 서른 살 때의 일이었다. 학생들을 인솔하고 간 것은 아니고요? 라고 백이 물었으나 그녀는 웃지 않았다. 숙은 비틀스의 밀랍인형 앞에 백을 세워놓고 사진을 한 장 더 찍었다.

그날 장국영이 센트럴 역 근처에 있는 만다린오리엔탈호텔 이십사층에서 투신자살한 것은 홍콩 시간으로 정확히 오후 일곱시 육분이었다. 그 시각 두 사람은 빅토리아 피크에서 빨간 미니버스를 타고 내려온 다음 융께이鏞記라는 유명한 거위요리 음식점을 찾아가 번호표를 받고 계단에 앉아 입장 순서를 기다리고 있었다. 무려 사십 분 이상을 기다리는 동안 백은 숙에게 밑도 끝도 없이 이런 제안을 했다.

내일 저랑 마카오에 다녀올래요?

계단 벽에 머리를 기댄 채 졸고 있던 숙이 움찔하더니 눈을 떴다. 놀란 모양이었다. 백은 수습하듯 변명조로 늘어놓았다.

지금 마카오 관광책자를 보고 있었거든요. 그게 아니더라도 우린 지금 홍콩의 한 음식점 계단에서 사십 분이나 함께 앉아 있고 또 저녁도 함께 먹을 거잖아요.

여전히 잠기운이 가시지 않은 얼굴로 숙이 백을 돌아보았다.

이상한 일이네요. 방금 그쪽하고 마카오에 가 있는 꿈을 꾸었거든요. 오늘은 뭔가 믿을 수 없는 일들이 계속해서 일어나고 있어요.

잠시 후 카운터에서 지배인으로 보이는 여자가 마이크로 백이 쥐고 있던 번호표에 찍힌 숫자를 호출했다. 바로 그 순간 식당 안에서 일대의 소란이 일었다. 뒤미처 밖에서 대기하던 사람들이 안으로 우우 몰려들어갔고 안에서 식사를 하던 사람들과 뒤섞여 순식간에 아수라장이 되었다. 그들은 누구랄 것 없이 벽에 걸려 있는 텔레비전 앞으로 다투어 모여들고 있었다. 텔레비전에서는 정규 방송을 중단한 채 장국영의 투신자살 소식을 속보로 내보내고 있었다. 그날이 만우절이었기에 충격의 여파는 더욱 컸다.

그 사건이 두 사람에게 어떤 영향을 미쳤는가를 알기는 힘들다. 다만 무언가 붕괴되는 순간에 두 사람은 홍콩이라는 도시에서 함께 있었으며 그 순간만큼은 서로 운명적으로 연결돼 있다는 느낌을 받았는지도 모른다. 두 사람은 식사를 포기한 채 소호 거리로 옮겨가 이방인들 틈에 끼어 앉아 말없이 맥주를 마셨다. 어디를 가든 전시처럼 분위기가 흥흥했다. 자정이 지나 두 사람은 카페에서 나와 어렵사리 택시를 잡아타고 숙이 묵고 있는 호텔로 갔다.

호텔로 들어서던 숙이 무엇을 잊은 듯 택시 안에 앉아 있는 백에게 되돌아왔다.

저 지금 체크아웃하고 다른 호텔로 옮겨야겠어요.

오늘은 그냥 이 호텔에 머무는 게 좋을 것 같은데요. 이미 시간도 늦었고요.

숙은 절박한 표정으로 말하고 있었다.

실은 더이상 여기 머물 수 없는 이유가 있어서요.

백은 막연한 심정으로 숙을 바라보았다.

엊그제 바로 이 호텔에서 저는 어떤 남자에게 강간을 당했거든요.

9

12월 30일 백은 페리터미널에서 배를 타고 마카오에 다녀왔다. 배가 바다에 떠가는 동안 백은 통영에서 보내온 문자메시지를 받았다.

홍콩도 여기처럼 봄 날씨 같은가요? 통영처럼 거기도 하늘이
푸른가요?

　백은 기억 속에서조차 희미한 한 자락 구원을 받은 것 같았다.
무연히 바다를 내다보다 백은 사념에 빠진 듯 고개를 숙이고 눈
을 감았다. 그리고 배가 마카오에 도착할 때까지 그대로 있었다.
백이 통영으로 답장을 보낸 것은 마카오에 내려 호텔 카지노에서
운영하는 무료 셔틀버스를 타고 시내로 나가는 버스 안에서였다.

　지금 세인트 폴 대성당으로 가는 길이오.

　홍콩보다 다소 기온이 낮은 느낌이 들었으나 추위를 느낄 정도
는 아니었다. 백은 점심으로 그해 숙과 함께 갔던 식당을 찾아가
볶음밥과 춘권을 먹고 맞은편에 있는 스타벅스 야외 탁자에서 에
스프레소를 마시며 오랜만에 담배를 피웠다. 백의 옆자리에는 초
등학생 딸을 데리고 온 한국인 부부가 앉아 있었는데, 눈이 마주
치자 이물 없이 웃어 보였다.
　혼자 오셨나봐요.
　백과 나이가 비슷해 보이는 남편이 가벼운 말투로 물어왔다.
백은 그저 에둘러서 말했다.
　아뇨, 세인트 폴 성당에서 누군가와 만나기로 했습니다.

그들 가족은 테이크아웃 커피를 들고 자리에서 먼저 일어나며 백에게 좋은 여행이 되길 바란다며 다시 웃어 보였다. 마카오 또한 어디를 가나 사람들로 북적였다. 심지어는 성당으로 걸어가는 동안 백의 귀에 심심찮게 모국어가 들려왔을 정도였다.

그해 4월 2일 백과 숙은 오후 두시 무렵 세인트 폴 성당에 도착했고 일찌감치 찾아온 더위를 피해 성당으로 올라가는 계단 옆 나무 그늘에 앉아 오랫동안 얘기를 나눴다. 그 전날 그러니까 장국영이 투신자살한 밤에 두 사람은 백이 머무는 호텔에서 함께 밤을 보냈다. 맥주를 두 병 나눠 마셨을 뿐, 그날 밤 두 사람은 많은 얘기를 나누지는 않았다. 몹시 지쳐 있었던 것이다. 신혼여행을 온 부부처럼 각자 샤워를 하고 나와 잠옷으로 갈아입고 새벽 세시쯤 잠자리에 들었다. 그때까지도 텔레비전에서는 장국영의 죽음과 관련된 프로그램을 계속해서 내보내고 있었다. 붕괴의 느낌이 채 가시지 않은 상태에서 두 사람은 수수께끼 같았던 하루를 각자 돌아보고 있었다. 하루 사이에 마치 일 년의 시간이 흐른 것 같았다.

무거운 침묵 속에 잠겨 있다 백은 왠지 그래야만 하는 것처럼 숙의 등을 가슴으로 끌어당겼다. 잠시 후 숙은 단단히 쌓여 있던 벽돌이 허물어지듯 흐느끼기 시작했다. 커튼 사이로 스며들어온 유람선의 불빛이 천장에 신기루처럼 나타났다 천천히 사라져갔다.

백이 잠에서 깨어난 것은 어떤 존재의 무게를 감지하고 나서였다. 꿈인가? 백은 잠꼬대를 하듯 웅얼거렸다. 힘겹게 눈을 뜨자 희부연 어둠 속에서 숙이 검지를 백의 입술에 가져다댔다. 몇시 쯤인지 백은 짐작조차 할 수 없었다.

아무 말도 하지 말아요. 움직이지도 말고요, 절대로.

그녀는 백의 몸 위에서 잠옷을 벗어 침대 아래로 떨어뜨렸다. 그녀의 손은 부드러웠으나 소름이 끼칠 정도로 차가웠다. 백은 숨을 멈춘 채 눈을 감았다. 시간이 지속되면서 숙의 행동은 점점 거칠어졌다. 어느 순간부터 백은 괴롭다는 느낌을 받고 있었다. 백은 그녀에게 지배당하고 있다는 것을 깨닫고 불현듯 눈을 뜨려 다, 도로 감았다. 백은 자신을 통해 그녀가 무언가를 회복하는 중 이라는 걸 깨닫고 있었다. 그것은 쾌락보다는 분명 고통에 가까 웠고 그녀가 흘리고 있는 땀이 눈물이라는 것을 알고 나서 백은 자신을 체념하는 상태에 빠지고 말았다. 그렇듯 제의祭儀와도 같 은 순간들이 환각처럼 지나가고 있었다. 마침내 고통을 참지 못 하고 백은 단말마의 비명을 토해냈다.

오랜 침묵이 흐른 뒤 숙이 백의 귀에 속삭여왔다. 사막처럼 건 조한 목소리였다.

이제는 마음이 웬만큼 가라앉았어요. 밤의 해저는 늘 이런 느 낌이겠죠?

밤의 해저에는 늘 세이렌의 노래가 들려오죠. 그녀에게 유혹당 한 어부가 앞으로의 운명을 생각하며 지금 여기에 누워 있잖습니까. 근래 스타벅스 커피를 너무 많이 마신 게 화근인 것 같습니다.

스타벅스라뇨?

스타벅스 로고 속의 여신이 다름 아닌 세이렌이라더군요.

지친 듯 희미하게 웃고 나서 그녀는 믿을 수 없으리만치 이내 잠이 들었다.

세인트 폴 성당은 약 백칠십 년 전에 화재로 소실돼 성당의 전면만 남아 있는 독특한 건물이었다. 그 폐허의 계단에 앉아 두 사람은 콜라를 마시며 비현실적으로 맑고 푸른 하늘을 올려다보고 있었다. 먼저 입을 연 것은 숙이었을 것이다.

이틀 후면 우리는 서울로 돌아가야 할 텐데, 이제 어쩌죠?

그녀는 불안해하고 있었다. 백은 홍콩에 오게 된 경위를 말하며 자신도 지금 이전으로는 돌아갈 수 없게 되었음을 숙에게 고백했다. 그리고 가족력에 대해서도 얘기했다.

숙은 다시금 수렁에 빠진 듯 오랫동안 밀랍인형처럼 앉아 있었다.

그래도…… 저와 함께 살아보지 않을래요? 나중에 후회하게 되더라도 포기하거나 체념할 수 없는 관계라는 게 있다고 생각해요. 그게 어쩌면 운명인지도 모르겠지만.

백은 운명이란 말을 속으로 되뇌어보았다. 그러자 불행이란 말이 잇따라 떠올랐다.

혼자 고통을 감추고 사는 것보다 더 불행하지는 않을 거라고
생각해요.

그럼 함께 사는 동안 나는 어젯밤처럼 늘 주체가 타자로 변하
는 경험을 해야 하는 건가요?

숙은 계단을 오르내리는 사람들 쪽으로 얼굴을 피하며 공허하
게 웃었다.

그건 두고봐야겠지만, 가끔은 아마 그렇게 되지 않을까요?

어둠이 내릴 즈음 마카오에서 돌아온 두 사람은 주룽반도로 건너
가 빅토리아 항의 산책로를 걸으며 홍콩 섬의 야경을 바라보았다.

홍콩과 통영은 서로 멀리 떨어져 있지만 놀라울 정도로 닮았
습니다. 물론 홍콩의 야경이 더 화려하긴 하지만, 통영엔 운하가
있죠.

전 아직 못 가봤어요.

주룽반도와 홍콩 섬이 해저터널로 이어져 있는 것처럼 통영과
미륵도가 그렇죠. 통영은 일제강점기에 일본인들이 많이 들어와
살았던 곳입니다. 따지자면 홍콩도 그런 곳이라 할 수 있겠죠. 두
도시 모두 폐쇄적이면서 동시에 개방적인 분위기가 묘하게 어우
러져 있어요.

빅토리아 항에서 몽콕의 야시장으로 옮겨간 두 사람은 맥주를
마시고 그다지 필요하지는 않지만 기념이 될 만한 물건들을 샀
다. 그리고 다음날은 공항 근처에 있는 디즈니랜드에 가서 꼬박

하루를 보낸 다음 호텔로 돌아와 서울로 돌아갈 채비를 했다.

마카오에선 돌아왔나요? 지금은 어디서 뭘 하나요?

통영에서 오후 여덟시에 도착한 메시지였다.

빅토리아 항에서 홍콩의 야경을 보고 있소. 이제 몽콕의 야시
장에 가볼까 하오.
우리도 미수동 다찌집에서 저녁을 먹으며 운하의 야경을 바라
보고 있어요.

우리, 라는 말에 백은 문득 냉이를 떠올렸다. 백은 홍콩에 와서
줄곧 그녀의 존재를 잊고 있었다. 몽콕의 야시장을 돌아보는 도중
백은 곧 무너질 듯한 피로감이 몰려와 급히 택시를 타고 호텔로
돌아왔다. 그리고 밤새 도마뱀처럼 재재 몸을 뒤척이고 있었다.

10

백과 숙은 서울로 돌아와 일 년을 함께 살았다. 비록 결혼식은
올리지 않았으나 혼인신고를 하고 엄연한 부부로 살았다. 그리고

기적처럼 아이가 생겼으나 임신 삼 개월째에 숙은 유산을 하고 말았다. 그즈음이었을 것이다. 백은 잦은 피로감과 구토 증세에 시달리다 어느 날 머릿속으로 번개가 지나가는 느낌을 받고 곧장 병원으로 달려갔다. 예감했던 대로 간 수치가 높게 나왔다. 너무 일찍 찾아온 손님이라고 투덜거리며 백은 매 순간 식은땀을 흘리며 버티고 있었다. 휴직을 하고 집에서 요양을 하는 동안 백은 급기야 숙의 인생을 좀먹고 있다는 자괴감에 시달리기 시작했다.

두 달 후 백은 회사에 복직을 했으나 보름 뒤에 엘리베이터 안에서 쓰러져 다시 병원으로 실려갔다. 회사에서는 이런저런 수를 써서 백에게 사직을 권했고 병원에서 돌아온 뒤 백은 참고 참았던 말을 기어이 숙에게 내뱉었다.

나는 이 집에서 그만 나가야겠어. 그동안 몸이 닳도록 생각했으니 받아들여줬으면 해. 당신 때문이 아니라 내가 더이상 나를 못 견디겠어.

숙은 못 들은 척 베란다로 나가 빨래를 걷어 거실로 돌아왔다. 텔레비전에서는 아홉시 뉴스가 끝나고 나서 기상 캐스터가 일기 예보를 전하고 있었다. 내일은 전국적으로 봄비가 내리고 나서 꽃샘추위가 찾아오겠습니다. 출근하시는 분들은 옷을 두툼하게 껴입는 게 좋겠습니다. 꽃샘추위가 끝나고 나면 남쪽 지방부터 꽃 소식이 들려오겠습니다.

어디로 가려고요?

소파에 앉아 빨래를 접으며 숙이 잠긴 목소리로 백에게 물어왔다.

꽃이 가장 일찍 피는 곳으로 내려갔다가 개화 지점을 따라 천천히 올라오려고. 어렸을 때부터의 꿈이었거든.

백은 천연덕스럽게 시를 쓰는 투로 말했다. 대학에 다닐 때 백이 시인이 되고 싶어했다는 것쯤은 이제 숙도 알고 있었다.

그건 양봉업자들이 하는 일이에요. 그래, 올라와서는 또 어디로 갈 건데요? 휴전선 이북으로는 갈 수 없을 테고요.

백은 거기서 말문이 막혔다.

기다리고 있을 테니까, 이 집으로 돌아오세요.

……

돌아오지 않으면 당신은 약속을 저버린 사람이 되는 거예요. 그건 알고 있죠? 당신이 이 집에서 나간다고 해서 내 삶이 달라지는 게 아니란 거죠.

백은 아무 말도 할 수 없었다. 숙은 악다구니를 쓰듯 말했다.

돌아올 수 없다면 당신은 죽어야 해요. 돌아오기 전에 말예요. 비록 얼마를 살더라도 죽는 날까지 함께하기로 우리는 약속했어요. 그게 이 세상 모든 사람들이 살아가는 방식이기도 하고요.

미안하게 됐소.

만약 당신이 돌아오지 않으면 나도 이곳을 떠나겠어요. 더이상 여기서는 살 수가 없을 테니까요. 안 그런가요?

백은 다음날 제주도로 내려갔다 보름을 머문 뒤 진해와 통영과 진주와 하동을 거쳐 4월에는 전주 부모의 집에서 며칠을 보낸 다음 다시 동쪽으로 옮겨가 포항과 영덕과 동해 삼척을 거쳐 강릉에서 마지막 밤을 보낸 다음 5월 말에야 서울로 돌아왔다. 하지만 백은 끝내 숙에게로 돌아가지 않았다.

백은 대학 때 학보사에게 함께 일했던 친구가 운영하는 충무로의 기획사에 자리를 얻어 다시 출근을 시작했다. 기업에서 수주한 홍보물을 제작해 납품하는 업체였다. 친구는 백의 사정을 잘 알고 있었으므로 주치의처럼 늘 배려해주곤 했다. 그리고 가끔 숙에게 돌아갈 것을 백한테 권하기도 했다. 하지만 이미 때가 늦어 있었다.

숙은 7월 말까지 백을 기다리다 학교에 사표를 내고 통영으로 내려갔다. 그랬다는 사실도 백은 한참 뒤에야 알았다. 숙과 헤어지고 나서 육 년 구 개월의 세월이 흐르는 동안 백의 몸은 시소처럼 늘 아슬아슬하게 높낮이를 되풀이했다. 그러다 결국 돌이키기 힘든 지경이 되어 회사를 그만두게 된 것이었다.

백은 요즘 살아오면서 기억에 남는 순간들을 돌아보는 버릇이 생겼다. 그럴 때마다 백은 숙이 자신한테 했던 말이 떠올라 뼈아픈 후회와 죄책감에 몸을 떨곤 했다. 그것은 어쩌면 죽음에 대한 공포보다 더한 고통이었다.

11

홍콩에서 떠나오기 전날 백은 아침 겸 점심으로 만다린오리엔탈호텔에서 애프터눈 세트로 끼니를 대신했다. 스콘과 샌드위치, 케이크까지 딸려나왔으므로 한 끼 식사로는 모자람이 없었다. 한 해를 보내고 새해를 맞는 행사를 준비하느라 호텔은 분주하게 움직이고 있었다.

두시쯤 백은 상하이 탕에 들러 냉이에게 줄 치파오를 사고 더 랜드마크까지 천천히 걸어갔다. 그리고 횡단보도 앞에서 백은 마카오에서 만났던 한국인 가족과 다시 마주쳤다.

오늘도 혼자시네요?

백은 또 그날처럼 에둘러서 대꾸했다.

아뇨, 저기 랜드마크에서 약속이 있습니다.

아, 그러시군요.

이런 대화가 오가는 중에 신호등이 녹색으로 바뀌었고 백은 그들에게 눈인사를 건네고 횡단보도를 건너기 시작했다. 그때 백은 횡단보도 양쪽에서 서로 어깨를 부딪치며 건너오는 사람들을 정지화면인 듯 바라보고 있었다. 이를테면 잠든 아이를 안은 남자, 휴대폰을 들여다보는 청년, 오른쪽 어깨에 분홍색 가방을 멘 북유럽에서 온 듯한 인상의 금발머리 여자, 신호 대기중인 빨간 이층버스에 탄 사람들, 초등학생쯤 돼 보이는 여자아이의 손을 잡

고 있는 부인, 지팡이를 든 맹인, 동남아 이주노동자로 보이는 중
년 여자, 키가 아이처럼 작은 백발 노부인, 누군가에게 줄 선물
봉투를 들고 있는 중년 남자…… 순간 백의 가슴으로 묘한 떨림
이 스치고 지나갔다. 자신도 그 사람들 중 하나라는 사실이 가슴
벅차게 다가왔던 것이다.

　루이비통 매장 앞에는 그날도 사람들이 긴 행렬을 이루고 있
었고 백은 얼마를 기다리더라도 이번에는 꼭 가방을 살 생각이었
다. 사십여 분을 기다리는 동안 백은 통영으로 문자메시지를 보
냈다.

　저녁에 거위요리를 먹으러 갈 생각인데 혹시 함께 가겠소? 그
때 못 먹은 거위요리 말이오.

　그러나 저녁 여덟시에 백이 식당에 도착할 때까지 답장은 오지
않았다. 쇼핑백을 든 채 백은 다시 지하철과 버스를 갈아타며 그
해 숙과 함께 갔던 레이문이라는 조그만 어촌 마을을 찾아갔다.
디즈니랜드는 내일 일찌감치 탑승 수속을 마친 뒤 잠시 다녀올
생각이었다. 밤이 되어 시내로 돌아오자 경찰이 나와 여기저기서
도로를 통제하고 있었다. 역시 새해맞이 행사 때문인 듯했다. 식
당에 도착한 백은 거의 한 시간을 기다린 뒤에야 안으로 들어갈
수 있었고 거위요리를 먹으면서도 거듭 휴대폰을 확인했다.

그날 밤 백이 마지막으로 가볼 곳은 소호 거리였다. 어둠이 내리면서 거리는 부풀어오르듯 사람들로 넘쳐나기 시작했다. 사이사이 그 틈을 비집고 걸어가는 동안 백은 거칠게 닥쳐오는 외로움과 대면하고 있었다. 마치 세상의 끝에 혼자 와 있는 느낌이었다.

사람들에게 이리 떠밀리고 저리 떠밀리는 사이 백의 눈에 긴 회랑 같은 에스컬레이터의 입구가 나타났다. 지구상에서 가장 긴 힐 사이드 에스컬레이터가 시작되는 지점이었다. 이 에스컬레이터를 타야만 인파를 피해 소호 거리까지 갈 수 있을 터였다. 이어 저마다 손에 촛불을 든 일군의 사람들이 백의 뒤에서 에스컬레이터에 줄지어 올라탔다. 그중 한 사람에게 물어보니 그들은 연말 미사를 보기 위해 힐 사이드 꼭대기에 있는 성당으로 올라가는 가톨릭 신자들이었다.

에스컬레이터가 중간쯤 올라가고 있을 때 백의 휴대폰 벨이 울렸다. 통영이었다. 백은 떨리는 손으로 휴대폰을 귀로 가져갔다. 전화를 걸어온 것은 뜻밖에도 냉이였다. 그녀는 침착하고 밝은 톤으로 백에게 먼저 안부를 물어왔다.

거위요리는 잘 드셨나요?

……그런 것 같지만 혼자 먹는 음식은 대개 무미건조한 법이지. 특히 비싼 음식일수록.

혹시 저한테 줄 선물은 사셨나요? 아 참, 해피 뉴 이어!

하지만 그게 무엇인지는 지금 얘기하고 싶지 않아. 참고로 말하자면 서울-홍콩 간 왕복 비행기 요금보다 값이 더 비싸더군. 입국시 세관에 신고할 일이 생겼다는 뜻이지. 해피 뉴 이어!

그애는 무슨 뜻인지 킥킥거리며 웃었다.

실은 저 엄마 몰래 홍콩에 가려고 어제까지 계속 비행기표 알아보다 결국 실패했어요. 우린 극적인 인연은 없나봐요.

……

그리고 저 무척 죄송한 말씀인데요, 그동안 받으신 문자 모두 제가 보낸 거예요.

백은 내심 당황하고 화가 치밀어올랐지만, 차마 그런 내색은 할 수 없었다.

왜 그런 몹쓸 짓을 했지?

실은 엄마가 문자 보내보라고 했어요. 이제 괜찮은 거죠?

그렇지는 않다고 백은 솔직하게 말했다. 딴청을 부리듯 지금 어디냐고 냉이가 냉큼 물어왔다.

힐 사이드 에스컬레이터를 타고 소호로 가고 있다고 백은 중계방송을 하듯 무감한 어조로 말했다. 그러자 냉이가 와우, 하며 이렇게 외치는 것이었다.

거기, 왕가위 감독이 〈중경삼림〉 찍은 곳 아니에요?

그래, 저쪽 아파트 어디선가 지금도 임청하가 쏘아대는 총소리가 들려오는군.

저번에 만났을 때는 긴가민가했는데, 아저씨랑 왠지 말이 잘

통하는 것 같아요.

그건 좋을 대로 생각해. 그건 그렇고 혹시 옆에 엄마 있으면 통화할 수 있을까?

잠깐만요, 라는 냉이의 목소리가 멀어지고 나서 한동안 시간이 흘러갔다. 그리고 다시 냉이의 목소리가 들려왔다.

안 받으시겠대요.

……

그런데 말이죠, 이런 생각은 혹시 안 해봤어요? 만약 두 분이 헤어지지 않았더라면 저는 지금 어디서 무엇을 하고 있을까요? 〈중경삼림〉에 나오는 임청하처럼 노란 가발에 선글라스를 쓰고 밤거리를 쏘다니는 킬러가 되지 않았을까요? 한번쯤 그래보고 싶은 생각이 없는 건 아니지만.

그런 말이 백에게 당장 위안이 될 리는 없었다. 에스컬레이터가 올라가는 언덕 양쪽에는 무수한 카페들이 들어차 있었고 그 안에 앉아 있는 사람들은 대다수 해외에서 온 여행객들이었고 삼삼오오 모여 앉아 술을 마시며 자정이 되기를 기다리고 있었다.

엄마한테 용서를 구한다고 전해줘.

냉이는 가만히 듣고 있다 제멋대로 전화를 끊었다.

백이 소호에 있는 야외 카페에서 두 시간을 앉아 있는 동안 숙에게서 전화가 걸려왔다. 서울 시간으로는 자정을 십 분 정도 남겨둔 시각이었다. 용서를 구한다고 백은 되풀이했다. 숙은 주저

하지 않고 대꾸해왔다.

용서를 구한다는 말은 상대가 용서를 할 수 있을 때나 하는 말이에요. 이미 받아들일 수 없다는 것을 알면서도 이해해달라고 할 수는 없는 거죠. 당신은 이제 아무 선택의 여지가 없는 사람이 되었고 그건 저 역시도 마찬가지예요.

그렇더라도 백은 용서를 구할 수밖에 없었다.

당신이 오늘밤 거기서 객사를 하더라도, 우린 지난 칠 년 가까이를 함께 더 살 수 있었어요.

그리고 긴 침묵이 이어졌다. 전화가 끊겼나 싶을 때 다시 숙의 목소리가 들려왔다.

이제 어쩔 거죠? 동전이라도 던져서 같은 면이 나오는지 서로 맞춰볼까요? 물론 그렇더라도 당신에겐 여전히 선택할 수 있는 권리가 없어요.

백이 줄곧 입을 다물고 있자 숙이 직설적으로 물어왔다.

얼마나 더 살 수 있다고 해요?

백은 더듬거리며 의사와 주고받은 얘기를 그대로 숙에게 전했다. 이제는 얘기해야 하는 것이다. 다시금 먹물 같은 침묵의 순간들이 흘러갔다. 그리고 이번에는 전화가 저절로 끊겨 있었다.

백은 카페에서 일어나 힐 사이드의 계단을 내려갔다. 힐 사이드 에스컬레이터는 출근하는 사람들을 위해 오전에는 아래 방향으로 내려가고 오후가 되면 위쪽 방향으로 올라가는 것이다. 백이 계단을 내려가는 사이에 자정이 되었는지, 홍콩 섬에 밀집해 있는 거대한 고층빌딩 숲에서 일제히 하늘로 폭죽이 솟아오르기 시작했다. 그와 동시에 힐 사이드 양편에 있는 카페촌에서 함성이 울려퍼졌다. 백은 계단 모서리에 서서 꿈인 듯 사위를 두리번거렸다.

그때 끊겼던 전화가 다시 울렸다. 백은 부신 눈으로 까마득히 하늘을 올려다보며 냉이가 전해오는 말에 잠자코 귀를 기울이고 있었다.

이제 그만 집으로 돌아오시래요. 통영에서 기다리시겠대요.

해설

관계의 프리즘에 비친 존재의 풍경

정여울(문학평론가)

1. 돌이킬 수 없는 '흔적'에 기대어 살다

윤대녕 소설의 주인공들은 자신의 추억으로부터 망명당한 이들이다. 추억을 마음껏 그리워하고, 소중히 돌보며, '우리'의 것으로 간직하고 공유할 수 있는 자유가, 그들에게는 없다. 그들은 자신의 추억으로부터 스스로 소외되어 있으며, 뼈아픈 트라우마나 죄책감 때문에 추억을 향한 발걸음을 쉽게 옮기지 못한다. 그러나 그들은 마음 깊숙한 곳에서, 추억을 누구보다도 사랑하고 소중히 여기는 이들이다. 그리하여 이들의 고통은 배가된다. 추억을 사랑할수록 추억으로부터 멀어지는 역설. 그들은 왜 추억의 영토, 추억의 왕국으로부터 배제되어 있는가.

심리학자 카를 구스타프 융의 어법을 따르면, '마음의 병'이란 주체가 그 '의미'를 찾지 못한 고통이다. 모든 고통이 아니라 그 '의미'를 찾지 못한 고통이 우리를 괴롭힌다. 거꾸로 말하면, '의미'를 찾을 수만 있다면 우리는 그 고통을 포용할 수도, 마침내 치유할 수도 있다는 뜻으로 들린다. 그런 맥락에서 윤대녕의 소설은 의미를 찾지 못한 고통에 시달리는 주인공들이 마침내 그 의미를 찾아나가는 험난한 여정을 그려낸다. 그리고 그 고통의 기원에는 이루지 못한 사랑, 또는 사랑했지만 결국 상대의 아픔을 품어주지 못한 자신을 향한 죄책감이 도사리고 있다. 물론 이때의 사랑은 단지 남녀 간의 열애에 그치는 것은 아니다.

「비가 오고 꽃이 피고 눈이 내립니다」의 '나'는 대학 시절 깊이 사랑했지만 결국 자신을 떠나버린 선배와의 하룻밤을 잊지 못한다. 그는 날카로운 첫날밤의 기억만을 남긴 채, 메모 한 장 달랑 던져놓고 여관에 여자를 홀로 남겨둔 남자지만, 이십여 년이 지난 지금도 그녀는 그를 통해 어떤 구원의 메시지를 찾으려 한다. 「반달」의 주인공은 동성同姓의 대학 동기와 새우잡이 배 위에서 잊을 수 없는 하룻밤을 보낸 기억을 아무에게도 보여줄 수 없는 보물처럼 품고 살아간다. 「도자기 박물관」의 정수는 자살한 아내의 시체를 장례도 제대로 치러주지 못한 채 서둘러 묻어버린 참혹한 기억을 안고 하루하루를 유령처럼 살아간다. 「구제역들」의 '나'는 자신의 연인이었던 연숙과 친동생 병수 사이에서 흐르던 눈빛을 읽었던 어느 날의 기억에서 완전히 자유롭지 못하다.

「문어와 만날 때까지」의 인수는 자신을 사랑하면서도 다른 남자와 결혼한 옛 여인의 기억을 휴화산처럼 간직하고 있고, 계부의 성폭력으로 인해 끔찍한 기억을 안고 살아가는 아내를 무력하게 바라만 보며 점점 더 그녀에게서 멀어져간다. 「통영-홍콩 간」의 '백'과 '숙'은 홍콩에서 우연히 처음 만나 사랑에 빠지고 함께 살기까지 했지만, 백이 불치병을 앓게 되면서 스스로 숙을 떠난 후에도 여전히 그녀와의 추억을 잊지 못한다.

그들은 어떤 '지울 수 없는 과거의 흔적' 때문에 고통받지만, 그 치명적인 기억의 상흔에 기대어 살아가기도 한다. 기억은 그들을 고통스럽게 하지만, 바로 그 기억이 그들을 견디게 하는 힘이기도 하다. 이 흔적들의 공통점은 가장 아름다운 추억과 가장 참혹한 추억이 마치 야누스의 두 얼굴처럼 공존하고 있다는 점이다. 소중했던 이와 함께할 수 없는 오늘은 그 추억에 얽힌 충만한 감정들을 휘발시켜버리고 이제는 고통만이 남아 있을지라도, 새로운 의미를 부여하지 못한 과거의 고통은 이렇게 그들 삶에 돌이킬 수 없는 트라우마를 남기고 또다른 삶을 꿈꾸지 못하게 만든다. 예컨대 「통영-홍콩 간」의 '숙'은 바로 그렇게 '흔적'의 시간에 화석처럼 멈춰 있는 인물이다. 자신의 나이보다 훨씬 어려 보이는 그녀의 젊음은 눈부시기보다는 보는 사람으로 하여금 어떤 잔인한 고통을 상기시킨다. "그녀가 지니고 있는 젊음 뒤에는 그녀를 늙지 못하게 하는 상처가 도사리고 있었"으며, "과거에 경험한 치명적인 고통이 세월이 흘러도 사라지지 않은 채 그녀를 붙잡아두고 있었던 것"이다.

　또다른 인물들은 상처를 품고 살면서도 이제 상처 자체에 무감한 사람처럼 상처를 마음 깊숙이 숨기고 살아간다. 「구제역들」의 '나'는 결혼까지 생각했던 연숙과 자신의 친동생 병수 사이에 오가던 '눈빛'의 의미를 해독하지 못한 채 연숙을 병수에게 떠나보냈으나, 연숙은 병수마저 떠나버린 채 이제는 연락처조차 알 수 없는 상태가 되어버렸다. 그는 어렵게 용기를 내어 동생에게 연숙의 안부를 물어보지만, 마치 아무 일도 아니라는 듯 대수롭지 않게 연숙의 안부를 전하는 병수의 태도에 경악한다. 「검역」에서 '나'는 직장에서의 업무 압박 때문에 정기적인 건강검진조차 마음 편히 받을 수 없는 상황이다. 아내는 남편의 경제적 무능을 이유로 끊임없이 남편의 존재감을 위협하고, 남편은 그런 아내의 냉정한 태도를 보며 '삶' 자체로부터 점점 멀어진다. 아이와 오랜만에 영화를 같이 본 날, 자신에게 "아빠, 오늘 저와 영화 함께 봐주셔서 정말 감사합니다"라고 치하하는 아이를 보며 그는 자신이 얼마나 무능한 가장인지를 깨닫는다. "이미 오래전에 삶이 자신을 등졌다"는 느낌에 괴로워하는 그에게 온몸을 샅샅이 차가운 기계로 훑는 삼엄한 건강검진은, 존재를 향한 배려가 아니라 존재를 더욱 살뜰히 착취하기 위한 거대한 폭력으로 다가오는 것이다. 이렇듯 『도자기 박물관』의 주인공들이 처한 현실은 하나같이 암울하고 비극적이다.

2. 생을 뒤흔드는 뜨거운 상징을 찾아서

  윤대녕의 주인공들이 간절히 원하는 것은 '일상의 활력'이나 '구원의 여신'이 아닌, 돌이킬 수 없는 과거의 한 장면의 오롯한 '재생'이다. 말하자면 단 하루만이라도, 과거의 참혹한 기억을 '무의미한 고통'이 아닌 '나라는 존재를 구성하는 어엿한 일부'로서 완전히 받아들일 수 있다면, 그들은 현재의 끔찍한 고통 또한 견딜 수 있을 것만 같다. 이렇듯 가장 아프지만 그럼에도 불구하고 가장 아름다웠던 과거의 한 장면을 아름답게 재생시키는 데 성공하는 인물이 바로 「비가 오고 꽃이 피고 눈이 내립니다」의 여주인공이다. 그녀는 대학 시절 동아리 선배를 사랑했고, 그가 자신에게 결코 마음을 열어주지 않을 것을 알면서도 그와 하룻밤을 보낸다. 꿈같은 하룻밤을 보냈지만 아침이 오기도 전에 메모 한 장 남겨놓고 사라진 선배는 다른 여자를 사랑하고 있었다. 그 사실을 알면서도 그를 사랑했던 이 여자는 단 한 번뿐인 추억을 등뒤로 한 채 결혼했지만, 아이를 사산하고, 반복되는 남편의 외도에 지쳐 이혼을 한다. 문제는 사산이나 이혼 자체가 아니라 그 모든 과정을 철저히 혼자 경험해야 했던 그녀의 처참한 고독이었다. 그녀는 삶의 의미를 '공유'할 만한 진정한 관계맺기에 실패했던 것

이다. 그 고통으로 인해 정신병원에 입원까지 한 후, 이제는 어린
이 도서관에서 아이들의 독서를 지도하며 조금씩 자신의 고통과
타인의 고통 사이의 공감대를 찾아가던 그녀. 어느 날 아버지의
문병을 위해 방문했던 병원에서 그녀는 뜻하지 않게 과거의 동아
리 선배, 이제는 유명 작가가 된 그를 만난다.

　병상에는 내 나이 또래로 보이는 중년의 여인이 누워 있었지요.
누구라도 조금만 주의를 기울여 바라보면 그 여인이 의식불명인
채로 누워 있다는 것을 눈치챌 수 있었습니다. 당신은 수척한 표정
으로 그녀의 팔다리를 정성껏 주무르고 있었지요. 이마에 땀을 흘
리며, 실례를 무릅쓰고 말한다면, 마치 애무를 하듯이 말입니다.
　(……)
　당신은 홀연히 꿈에서 깨어난 표정으로 주머니에서 손수건을
꺼내 이마를 닦더니 그제야 몹시 슬픈 표정이 되어 환자를 내려다
보는 것이었습니다. 그러고는 환자의 머리칼을 몇 번이나 쓰다듬
고는 이윽고 귀로 입을 가져가더니 뭐라 뭐라 속삭이는 것이었습
니다. 마치 환자가 다 알아듣고 있다는 듯이 말입니다. 그렇게 거
듭 속삭이고는 당신은 끌려가는 사람처럼 자리에서 일어났습니
다. 그러고 나서도 여러 번 병상을 돌아보며 중환자 병동을 빠져
나오는 것이었습니다. 그 순간 먼 데서 울려오는 종소리를 들은
듯 마음에 조용한 파문이 일더니 점점 숨결이 가빠지더군요. 그

리고 웬일인지 곧 걷잡을 수 없는 마음의 상태가 되고 말았습니다.(「비가 오고 꽃이 피고 눈이 내립니다」, 14~15쪽)

작가가 된 그 선배의 주소를 어렵사리 알아내 편지를 쓰는 그녀. 이 소설 자체가 그녀의 편지로 이루어져 있다. 식물인간이 되어 누워 있는 아내를, 의식이 있는 사람과 조금도 다름없이 바라보고, 쓰다듬고, 속삭이는 그 사람의 모습은 그녀에게 엄청난 충격과 감동을 준다. 그녀는 의식이 전혀 없는 아내를 변함없이 지극히 돌보는 선배의 모습을 통해, 그녀 자신이 오랫동안 간절히 기다리고 있는지도 몰랐던 그 무엇을 조우하게 된 것이 아닐까. 돌아올 수 없는 길을 홀로 걸어가고 있는 사랑하는 이에게, 닿을 수 없는 언어로, 온 힘을 다해 속삭이는 그의 절박함이 그녀에게 가 닿은 것이다. 편지 한 통에 자신의 삶 전체를 차곡차곡 담아내는 그녀는, 사실 자신의 전全 존재를 걸고 단 하나의 질문을 하고 싶었다. "당신이 그 여인에게 무슨 말을 그토록 간절하게 속삭이고 있었는지 궁금합니다." 그것이 얼마나 "사적이고 내밀한 속삭임"인지 알면서도, "두 사람만의 비의가 오가던 순간"의 비밀스러움을 존중하면서도, 그녀는 마지막으로 그에게 질문하고 싶었던 것이다.

그녀는 한 줄 한 줄 정성 들여 편지를 쓰는 과정에서 예전엔 미처 인정할 수 없었던 자기 자신과 대면하게 된다. 자신이 "여전히 누군가에게 구원을 요청하는 상태에 머물러 있다는 것" "과거에 받은 상처나 아픔 때문에 괴로워하고 있다는 것"을, '글쓰기'를 통해 깨닫게 된 것이다. "어쩌면 이 상태 그대로 앞으로 남은 인생을 살아가게 될 것 같아" 두려움을 느끼는 그녀는, 부끄러움을 무릅쓰고, 어쩌면 자신의 모든 것을 걸고 단 하나의 질문을 하기 위해 펜을 든 것이다. "그래서 마지막으로 한번 더 간곡히 청해봅니다. 내게도 그 말을 들려줄 수 없나요? 당신이 그 여인에게 속삭였던 바로 그 말들을요." 독자 또한 그녀의 편지를 읽으며, 자신의 삶 어딘가 '여전히 치유되지 않은 그 무엇'이 있음을 깨닫게 될지도 모른다. 누군가에게 쓰는 편지 한 통만으로도 그녀의 상처는 기적처럼 치유될 가능성을 보인다. 그리고 에필로그처럼 덧붙여진 이 소설의 마지막 부분에서, 우리는 선배가 아내에게 속삭였던 그 내밀한 비의를, 삶의 차안에서 죽음의 피안으로 보내는 간절한 메시지를 듣게 된다.

그대는 먼 곳에 혼자 있는 게 아닙니다. 비록 잠들어 있으나 바로 여기, 지금, 나와 함께 숨쉬고 있습니다. 내 손길이 느껴지지요? 그대는 잠결에 내 얘기를 듣고 있습니다. 꿈에서 나를 보고 있지요? 밖에는 지금 먼 데서 불어온 바람이 우리를 모로 지나쳐 또한 먼 곳으로 불어가고 있습니다. 바람의 소리가 귓전에 들리지요? 이렇듯 우리가 사는 세상은 여전히 비가 오고 꽃이 피고 눈이 내리고

있습니다.(「비가 오고 꽃이 피고 눈이 내립니다」, 33~34쪽)

「도자기 박물관」의 정수는 트럭 행상을 하며 간신히 생계를 이어가는 처지이면서도 '오래된 도자기 수집'이라는 독특한 취미를 버리지 못한다. 선량하고 순박하기 이를 데 없었던 그는 도자기에 미쳐가면서 도둑질을 하고 아내를 돌보는 일조차 잊어버릴 지경에 이르렀다. 처음에는 소박한 취미로 시작되었던 도자기 수집은 이제 삶을 지탱하는 유일한 근거가 되어버리고, 아무것도 가진 것 없는 정수에게 용감하게 청혼했던 아내 영숙에 대한 미안함도 이 광기 어린 도자기 수집의 열정을 막아내지 못한다. 그는 옛 도자기의 고아한 흥취와 절제된 미감을 온몸으로 흡수하며 삶의 비루함을 잊고, 자신의 고통스러운 처지를 잊을 수 있었던 것이다.

"도자기라는 게 모두 불구덩이 속에서 태어났듯이, 나 또한 시뻘건 가마 속에 앉아 서서히 달궈지면서 사기그릇으로 변하는 꿈을 꿀 때가 있어. 저것들과 함께 도사리고 앉아 뜨겁게 아우성치다 점점 말문이 막혀가면서 말이야. 그처럼 불을 견디는 심정으로 살되, 내 삶은 백자처럼 아무 무늬가 없어도 좋다 싶어. 종내에는 그렇듯 하나의 우둔한 형태로 남고 싶을 뿐. 그래서 누군가의 가난한 집 부엌에서 간장단지나 쌀독으로 쓰일지라도 그저 그뿐."
(「도자기 박물관」, 107~108쪽)

도자기는 그에게 실용적으로 아무 쓸모도 없지만, 그의 비속한 삶을 지탱하는 뜨거운 상징이 된다. 이 아름다운 상징은 그에게 마지막 구원이기도 했지만, 처참한 형벌이기도 했다. 막사발이나 간장단지 뚜껑으로 쓰이는 '하찮은 그릇'이 그에게는 모든 자존심을 버리고 반드시 쟁취해야 할 예술적 대상이 되곤 했던 것이다. 아내는 소소한 일상의 행복에 만족하며 살아갈 수 있는 작지만 탄탄한 낙원을 꿈꾼다. 하지만 남편은 끊임없이 밖으로 나돌며 '청자'로 상징되는, 세속을 초월한 구원을 꿈꾼다. 그들 부부는 그렇게 어긋나기 시작했던 것이다. 급기야 도자기를 얻기 위해 밥집 주인과 실랑이를 하던 중 먼저 트럭에 타고 있던 아내가 낯선 사내들에게 강간을 당하고 만다. 그가 아내를 지켜주지 못한 미안함을 차마 표현할 수도 없었던 그날 밤, 아내는 저수지에 몸을 던져 자살하고 만다. 그후 그는 아내의 시체와 함께 그동안 모았던 도자기들마저 낯선 땅속에 묻어버리지만, 그럼에도 불구하고 광증처럼 도지는 도자기에 대한 애착을 끊어내지 못한다. 그는 도자기를 통해 세속을 초월하는 신성한 아름다움을 꿈꾸었지만, 그 신성함 또한 튼실한 세속의 일상이 뒷받침되어야만 유지될 수 있다는 진실을 외면했던 것이 아닐까.

3. 다시 쓰기를 통해 비로소 존재하는 삶

　「도자기 박물관」을 비롯해「구제역들」「검역」에는 이전의 윤대녕 소설에서 찾아보기 어려웠던 다채로운 인물들이 출현한다. 「도자기 박물관」에는 도자기를 직접 만들거나 도예학을 전공한 것은 아니지만 도자기 자체에 순수하게 미쳐 있는 남자가 등장하고,「구제역들」에는 가족을 위한 의무에 충실한 장남임에도 불구하고 늘 가족으로부터 소외된 느낌을 평생 떨쳐낼 수 없었던 중년의 남자가 등장하며,「검역」에는 '하우스 푸어' 상태에서 무리하게 중노동을 견디며 오직 가족의 생계를 책임지는 데 인생을 바치는 가장이 등장한다. 이들의 중심 서사는 사랑이 아니라 끝없이 방황하는 삶 자체다. 윤대녕은 '존재와 타자의 탐구'라는 중심 테마를 더욱 다양한 방식으로 확장해가고 있는 듯하다.

　기존의 소설들과 달리 긴장감 넘치는 연애의 과정은 과감하게 생략한 채, 윤대녕의 인물들은 '관계'의 프리즘에 비친 '존재'의 모습을 탐구하고 있다. 그들은 '내 눈에 비친 연인의 모습'을 풍경화를 그리듯 묘사하는 것이 아니라, 거꾸로 '상대방의 삶'이라는 프리즘을 통해 '자신의 삶'을 반추한다. 「도자기 박물관」의 남자는 자살한 아내의 돌이킬 수 없는 상처를 통해 자신의 인생을 처음부터 다시 반추해보고, 「비가 오고 꽃이 피고 눈이 내립니다」의 여주인공은 다시 만날 가망이 없는 추억의 남자를 통해 자신의 인생을 다시 쓴다. 사랑이 소설 자체의 테마가 되지 않는 경우도 있다.「검역」의 주인공은 자신의 인생을 온갖 첨단 기계로 '검색'당하는 듯한 냉혹한 건강검진의 과정을 통해 지나온 나날들을 고통스럽게 반추하고,「구제역들」의 주인공은 자신과 전혀 다른 인생을 살아온 남동생과의 소통불가능성을 통해 한 번도 적극적인 모험을 시도해보지 못한 자신의 지난날을 돌이켜본다.

그들은 잃어버린 기억을 되살리고, 끊어진 기억의 이음새를 힘겹게 재조립하고, 기억에 묻은 크고 작은 미련조차 완전히 접는 과정에서 자신의 삶을 처음부터 다시 써나간다. 이 이야기들은 꿈꾸고, 절망하고, 사랑하기를 반복하는 열정적 서사가 아니라, 반추하고, 다시 쓰고, 체념하고, 그 모든 삶의 결핍을 조용히 받아들일 줄 아는 이들의 관조적 서사로 읽힌다. 이제 윤대녕의 주인공들은 새로운 사랑을 향해, 또다른 관계를 향해, 다른 성에 대한 본능적인 호기심을 향해 질주하지 않는다. 오히려 그들은 사랑했던 사람들과의 재회를 의도적으로 지연시키거나 불발시킨다.「문어와 만날 때까지」의 인수는 한때 결혼까지 생각했던 옛애인의 전화를 반가워하기는커녕 회피하려 한다.「구제역들」의 '나'는 오래전 자신을 떠난 후 동생을 선택했던 연숙과 어렵사리 통화를 하고 나서, 정작 그녀와의 재회에는 적극적이지 않다.

이제 그들에게 중요한 것은 다시 만나 사랑하는 일이 아니라, 무너진 관계를 통해 자신의 파괴된 영혼을 천천히 재조립하는 것이다. 그리하여 이 모든 사랑의 서사는 '지금, 여기의 사건'을 생생하게 묘사하는 현재진행형의 글쓰기가 아니라, 오래전 이미 끝나버린 인연의 프리즘을 통해 지금 여기의 인생을 회억回憶하는 '다시 쓰기'에 속한다. 윤대녕의 주인공들은 '존재'의 시선에서 '관계'를 비추어보는 것이 아니라, 역으로 '관계'의 시선을 통해 '존재'의 의미를 되찾는 것이다. 그러므로 이들의 진정한 관심사는 영원히 지속되는 도돌이표처럼 끊임없이 반복되는 나르시시즘적 자아로의 회귀가 아니라, 돌이킬 수 없는 인연의 불가사의한 힘에 구속당하는 삶 자체의 타자성이다. 주체의 의도와 욕망을 삶의 중심에 놓는 것이 아니라, 기억에 지배당하고, 관계의 무상함에 휘둘리는 삶 자체의 타자성을 긍정하는 것이야말로 윤대녕의 인물들이 보여주는 또다른 진경이다.

이러한 삶 자체의 타자성을 극한까지 밀고 나가는 대표적인 캐릭터가 바로 「도자기 박물관」의 주인공 정수다. 윤대녕의 「도자기 박물관」은 예술에 참여할 수 없는 자에게 주어진 예술적 재능이 얼마나 참혹한 비극인가를 보여준다. 예술에 참여할 수 있는 일상적인 공간들, 예를 들어 박물관이나 그 흔한 문화센터에서조차 예술을 경험할 수 없는 가난한 트럭 행상에게 주어진 뛰어난 예술적 감식안은 축복이라기보다는 차라리 저주에 가깝다. 옛 도자기에 미쳐 아내를 돌보지 못한 그는 끝내 아내의 자살을 막지 못했고, 그 자책감 때문에 도자기를 향한 집념을 완전히 접으려

했지만 끝내 또다른 도자기를 향해 지친 발걸음을 돌리는 자신의 본능을 제어하지 못한다. 도자기를 향한 그의 광기 어린 집념은 아내를 향한 책임감은 물론 최소한의 인간적 자존감마저도 포기하는, 절대적인 탐닉으로 치닫는다.

그가 간절히 원하는 도자기를 얻기 위해 자신의 몸을 낯선 여인에게 허락하는 장면은 인간이 예술을 향유하는 차원이 아니라 예술이 인간을 장악하고 마침내 포획해버린 비극적인 상황을 연출한다. 예술을 향한 열정에 자발적으로 스스로를 제물로 바친 인간의 모습. 그것은 '인간이 예술을 창조한다'는 일반적 전제를 뛰어넘어, 차라리 '예술이 인간을 지배한다'는 전도된 상황을 통해 존재의 비극성을 통찰하게 만든다. 예술과 일상을 함께 공유할 수 있는 길이 원천적으로 차단된 정수에게 남아 있는 길은 삶을 버리고 예술의 마지막 출구를 향해 자유낙하하는 자기 파괴의 몸짓뿐이었던 것이다. 그리하여 이 소설은 처음부터 예술의 자유를 허락받지 못한 자를 위한 예술가 소설처럼 읽힌다. 이렇듯 결코 예술을 창조할 수 없는 예술가를 주인공으로 한 예술가 소설은, 바로 예술의 불가능성을 통해 예술을 정의하는 역설적 아름다움을 창조한다. 그에게 예술은 삶을 아름답게 가꾸는 매개가 아니라 반대로 삶을 불쏘시개 삼아 삶 자체를 태워버려야만 비로소 다다를 수 있는, 원천적으로 도달 불가능한 미학적 소실점이었던 것이다.

4. 타인의 심연을 포옹하다

「반달」의 '나'는 아버지가 돌아가신 후 여러 번 남자친구를 바꾸는 어머니와 불화하다가 군대 가기 전 어머니와 일종의 이별 여행을 떠나게 된다. 어머니로서는 군대에 가는 아들을 배웅하기 위한 여행이었고, 아들에게는 철없던 유년 시절의 자신과 이별하는 여행, 더이상 어머니의 연애사에 일희일비하지 않는 '어른'이 되기 위한 마음의 여행이었다. 우여곡절 끝에 여행지에 도착한 그는 차가운 밤바다를 바라보며 동요 〈반달〉을 부르는 어머니의 모습에서 뜻밖의 아름다움을 발견한다. 그는 '반달'에 얽힌 고독의 비의를 끌어내는 어머니의 구슬픈 노랫가락을 들으며, 그동안 아들의 비난을 견디며 쓸쓸한 중년을 견뎌온 어머니의 쓰라린 고독을 어렴풋이 이해한다.

"살아 있다는 것 자체가 누구한테나 고독이고 고통이겠지. 짐승이든 사람이든 말이다. 이 어미도 속으로 저런 소리를 내며 밤새 뒤척일 때가 많단다. 그래도 아까 우리가 보았던 하늘 아래에서 이렇게 생명을 가지고 살아간다는 게 다 좋은 일 아니겠니? 운명이 따로 있는 게 아니라, 하루하루 살아가는 게 바로 운명이고 숙명이란다."

나는 어머니의 말을 반쯤은 흘려들으며 가수 상태에서 꿈을 꾸

고 있었다. 하얀 쪽배에 몸을 싣고 은하수의 푸른 바다를 건너가
는 꿈을. 돛대도 아니 달고 삿대도 없이 나는 서쪽으로 끝없이 떠
가고 있었다.(「반달」, 56쪽)

어머니가 읊어주는 〈반달〉의 노래가사에는 무엇으로도 채울 수
없는 존재의 결핍이 스며들어 있다. 반달은 채워져야만 하는 결핍
이라기보다는 그 자체로 아름다운 결핍의 상징으로 읽힌다. 어머
니의 노래를 통해 모두가 아는 보편적인 동요는 외로운 한 존재
의 아름답고 구슬픈 비가로 다시 태어난다. 그는 이 '반달'의 서글
픈 아름다움을 또하나의 존재를 통해 재발견한다. 서해 울도에서
섬사람으로 자란 동성의 친구를 마음에 품게 된 것이다. '나'는 자
신의 성정체성을 특별히 의심해본 적이 없지만, '같은 남자를 사
랑한다'는 날카로운 자의식이 없이, 자연스럽게 그의 존재를 자
신의 일부로 받아들이게 된다. 바다로 배를 타고 나가 새우를 잡
는 느낌을 친구는 이렇게 묘사한다. "밤하늘에 그물을 풀어 별들
을 무더기로 끌어당기는 느낌이지. 운이 좋으면 가끔 달도 걸려들
고." "바다는 언제나 고독한 계절이지. 별이 쏟아지는 밤에 배 위
에 누워 있으면, 바다와 하늘의 구분 따위는 곧 사라지지. 그러니
까 나는 배를 타고 하늘 어딘가에 떠 있거나, 바다 어딘가에 떠 있
거나……"

바다와 밤이 결국 하나임을 아는 사람. 바다와 밤 사이에서 그

들과 하나가 되는 법을 아는 사람. 그는 이 남자에게서 자신의 채울 수 없는 결핍, 영혼의 반달을 발견한다. 그는 군대에서 제대한 후 이 친구를 찾기 위해 울도까지 찾아가고, 그가 새우잡이 배를 타기 위해 멀리 임자도까지 내려갔다는 것을 알게 된다. 마치 오랫동안 멀리서 그리워만 했던 잃어버린 연인을 찾는 심정으로, 그는 새우잡이 배를 타고 생전 처음 뱃사람들의 거친 노동에 합류한다. 그와 만나기 위해 온갖 산전수전을 다 겪은 '나'의 순수한 허기를, 그 친구 또한 알아본다. 두 사람은 서로를 통해 각자가 잃어버린 '영혼의 반달'을 발견했던 것이다.

나는 그의 옆으로 다가가 비스듬히 누웠다. 그때, 서로의 손과 몸이 엉키듯 스쳤다. 순간 저절로 숨이 멎었다. 돌연 내 몸이 거칠게 반응하고 있었던 것이다. 뒤미처 걷잡을 수 없이 가슴이 두근거리기 시작했다. 순식간에 내 몸은 통제가 불가능한 상태로 변해 있었다. 그런데 놀랍게도 마치 구원처럼 그가 내 손을 더듬어 잡아왔다. 아래 선실에서 누군가 잠꼬대를 하는지 짐승이 울부짖는 듯한 소리가 간헐적으로 들려왔다. 그 소리는 우리를 더욱 거친 흥분의 상태로 몰아넣었다. 그의 떨리는 목소리가 내 귓속으로 흘러들어왔다.

"하얀 달 위에 우리 둘만이 외롭게 남아 있군. 달은 원래 이렇듯 적막한 세계인가보이. 안 그런가?"

(……)

순간 서로의 영혼이 파괴되는 소리를 들었다.(「반달」, 70~71쪽)

그는 이 가늠할 수 없는 격정의 진원지를 알 수 없었지만, '반달'에 얽힌 이 두번째 추억이 자신을 지탱해주는 소중한 기억임을 알고 있다. "두려울 정도로 아름답고 공허했던 밤에 어쩌면 우리는 거대한 우주의 순수한 허기를 견디지 못했던 게 아니었을까." 견디기 힘든 그리움에 사로잡히면서도, 차마 그 인연에 집착할 수도 없는 마음. 그것이 어쩌면 '사랑'이었을지도 모른다는 것을 깨닫게 된 것은 그가 생을 함께할 두번째 사랑을 만난 직후였다. 한 여자를 만나고, 그녀를 만날 때마다 "매일매일 하나의 거울을 들여다보고 있는 느낌"에 사로잡히게 된 것이다. "나라는 거울을 통해 매 순간 상대를 찾고 그리워하는 일이 바로 사랑"임을 알게 된 순간, 그의 영혼은 이제 더이상 멀리서 '잃어버린 반달'을 찾지 않아도 충분한 무엇이 된다. 서로의 영혼이 파괴되는 소리를 들으며 고통스러워했던 그날 밤이 있었기에, 그는 그 파괴된 영혼의 잔해 위에서 새로운 삶을, 사랑을, 세상을 꿈꿀 수 있게 된 것이다. "별들의 생성과 소멸처럼 우리도 어느 순간 파괴되면서 동시에 다시 태어나는 것이다"라는 문장 속에는, 이룰 수 없었던 사랑의 아픔만큼이나 훌쩍 커버린 한 남자의 성숙한 영혼이 깃들어 있다. 미래의 아내에게 마치 청혼하듯 부탁하는 〈반달〉의 '2절'은 그렇게 그의 '되찾은 반달'이 되어 독자의 가슴속에 울려퍼진다.

　　나는 그녀에게 혹시 〈반달〉의 가사를 다 외우고 있느냐고 물어
보았다. 외우고 있는 게 아니라 그냥 알고 있는 거죠, 라고 그녀가
고쳐 말했다. 2절 가사도 아느냐고 나는 되물었다.
　　"그럼요."
　　한번 불러주면 좋겠다고 나는 그녀에게 말했다. 내게는 지금 2절
가사가 필요했다. 왠지 그렇다는 생각이 들었다. 잠시 쑥스러운 표
정을 짓고 있다가, 그녀는 목을 가다듬고 나서 가냘픈 소리로 노래
를 부르기 시작했다.

　　은하수를 건너서 구름나라로
　　구름나라 지나선 어디로 가나
　　멀리서 반짝반짝 비치이는 건
　　샛별이 등대란다 길을 찾아라 (「반달」, 77쪽)

　2절을 채워주는 그녀의 노래를 들으며 그는 비로소 자신의 '반
달'이 완성되었음을 느낀다. 삶의 길을 잃고 헤매던 젊은 날이 있
었다. 그 시절을 돌아보면 덧없는 꿈이니 고독한 환상이니 화염
같은 고통이니 하는 말들이 두서없이 떠오른다. 하지만 그렇게
길을 잃었기 때문에 어쩌면 사랑이 가능했고 가까스로 삶의 길을

찾을 수 있었던 게 아니었을까. 어머니는 〈반달〉이라는 노래로, 울도의 청년은 반달 아래에서의 격정적인 사랑으로, 지금의 아내는 나에게 〈반달〉을 불러주는 뮤즈로 화하여, 그렇게 그는 자신의 상처와 화해한다.

한편 「통영-홍콩 간」에서 숙이 '냉이'를 입양하는 과정은 고통에 빠진 자가 닮은 상처를 가진 존재를 끌어안음으로써 오히려 스스로의 상처를 치유하는 과정을 보여주고 있다. 백은 불치병에 걸린 자신의 고통을 누구와도 나눌 수 없었기에 함께 살고 있던 숙을 떠나고, 숙은 중학교 시절 외삼촌에게 강간을 당하고 오랜 시간이 지나 결혼에 실패한 후 이 세상에서 자신을 이해해줄 유일한 사람인 백마저 자신을 떠나게 되자 그 공허함을 견딜 수 없었다. 하지만 부모에게 모두 버림받은 소녀 냉이를 입양하면서, 그녀는 '타인에게 버림받은 고통'을 '타인의 상처를 완전히 품어 안는 사랑'을 통해 극복할 수 있게 된다. 상처와 상처가 연대함으로써 새로운 구원의 가능성이 열린 것이다.

홀로 병마의 고통과 싸우던 칠 년간 숙을 그리워했지만 차마 자신의 고통을 함께 나눌 수 없었던 백은 이제 살날이 얼마 남지 않은 상태에서 그녀를 찾아간다. 아직 백의 속내를 모르는 숙은 냉이에게 백을 "전생의 남편"이라 소개한다. 그리고 백과 만나기로 한 장소에 딸 냉이를 대신 내보낸다. 백은 신기하게도 숙과 잠시 재회했을 때보다도 오히려 처음 보는 소녀 냉이와 고수들이 탁구를 치듯이 선문답을 주고받으며 금세 친구가 된다. 냉이는 마치 살아 있는 큐피드처럼, 차마 서로의 상처를 완전히 보듬을 수 없는 두 사람을 이어준다. 냉이는 백과 숙의 과거를 모르지만, '가장 가까운 이에게 버려졌다'는 지독한 상처가 또다른 상처의 깊이를 알아본 것일지도 모른다. 자신이 버렸던 여자가 버려진 아이를 데려다 키우고 있는 모습을 바라보면서, 그는 자신과 숙이 처음 만났던 순간을 회상한다.

두 사람은 모두 '나는 결코 정상적인 사랑을 할 수 없다'는 강박에 사로잡혀 있었다. '나는 영원히 행복해질 수 없다'는 강박에 붙들린 숙의 상처를 말없이 보듬어준 백의 따스함으로 인해 두 사람은 생애 처음으로 행복을 꿈꿀 수 있게 되었다. '운명'이라는 단어를 떠올리면 '불행'이라는 단어가 저절로 떠올랐던 그는 숙을 통해 "나중에 후회하게 되더라도 포기하거나 체념할 수 없는 관계라는 게 있다"는 것을, 그리고 자신의 모든 결핍을 아무 조건 없이 받아준 사람은 절대로 놓쳐서는 안 된다는 것을 배운다. 너무 늦었지만, 여전히 서로를 잊지 못한 두 사람을 가로막는 것은 오로지 백의 '죄책감'뿐이다.

숙은 그가 '죽어가기 때문에' 그를 회피하는 것이 아니라 사랑하는 이와 마지막까지 함께하지 않으려 했던 그의 자존심을 질책한다. '나는 곧 죽게 될 것이다'라는 현실을 부여잡느라 '그럼에도 불구하고 그녀는 나를 사랑한다'는 진실을 외면했던 그의 죄책감을, 숙은 이해하면서도 원망한다. 백은 이제야 깨닫는다. '나는 곧 죽을 것이다'라는 공포심과 '그녀에게 죽어가는 모습을 보여줄 수 없다'는 자존심 때문에 우리가 함께할 수 없었던, 분명 세상에서 가장 아름다웠을 칠 년을 허비해버렸다는 것을. 죽음의 공포와 홀로 싸우며 견뎌야 했던 칠 년은 곧 숙을 결코 잊지 못한다는 것을 깨닫기 위해 그에게 필요했던 제의적 통과의례의 시간이었을지도 몰랐다. 그 시간 동안 숙은 냉이를 입양해 자신보다 더 고통스러워하는 한 존재의 아픔을 고스란히 품어 안고 있었다. 죽음에 대한 공포보다 더한 고통은, "비록 얼마를 살더라도 죽는 날까지 함께하기로 우리는 약속했어요"라고 속삭였던 여인을 버린 자신을 향한 죄책감이었던 것이다. 그는 이제 그녀에게 모든 것을 고백한다. 이제 이 세상에서 숨쉴 수 있는 날이 얼마 남지 않았음을. 그는 자신의 재산을 숙에게 남겨주기 위해 통영에 왔지만, 그 모든 우여곡절을 겪으며 자신이 '진짜로 원하는 것'이 무엇인지 알게 된다. 숙에게 온 마음을 다해 용서를 빌고, 당장 오늘 죽음을 맞더라도 그녀 곁에서 죽고 싶었던 것, 아니 살고 싶었던 것이다. "이제 그만 집으로 돌아오시래요. 통영에서 기다리시겠대요." 사랑의 큐피드 냉이는 통영의 숙과 홍콩의 백 사이의 건널 수 없는 간극을 뛰어넘게 해준다. 감히 헤아릴 수도, 섣불리 다독일 수도 없는 당신의 참혹한 심연을 온전히 감싸안는 것, 거기서 구원은 시작된다.

오르테가 이 가세트는 사랑을 이렇게 정의한다. 사랑의 대상이 나를 중심으로 내 주위를 도는 것이 아니라, 내가 그 대상이 만든 궤도를 타는 행위, 그것이 사랑이라고. 우리는 사랑하는 사람에게 내 안의 가장 밝은 빛을 보여주고 싶어하지만, 그 때문에 매번 더 절박해지고 다급해진다. 달이 지구의 둘레를 공전하듯 당신이 내 주위를 영원히 공전하기를 바라는 마음 때문에, 상대방에게 더 밝은 빛을 보여주기는커녕, 매번 더 짙어지는 그늘과 결핍과 상처를 보여주고 만다. 그리하여 오르테가 이 가세트의 말처럼, 사랑은 대자연이 우리에게 부여한 가장 가혹한 시련일지도 모른다. 하지만 당신이 나의 둘레를 공전하는 것이 아니라, 내가 당신이 만든 궤도를 타고 공전하고 있음을 긍정하는 순간, '매혹'이 아닌 '공존'의 사랑이 시작되는 것이 아닐까. 매혹이 열정의 진원지라면 공존은 성숙의 증거일 것이다. 윤대녕의 주인공들은 이제 상대방이 내 주위를 공전하기만을 기도하기를 그치고, 이제 생이 다하는 날까지 지치지 않고 그의 둘레를 한사코 공전하기를 결심한 것처럼 보인다. 그리하여 이 사랑은 예전보다 훨씬 힘겹지만, 어느 때보다도 아름답고, 겸허하며, 눈부시다.

작가의 말

　『대설주의보』 이후 대략 삼 년 오 개월 만에 일곱번째 소설집을 내게 되었다. 그사이 내게는 부인할 수 없는 현상이 발생했는데, 바로 오십대의 나이로 접어들었다는 사실이다. 그 젊음과 늙음의 경계에서 나는 도대체 무엇을 하고 있었던 걸까? 공허하기 짝이 없는 노릇이지만 뚜렷이 떠오르는 바가 없다. 다만 고통에 대한 사유와 삶의 이면을 들여다보는 시간이 잦았던 것 같다. 여기에 수록된 소설들은 그러한 시간의 집적이자 흔적이 되겠다.

　마지막 교정을 보는 과정에서 여전히 대부분의 소설들이 길 위에서 쓰여졌음을 확인했다. 그래서 내게는 길이 곧 집(우주)이라는 것을 다시 알게 되었고, 여로에 서 있음이 나의 운명임을 수긍하기에 이르렀다. 비바람과 눈보라의 그 여로에서 우연히 만났다 뜨겁게 헤어졌던 사람들의 얼굴이 떠오른다. 그들은 비록 여럿이었으나 결국 단 한 사람이었을지도 모르겠다는 생각이 든다.

　지금의 내 감정은 그들과 만나 다만 조용히 눈물을 나누고 싶다는 것이다. 안 그래도 근래 속울음이 빈번한데, 막상 속시원히 울어볼 기회가 없었다. 그들 모두가 내게는 단 하나의 별이었음을 뒤늦게나마 깨달은 것이리라. 그처럼 찰나의 순간이었을지라도 그때 나와 함께 이 세상에 가난히 머물러준 이들에게 이 남루한 책으로나마 일일이 감사의 마음을 전하고 싶다. 내가 작가라는 사실이 새삼스럽게 커다란 위안으로 다가오는 까닭도 여기에 있다.

　마지막으로 독자를 포함한 모든 그들에게, 요즘 내가 자주 듣고 있는 프란시스코 타레가의 기타 연주곡 〈Lágrima(눈물)〉를 전해주고 싶다. 자, 이제 그럼 몇 년 뒤에나 다시 만나십시다.

2013년 여름
윤대녕

| 수록 작품 발표 지면 |

비가 오고 꽃이 피고 눈이 내립니다 ······ 「문학의오늘」 2012년 여름호

반달 ······ 「문학사상」 2013년 4월호

도자기 박물관 ······ 「문학동네」 2012년 가을호

구제역들 ······ 「창작과비평」 2011년 여름호

검역 ······ 「현대문학」 2011년 9월호

문어와 만날 때까지 ······ 「현대문학」 2010년 9월호

통영 – 홍콩 간 ······ 「문예중앙」 2011년 봄호

윤대녕

1962년 충남 예산 출생. 단국대 불문과 졸업. 1990년 『문학사상』 신인상을 수상하며 작품 활동을 시작했다. 소설집 『은어낚시통신』 『남쪽 계단을 보라』 『많은 별들이 한곳으로 흘러갔다』 『누가 걸어간다』 『제비를 기르다』 『대설주의보』 『누가 고양이를 죽였나』, 장편소설 『옛날 영화를 보러 갔다』 『추억의 아주 먼 곳』 『달의 지평선』 『미란』 『눈의 여행자』 『호랑이는 왜 바다로 갔나』 『피에로들의 집』, 산문집 『그녀에게 얘기해주고 싶은 것들』 『이 모든 극적인 순간들』 『사라진 공간들, 되살아나는 꿈들』 『칼과 입술』 등이 있다. 오늘의 젊은 예술가상, 이상문학상, 현대문학상, 이효석문학상, 김유정문학상, 김준성문학상, 황순원가가상을 수상했다. 현재 동덕여대 문예창작과 교수로 재직중이다.

문학동네 소설집
도자기 박물관
ⓒ 윤대녕 2013

1판 1쇄 2013년 9월 5일
1판 7쇄 2021년 1월 20일

지은이 윤대녕
펴낸이 염현숙
책임편집 황예인 | 편집 정은진 백다흠 | 디자인 김마리 유현아
마케팅 정민호 이숙재 우상욱 정경주
홍보 김희숙 김상만 이소정 이미희 함유지 김현지 박지원
제작 강신은 김동욱 임현식 | 제작처 영신사(인쇄) 경일(제본)

펴낸곳 (주)문학동네
출판등록 1993년 10월 22일 제406-2003-000045호
주소 10881 경기도 파주시 회동길 210
전자우편 editor@munhak.com | 대표전화 031) 955-8888 | 팩스 031) 955-8855
문의전화 031) 955-3576(마케팅) 031) 955-8864(편집)
문학동네카페 http://cafe.naver.com/mhdn | 트위터 @munhakdongne

ISBN 978-89-546-2216-5 03810

www.munhak.com